Dans son regard

Éditions Kiwi romans
16, rue de Lancry, 75010 Paris

Direction : Édouard Frison-Roche
Direction littéraire : Katia Kaloun
Édition : Marion Vergnolle et Axelle Quéré
Création graphique et mise en pages : Charlotte Thomas

ISBN : 978-2-49253-416-4

Julie Gorsky

Dans son regard

kiWi
romans

À mon grand frère

« Ne prenez pas le deuil
C'est moi qui vous le dis
Ça noircit le blanc de l'œil
Et puis ça enlaidit
Les histoires de cercueil
C'est triste et pas joli
Reprenez vos couleurs
Les couleurs de la vie »

Chanson des escargots qui vont à l'enterrement,
Jacques Prévert

« Seul un regard peut créer l'univers. »

Christian Morgenstern

1

– 3… 2… 1… Bonne année !

Nous y sommes : le grand soir du passage à la nouvelle année, la nuit de tous les possibles. L'occasion de commencer quelque chose de neuf, de s'offrir un nouveau départ et de vivre sa vie comme on l'entend. Madame A. décide d'entamer un énième régime qu'elle ne tiendra que quelques jours. Madame B. promet d'arrêter la cigarette, une promesse renouvelée à la même date depuis cinq ans. Madame C., malgré des problèmes de santé qui limitent sa pratique physique, compte bien faire du sport pour éliminer les kilos pris pendant les fêtes, et a déjà souscrit un abonnement annuel dans l'une des salles les plus prisées de sa ville – un abonnement à quelques centaines d'euros pour ne s'y rendre qu'une seule fois, peut-on prédire. Madame D., elle, est plus radicale et choisit de quitter enfin son mari après une dispute plus bruyante que les précédentes. Madame E. opte pour un nouveau travail : c'en est fini d'être le valet de son patron, elle démissionne sans préavis. Madame F. jure de ne jamais plus retomber entre les griffes d'une femme d'un soir et d'en trouver une qu'elle épousera. Je pourrais continuer avec toutes les lettres de l'alphabet, mais l'histoire se soldera toujours de la même manière : Madame tiendra sa résolution quelques jours tout au plus, et retombera bientôt dans ses travers toxiques, car le champ des échappatoires est vaste, mais la volonté est, quant à elle, bien limitée dans le temps. Et Monsieur, dans tout ça ? Monsieur n'est pas si différent. Lui aussi sera plein de promesses et, d'un revers de la main, il les balaiera sans aucune culpabilité. Mesdames et messieurs attendront l'année prochaine pour recommencer cette spirale de promesses infernales.

Moi, je prends la résolution d'*essayer* d'ouvrir les bras à cette nouvelle vie qui m'attend. Je dis bien *essayer*…

Ce soir, j'observe un peu en retrait, à demi concernée. En salle de garde, la nouvelle année offre une scène d'une rareté inestimable : l'effervescence à tous les niveaux. Les infirmières de jour ont pris soin de redonner un peu d'éclat à cette grande pièce morne et froide pour la transformer en une salle de fête chaleureuse et accueillante. Une guirlande lumineuse a été installée entre les chauffages et l'entrée des vestiaires, au fond de la pièce. Un sapin, minutieusement décoré de bleu et d'argent, trône fièrement dans l'angle, en face de la porte. Les enfants du service de pédiatrie ont également mis la main à la pâte en ajoutant des boules de Noël qu'ils ont confectionnées eux-mêmes, deux semaines plus tôt. Les canapés et fauteuils sur lesquels nous somnolons entre deux gardes ont été disposés en cercle au centre de la pièce pour que le personnel puisse s'y réunir. Les tables ont été poussées contre les grandes baies vitrées qui offrent une vue imprenable sur le hall de l'hôpital. Un buffet a été dressé pour plus de convivialité, et il n'a rien à envier aux plus grands traiteurs – ou presque. À l'image d'une chaîne de restaurants à volonté, il est alimenté en continu par les équipes qui ne sont pas en service et qui préfèrent passer leur réveillon au travail. Depuis le début de la journée, le buffet abonde de nourriture et de boissons pour rassasier les plus gourmands.

Avec l'équipe « Ouest numéro 7 » du soir, nous avons pu profiter des restes des équipes de jour, en plus de ce que nous avions ramené.

Chapitre 1

C'est bien la seule soirée de l'année où les équipes de nuit sont avantagées ! Tout le monde a joué le jeu : Martine, une infirmière des soins intensifs, a apporté des spécialités basques : *mouchou*®[1], *koka*[2], piperade, jambon de Bayonne ; Josie, une infirmière en pédiatrie, a fourni différents sodas et des jus faits maison ; Clémence, mon amie et alliée interne en chirurgie, a cuisiné des cakes salés et sucrés ; quant à Léa, ma stagiaire, elle a composé des bouquets garnis de sucreries. Bien que l'envie ne soit pas au rendez-vous, j'ai participé en achetant des pizzas au coin de la rue pour tenter de conquérir les estomacs et les cœurs de mes collègues… aucune originalité et peu d'effort. J'ai également pris une bouteille de champagne pour la boire en fin de service avec Clémence. Ce soir-là, je regarde avec un peu plus d'attention ces femmes qui m'entourent depuis quelques mois : constater leur implication au sein de l'hôpital me les rend plus sympathiques, et je leur suis reconnaissante de l'ambiance qu'elles créent au sein des services.

Quand mon mari a décidé de venir s'installer dans le Sud, j'ai immédiatement demandé ma mutation à l'hôpital de Bayonne pour le suivre. Depuis quelques mois, le changement est brutal, surtout après sept années dans un hôpital de banlieue parisienne : à Béclère, j'avais le luxe de travailler de jour et de qualifier d'exceptionnels mes services de nuit. Ici, j'alterne entre l'équipe de jour et celle de nuit. Tout mon équilibre a été bousculé. Le manque de personnel qui ne cesse de s'accroître a dû être comblé, et j'en ai été la première victime. Mes prochaines gardes seront de nuit et je me sens épuisée avant même d'avoir commencé. On ne compte plus nos heures. La charge de travail est aussi très différente… Les moments de creux,

1. Les mouchou® sont des friandises moelleuses sans conservateurs à base d'amandes broyées, spécialités exclusives de la Maison Pariès.
2. Flan basque au caramel.

plus fréquents, me permettent de rattraper mon sommeil. Malgré tout, je ne fais que ressasser mes années à Béclère. Mes anciennes collègues me manquent, mes anciens patients me manquent, mon ancien hôpital et toute son organisation aussi me manquent. Là-bas, j'avais mes habitudes ; j'y étais connue et respectée. Ici, tout est à refaire. Aux yeux de tous, je ne suis encore que la nouvelle, bien que je sois la cheffe du département.

Je lève les yeux au ciel, perdue dans mes pensées. Il faut que je chasse rapidement cette négativité, je me ferai bien à ce nouveau rythme de vie. C'est aussi ça, la Saint-Sylvestre : la promesse du « tout est possible ». Clémence, qui m'observe du coin de l'œil depuis le décompte, se dirige vers moi pour me délivrer de mon pessimisme chronique.

– Bonne année, Adèle ! dit-elle en me donnant un baiser sur la joue.

– Bonne année à toi ! Santé !

J'écrase mon gobelet en plastique contre le sien, et je me convaincs que tout va bien se passer.

– C'est moins *fun* que mes précédents réveillons, poursuit-elle, mais compte sur moi pour fêter ça comme il se doit après la garde. T'as pris le champ' ?

J'acquiesce et lui offre mon plus beau sourire. La direction aime que les services se mélangent pour que la cohésion se ressente auprès des patients. C'est grâce à cette organisation que Clémence a été l'un de mes premiers contacts dans l'hôpital, et qu'elle est rapidement devenue une amie. Lors de mon premier jour, elle m'a fait visiter les lieux. Elle m'a présenté chaque service, à sa manière. Le trombinoscope du personnel en main, elle m'a livré ses impressions : « trouduc, sympa mais collante, oublie, cours si tu le vois, pervers, bizarre, on aime bien, voleur de biper, voleur de blouses, attachante, une vraie conne »… Drôle de personnage, d'une franchise redoutable. Elle m'a ensuite expliqué le fonctionnement interne de l'hôpital dans les moindres détails, tout en commentant chaque chose qu'elle me décrivait. Je l'ai tout de suite trouvée aux antipodes des autres chirurgiens que j'ai pu côtoyer au cours de ma carrière. Un mois plus tard, mon avis sur elle n'a pas changé : c'est une rebelle au cœur tendre.

Clémence est une grande chirurgienne ; sans doute la plus brillante de sa promotion. Elle est respectée par ses supérieurs et admirée par les autres internes. Bien qu'elle soit de trois ans ma cadette, je partage avec elle un amour véritable pour la médecine, et nous pouvons parler des heures durant d'opérations et de techniques futuristes. Clémence n'a jamais quitté son Pays basque natal : elle vit à Biarritz et réussir haut la main ses examens lui a permis de choisir son internat. Cette chauvine a, sans grande surprise, opté pour l'hôpital de Bayonne.

– Je sens que ça va être une bonne année, Adèle. Nous allons en découper, du patient… Enfin, on va en sauver, des vies. C'est notre année ! clame-t-elle en me donnant un coup de coude.

– Parle pour toi ! Moi, je vais faire des perfusions, des points de suture, des piqûres, et surtout de la paperasse.

– C'est ça, être cheffe ! Qui dit métier à responsabilités, dit paperasse à gérer.

Avant d'obtenir ma mutation, j'avais négocié avec la direction de l'hôpital pour reprendre le même poste qu'à Paris. Convaincre le directeur n'avait pas été très compliqué, et pour cause : l'ancienne cheffe des infirmières prenait sa retraite quelques jours après mon arrivée, laissant derrière elle quarante années de dur labeur. La nouvelle a été bien accueillie par l'ensemble du personnel, mais j'ai ressenti une certaine pression : je ne savais pas à qui je m'adressais. Même si les différentes équipes ont approuvé mon arrivée, j'ai dû marquer mon territoire : je souhaitais imposer le respect dès les premières heures, pour ne pas me faire manger, tout en paraissant accessible. Les infirmières ont tout mis en œuvre pour bien m'intégrer et je me suis rapidement adoucie. Les premières journées, j'ai pris mes marques et observé le fonctionnement des équipes de nuit. Je me suis rapidement fait un avis sur tout le personnel – pas très différent de celui de Clémence –, et j'ai mis en place mon service pas à pas.

Dans cet hôpital, j'ai la charge du service des urgences et des admissions, et je laisse le champ libre aux infirmières les plus expérimentées pour gérer leurs départements comme elles le souhaitent, et surtout comme elles ont l'habitude de le faire depuis des années. Elles le font d'une main de maître, et il est inutile que je vienne tout chambouler. Depuis mon arrivée, les mois sont passés et la direction n'a rien trouvé à redire. À présent, nous arrivons dans une période où il faut que nous nous soutenions ; c'est pour moi la priorité. Depuis des années, le personnel hospitalier essuie les erreurs de notre gouvernement : nous travaillons toujours plus pour gagner toujours moins, nous sommes à bout, et je considère que notre force naîtra de notre union. Ainsi, si je peux parfois paraître dure, mes collègues me savent aussi juste, et m'ont rapidement fait confiance.

– Au fait, Adèle, qu'as-tu fait ce week-end ? Je n'ai pas arrêté d'essayer de te joindre.

C'est Clémence qui m'a sortie de mon tourbillon de pensées.

– Désolée, j'ai complètement oublié de te répondre ! J'ai passé le week-end, encore une fois, la tête dans les cartons avec Iris dans les pattes.

– Il faut vraiment que l'on sorte toutes les deux. Tu es en train de t'encroûter dans ta vie de mère, il faut absolument que tu cesses de passer tes week-ends à la maison. Je refuse d'assister bras ballants à cette chute ! C'est contre toutes mes convictions.

Joignant le geste à la parole, elle se lève alors et me pointe du doigt tout en posant sa main libre contre son cœur. La voilà à hurler dans la salle de garde que cette société patriarcale ne nous aura pas et que nous, femmes du XXIe siècle, nous battrons pour être libres ! Je pouffe discrètement de la voir si motivée à me sortir de chez moi.

– Promis, je laisserai bientôt Iris à Valentin pour que nous puissions nous amuser. Il est temps que je reprenne le chemin des bars et des boîtes.

– Voilà, c'est ce que j'aime entendre ! Nous allons faire de toi une reine de la nuit.

– Pour l'instant, répliqué-je, on fera surtout de moi une reine de la nuit de garde…

Clémence rit de bon cœur. Je veux rire avec elle, mais intérieurement, je me consume. Je prends conscience de la triste réalité de ma vie. Depuis mon arrivée, j'ai passé l'essentiel de mon temps libre à m'occuper d'Iris et à déballer des cartons d'emménagement. Si l'on ajoute à l'équation une vie de couple inexistante avec un mari aux abonnés absents… ou peut-être une femme aux abonnés absents. À qui la faute ? Toute notre organisation familiale a été chamboulée. Je subis plus que je ne vis cette mutation. Quand je suis de nuit, Valentin télétravaille la plupart du temps pour garder un œil sur Iris. Le matin, il l'emmène à l'école et le soir, il va la chercher. Je profite de ma fille pendant mes jours de repos, oubliant parfois de dormir assez, ou de prendre du temps pour moi. À cause de la surcharge de travail, de jour comme de nuit, ces dernières semaines, je ne les vois qu'en coup de vent et je me demande même si Iris n'est pas en train d'oublier qu'elle a une mère…

Encore prise par mes pensées noires, j'observe Clémence qui s'est approchée du buffet, et qui goûte désormais à tous les mets mis à disposition. Je souris en observant cette grande enfant apprécier chacune de ses bouchées avec une mine radieuse et un mouvement de tête approbateur. J'ai eu de la chance de trouver ici une amie en or : grâce à elle, mon quotidien a son lot de joie et de bonne humeur.

Léa, ma stagiaire à peine plus âgée que Clémence, profite de son absence pour se joindre à moi. Ses grands yeux marron lui donnent un air apeuré et craintif. Elle plonge son regard dans le mien :

– Voulez-vous un autre verre, Adèle ?

Combien de fois dois-je le répéter ? Adèle, reste calme !

– Léa, tu peux me tutoyer, tu sais ? Quand je t'entends, j'ai l'impression d'être vraiment très âgée. Mais du genre très vieille, comme Jacqueline de la 112.

Elle sourit, mais ne semble pas à l'aise avec l'exercice du tutoiement. Je ne veux pas la brusquer. Avec le temps, elle finira sûrement par s'habituer.

– J'essaierai d'y penser, Adèle, mais c'est compliqué. Vous… enfin, tu restes ma cheffe.

– Ça ne change rien au fait que tu peux me tutoyer.

Je lui fais un clin d'œil et je lui donne une légère tape sur l'épaule pour la rassurer.

– Je ferai un effort… J'espère que la soirée ne sera pas trop agitée. C'est mon premier Nouvel An à l'hôpital.

– Je ne sais pas comment sont les Bayonnais, mais dans mon ancien hôpital, à cette heure-ci, ils sont sûrement déjà débordés !

Clémence, qui a visiblement l'ouïe très fine, arrive en plein milieu de la conversation quand elle entend le mot « Bayonnais ». Elle ne peut pas s'empêcher d'y aller de son petit commentaire :

– Pour que l'un de nous vienne à l'hôpital, il faut qu'il soit vraiment en train de mourir.

– Tu n'es pas objective.

– On n'est pas des mauviettes.

– Tu n'es vraiment pas objective ! dis-je en insistant bien sur le mot « vraiment ».

Le débat dure un petit moment, et Léa s'éclipse quand la tornade Clémence commence à entonner des chants basques. Sa voix rauque résonne de part et d'autre de la salle de garde, et certaines infirmières la rejoignent en poussant la chansonnette. Clémence est toujours la première à faire rire les autres et à les unir, mais elle sait aussi retrouver son sérieux en une fraction de seconde. Cette personnalité un peu décalée est également à l'origine de sa popularité dans l'hôpital. Je me retrouve un peu esseulée, à contempler une image si rare dans notre métier : un lâcher-prise général. Il est si bon de décompresser entre deux urgences et de pouvoir, ne serait-ce que quelques minutes, rire avec insouciance ! Nous oublions un instant nos responsabilités, et la scène doit ressembler davantage à une soirée entre copines déguisées en blouse qu'à un service hospitalier. Mais nous en avions bien besoin, et chacune de nous savoure chaque seconde. Dans notre métier, c'est le seul moyen de survivre.

2

La fête est de courte durée. À peine le temps d'une bouchée de cake, d'un trait de jus d'orange et d'une brochette de sucreries, que nous voilà déjà au travail. Chaque membre du personnel a peu à peu regagné ses fonctions dans les différents services, et il ne reste désormais que Clémence et moi en salle de garde. Nous sommes avachies dans l'un des canapés, spécialités basques à la main, et regardons nos collègues qui, derrière les vitres, s'attellent de nouveau à leurs tâches. J'aime ces instants avec elle : des instants de calme, volés çà et là, qui me font déconnecter des situations les plus tendues.

Soudain, alors que Clémence se lève pour remplir les poches de sa blouse de provisions, je vois les portes battantes de l'entrée des ambulanciers s'ouvrir avec fracas. La cohue envahit rapidement le hall de l'hôpital : mes collègues se mettent à courir dans tous les sens, et je me sens coupable de m'accorder cette ultime pause. Qu'importe, les urgences ne me sont pas toujours destinées, et je retourne au travail dans quelques instants… À travers la baie vitrée, j'assiste à la scène qui se joue quelques mètres plus loin. Deux ambulanciers transportent un brancard sur lequel est installée une personne recouverte d'un drap maculé de sang. Léon Duval, chef des résidents en chirurgie et supérieur direct de Clémence, se précipite vers eux, stéthoscope autour du cou, kit de chirurgie accroché à la ceinture, prêt à dégainer son attirail et à opérer sur place. Léa est à ses côtés, prête à intervenir. Je fais le choix de continuer d'observer la scène de loin, et de sortir uniquement si Duval me demande. Du fond de mon canapé, je ne quitte pas le brancard des yeux. La quantité de sang sur le drap est anormalement élevée. Clémence a déjà repris son air sérieux ; elle est sur le qui-vive, prête à intervenir. Elle enfile rapidement sa blouse et s'apprête à rejoindre son résident. Aucun doute : la personne sous ce drap appartient désormais au service de chirurgie, ou au service funéraire. Une voix claire résonne alors dans le hall :

– Homme inconnu, âgé d'une trentaine d'années environ, multiples plaies externes sur l'ensemble du corps. Nous l'avons récupéré il y a dix minutes. Aucun papier d'identité, aucun sac à proximité, rien. On lui a filé une dose de morphine pour tenter de le calmer et apaiser ses douleurs.

Le drap bouge ; la douleur doit être insupportable. Duval semble chercher du regard quelqu'un pour l'assister. Comme toujours, son choix se porte sur Clémence, qui est déjà en train de sortir de la salle de garde.

– Clémence ! Dépêche-toi, on va faire un scan' pour voir s'il n'a pas de plaies internes. Les minutes sont comptées, crie Duval.

Celle-ci attache ses cheveux à la va-vite et accourt vers le résident. En quelques minutes, elle est passée des chants basques dignes des fêtes de Bayonne à l'écoute impassible de son supérieur, qui continue inlassablement d'aboyer :

– Il est conscient, mais si l'un de ses organes est touché, ce n'est qu'une question de temps avant qu'il ne fasse un arrêt, on doit réagir vite et l'emmener au bloc rapidement, donc on accélère, Clémence !

Pour une fois, je ne fais plus attention aux éternelles brimades de Duval. Je suis, à présent, captivée par cette personne gisant sur le brancard. Ce n'est pourtant pas la première fois que j'assiste à ce genre de scène. Depuis son arrivée, je n'ai pas pu vraiment voir la victime. Mais au moment où les deux ambulanciers se décalent légèrement pour tenter de le calmer, je l'aperçois enfin. Il se débat et hurle. Je le vois se tordre de douleur et pousser des cris qui résonnent dans le hall. Les patients en salle d'attente regardent aussi, avec un frisson, ce qu'il se passe sous leurs yeux. Sans que je m'en rende compte, je me suis peu à peu rapprochée de la baie vitrée, et j'ai désormais le nez presque collé au carreau. Chacun de ses hurlements est comme une déchirure au fond de moi ; pourtant, je ne détourne pas le regard. Sa douleur semble insoutenable, et je veux l'aider.

Tandis qu'il se débat, il tourne tout à coup sa tête vers la droite, vers la salle de garde, vers moi. Son visage est masqué du sang séché qui l'a éclaboussé. Nos regards se croisent : je ne vois plus que deux billes blanches, deux grands yeux rivés sur moi. J'observe alors minutieusement chaque détail de son iris. Je suis happée par la profondeur de son regard : le bleu ressort et me transperce. Pour ne pas manquer une demi-seconde de cet instant, je ne cligne pas et j'essaie de comprendre ce qu'il tente de me transmettre. Ses yeux brillent et se remplissent de larmes. Il m'appelle à l'aide, moi et personne d'autre. Il me communique sa détresse. Je ne détourne pas le regard. Lui non plus. Nous nous cherchons, comme si, à cet instant précis, en ce moment suspendu, il n'y avait plus que l'autre pour comprendre. Quelques secondes, quelques minutes s'écoulent. Le temps m'a semblé s'arrêter. Il a besoin d'une présence et j'ai l'impression de lui avoir offert le soutien nécessaire pour qu'il s'accroche. Puis tout s'accélère, nos yeux se quittent au moment où son cœur s'arrête. J'entends, au loin, Duval donner de nouvelles consignes :

– On le perd, on n'a pas le temps pour le scan', on l'emmène tout de suite ! Réservez un bloc, maintenant !

En un rien de temps, son regard s'est perdu au loin et ses paupières se sont fermées complètement. Clémence commence le massage cardiaque, et je n'ai toujours pas détourné la tête. Je reste bouche bée dans la salle de garde, les yeux perdus vers cet homme. Le brancard sur lequel il est installé roule vers les blocs opératoires, tourne au coin, et sort enfin de mon champ de vision.

Alors, je ressens un vide immense, comme si une partie de moi s'était envolée avec lui. Tout est allé si vite ; que s'est-il passé ? Quelqu'un a-t-il assisté à cette scène ? Je voudrais que Clémence soit à côté de moi et qu'elle me pince pour vérifier que je ne viens pas de rêver. Mon corps subit une guerre intérieure : mon estomac est complètement retourné, ma gorge est nouée ; je suis paralysée. Qu'est-il arrivé ? Le regard de cet homme m'a ébranlée plus qu'il n'aurait dû. Je me sens investie par le cas de cet homme. Encore sous le choc, je titube. Je n'espère qu'une seule chose maintenant : qu'il se réveille, pour voir à nouveau le bleu de ses yeux et comprendre ce qui lui est arrivé.

3

À peine le cap de minuit passé, l'hôpital fourmille de monde. Ma nouvelle année a commencé par un mystérieux regard, et je n'arrive pas à l'oublier. Ma garde n'est qu'un concentré de calme et de tempête : plus d'une fois, je dois remettre mon esprit en place pour réussir à me concentrer sur les patients. Quand je pense avoir un peu de répit, une nouvelle vague arrive. D'heure en heure, l'hôpital s'emplit et se vide de malades en tout genre, comme des poumons d'air. Je circule entre les patients qui ont besoin des premiers secours et des premiers contrôles avant l'arrivée des spécialistes. Lorsque mon esprit vagabonde ailleurs, je le rappelle à l'ordre immédiatement : je ne peux me permettre aucune erreur, car la moindre d'entre elles pourrait être fatale. En plus de gérer mes propres tâches, qu'elles soient administratives ou techniques, mon rôle de cheffe consiste à vérifier le travail de ma stagiaire et de l'ensemble du personnel de mon service. Léa semble vite dépassée par la folie du Nouvel An. J'essaie de lui prêter main-forte comme je le peux, mais à mon grand désespoir, je n'ai pas encore la capacité de me dédoubler. Je mets néanmoins les bouchées doubles pour lui venir en aide et pour que tout se déroule à merveille. Politique zéro fracas ! Vers cinq heures du matin, la situation se calme progressivement. Les patients sont de moins en moins nombreux, et je retrouve le calme qui annonce la fin prochaine d'une garde agitée.

Aux alentours de six heures, après avoir mis de l'ordre aux urgences, je constate une salle d'accueil quasiment vide et une Léa qui respire enfin. Je profite de ce répit pour mettre à jour les dossiers. Je prends place à l'accueil ; un endroit stratégique au fond de la grande entrée qui me permet d'avoir une vue d'ensemble sur les points clés de l'hôpital. L'entrée est divisée en plusieurs sections : la salle d'attente, l'entrée des ambulanciers, les salles de garde des infirmiers et des chirurgiens, les toilettes, une salle de repos pour les patients et les ascenseurs qui mènent aux différents services et chambres. Elle dessert aussi les différents box de consultation et donne accès aux couloirs de l'hôpital qui mènent vers les blocs opératoires et les services d'imagerie et de radiologie. Depuis mon poste d'observation, je peux donc tout voir et presque tout entendre. Ce que j'apprécie le plus, à l'accueil, c'est la grande verrière qui est installée au plafond : l'hôpital de Bayonne est à ciel ouvert. Comme je travaille de nuit, je peux y apercevoir les étoiles, et je garde une certaine proximité avec le monde extérieur. C'est grâce à cette fine lumière que je ne perds pas complètement la tête.

Cette verrière est née de la rénovation de l'hôpital, un an plus tôt. Si elle a eu un coût financier important, elle a aussi apporté son lot de changements bénéfiques, qui facilitent désormais les déplacements dans les différents services. Dans le même temps, la direction a choisi d'automatiser l'hôpital pour être à la pointe de la modernité et se mettre au niveau des meilleurs hôpitaux européens. Parmi ces arrivées technologiques, on compte une tablette de service offerte à chaque membre du personnel, dans laquelle se trouvent tous les dossiers informatisés des patients. Si je ne m'arrêtais qu'à ça, je pourrais dire que l'hôpital est un lieu de travail sans égal… Mais ce serait omettre le manque de personnel, les patients insultants et impatients, le manque de moyens en général, les primes inexistantes, les horaires de travail indécents, les grèves invisibles et bien d'autres surprises auxquelles nous ne pensons pas au moment de signer notre contrat.

Bien installée au fond de mon siège, les jambes tendues sous le bureau, mon esprit vagabonde. Au bout d'un certain temps et après avoir tenté de me raisonner, je n'ai plus qu'une chose en tête : en savoir plus sur l'inconnu de minuit. Quelques clics plus tard, je me tends en découvrant un dossier incomplet. Je rafraîchis la page une dizaine de fois, en pensant à un bug informatique, avant de comprendre que c'est peine perdue : aucune information sur son identité n'a été saisie. Je n'ai accès qu'à de vagues notes, répertoriées à la va-vite à son arrivée, sur son état de santé. La localisation en temps réel indique qu'il est encore au bloc C, entre les mains de Duval, assisté par Clémence. L'opération traîne en longueur. De façon très étrange, je commence à me sentir responsable de cet homme. Léa me sort de mes pensées en arrivant devant le poste, en panique :

– Excusez-moi, Adèle ? J'ai besoin de vous pour une urgence.

Déçue par mes recherches vaines, je soupire. Je détourne les yeux de la tablette pour me tourner vers ma stagiaire, et je l'interroge, agacée :

– Que se passe-t-il, Léa ?

– J'ai besoin de votre aide, là, tout de suite.

Je sens la détresse dans sa voix, et vois la sueur sur son front. Je sors de mon poste et nous nous précipitons vers un box de consultation. En arrivant, je constate qu'elle vient de perdre complètement ses moyens face à un soin plutôt courant. Une suture que nous avons vue ensemble en formation lui est devenue impossible à réaliser. Je m'installe près du patient pour montrer à Léa la bonne procédure.

– Tu serres, tu pinces, tu piques. L'anesthésie de la zone a fait son effet, il ne sentira rien. On est d'accord, monsieur Gérard, vous ne sentez rien ?

Le patient sourit à Léa tandis que je tente de maîtriser mes nerfs. Je suis dure avec elle alors qu'elle n'est pas bien méchante, mais elle est vite dépassée par les événements et ne sait pas se faire confiance. Depuis un mois, elle m'a mise plus d'une fois dans des situations délicates. Néanmoins, si je veux être juste, je constate une légère amélioration de sa part depuis quelques jours : rien n'est perdu, elle peut apprendre. Si elle n'a pas confiance en elle, j'aurai confiance pour deux. Après tout, il y a de cela quelques années, j'étais à sa place. Moi aussi, j'ai été la stagiaire d'un titulaire. Il me faut faire preuve de plus de compréhension, et la pousser à être meilleure, comme on l'a fait pour moi. J'estime qu'elle aussi a le droit à sa chance.

– Je suis désolée, Adèle, fait-elle les yeux humides.

– Ressaisis-toi !

– Oui, vous… tu as raison.

– Rassure-toi, ça peut arriver, d'accord ? Tu es aussi ici pour apprendre. Peux-tu finir de nettoyer la suture et vérifier les constantes des lits 4 et 9 ?

Mes questions sont des ordres camouflés et Léa l'a très bien compris, puisqu'elle se met au travail sans que j'aie besoin de me répéter. Durant cette courte leçon sur les sutures, j'en ai presque oublié l'inconnu. Mais une fois réinstallée dans mon fauteuil, la curiosité repart de plus belle. Je relis attentivement chaque ligne de son maigre dossier. Inscrites par Duval, ces quelques phrases concernant l'étendue des blessures me font froid dans le dos.

- → Multiples hématomes sur l'ensemble du corps, essentiellement localisés sur le haut du corps et particulièrement sur le thorax.
- → Côtes 7 et 8 cassées.
- → Rupture de la rate : urgence ++.
- → Brûlures au 2nd degré superficielles sur la jambe gauche et au 2nd degré profondes sur la cuisse droite.
- → Péroné brisé à 2 endroits.
- → Lacérations sur le visage et en haut du dos.
- → Pommette gauche fracturée.

Qu'a-t-il bien pu lui arriver ? Au vu des blessures et de leur localisation, il n'y a aucune chance pour qu'il se soit fait ça tout seul. Je réfléchis à différents scénarios, puis les chasse net de mon esprit. Qu'est-ce qui ne tourne pas rond chez moi ? Depuis son admission, j'ai focalisé mes pensées sur le sort d'un parfait inconnu, et plus les heures passent, plus l'état de cet homme m'importe. La fragilité dans son regard m'a touchée. Je ferme les yeux et tente de faire le vide. Je ne peux pas flancher. Ce n'est pas mon patient, je ne le connais pas et son histoire ne me regarde pas. Je me répète ces mots comme un mantra. Oublier cet homme, oublier ses yeux, oublier ses plaintes.

*

Ma garde est terminée depuis une demi-heure, et je n'arrive pas à quitter l'hôpital. Mon mantra n'a pas fonctionné. J'attends désespérément des nouvelles de Clémence, qui opère encore l'inconnu du bloc C. Une opération qui s'éternise ; je ne sais pas quoi en penser… Je tourne en rond dans le hall, sac sur l'épaule, prête à partir. Après une demi-heure d'attente, je décide enfin de sortir de l'hôpital pour regagner ma voiture et rentrer chez moi. J'ai attendu toute la nuit, je peux bien attendre une journée de plus. Sur le chemin du retour, je me ronge les ongles. Je prie pour que l'opération se soit bien passée, et pour obtenir rapidement des réponses. Je prie pour le voir éveillé ce soir et pouvoir lui poser toutes mes questions.

Une connexion faite en un regard et une séparation brutale en quelques secondes. Je ne comprends pas pourquoi cela a tant d'importance pour moi. Qui est cet homme ?

4

Sur la départementale pour rejoindre mon domicile, mon esprit divague. Au-delà du sang et des ecchymoses, ses yeux d'un bleu clair, presque gris, ont pénétré ma bulle de protection. Ce regard m'a transpercée, faisant resurgir des émotions bien lointaines. Dans l'habitacle, je ne fais plus attention à la circulation, aux bruits qui m'entourent. Je ne pense plus qu'à nos regards échangés, à ses paupières fermées, comme s'il m'abandonnait à mes inquiétudes et au brancard qui s'éloigne. Je n'arrive pas à comprendre ce qu'il s'est passé cette nuit – ou peut-être ai-je du mal à me l'avouer –, mais c'est bien là. Ancré dans mon cœur et dans mon esprit.

À quelques minutes de chez moi, je sens ma poitrine se serrer. Je n'arrive pas à contrôler ce que j'ai vécu quelques heures plus tôt, et je suis incapable de lutter contre ce que mon corps exprime. Faire le vide, me recentrer. Je repense à ma famille. À mon mari. J'ai un haut-le-cœur. Est-ce le tromper que de penser si fort à quelqu'un d'autre ? J'espère que Valentin n'a pas prévu d'aller à son agence un premier janvier ; je voudrais que nous passions un peu de temps ensemble. Nous en avons besoin tous les deux. C'est peut-être cette distance et ce vide qui me font penser à cet inconnu. Depuis des mois – ou plusieurs années, pour être honnête –, notre couple souffre de la distance imposée par nos vies professionnelles. Nous nous sommes éloignés et nos relations se sont tendues. Nos discussions se soldent, dans la majeure partie des cas, par une dispute. Mais après tout, c'est moi qui l'ai suivi ici ! J'ai tout quitté pour qu'il puisse ouvrir une agence immobilière dans la région qui l'a vu naître. J'ai sacrifié tout mon confort pour lui et, au fond, je crois que je lui en veux. Ce déménagement a créé un point de rupture entre nous ; la goutte de trop dans un vase rempli à ras bord. Mon quotidien parisien me manque, et je ne veux pas de cette nouvelle vie.

Je sors de mes pensées en ressentant un profond dégoût en moi. Ce vide laissé par Valentin a été comblé ce soir.

Les portes de notre immense portail métallique s'ouvrent. Nous avons acheté cette maison en arrivant à Biarritz. Valentin a eu un coup de cœur pour cette demeure minimaliste, au design épuré, qui nous offre calme et sérénité. Il n'a pas ressenti le besoin de me faire visiter : il était convaincu qu'elle me plairait et a tellement insisté que j'ai fini par céder. Grâce aux baies vitrées qui l'entourent, notre maison baigne toute la journée dans la lumière. Le jardin à l'avant est assez grand pour qu'Iris s'y amuse et pour que je m'y installe et apprécie la chaleur de l'été. L'intérieur est tout aussi sophistiqué : de la hauteur, des meubles en bois et fer conçus par un artisan local, une petite forêt de plantes en pot pour être plus proches de la nature, des couleurs sobres sur les murs que Valentin a soigneusement décorés d'illustrations de cinéma. À bien y réfléchir, cette maison est son rêve, pas le mien. Je la trouve trop grande pour nous, et sans âme. Rien ne laisse paraître qu'une famille heureuse avec un enfant y a élu domicile. Depuis quelques mois, je traîne pour y ajouter des touches personnelles. J'ai peur que Valentin trouve mes idées trop ringardes, pas assez épurées. Je vis avec l'espoir qu'un jour il souhaite acheter quelque chose de plus simple et à notre image… À mon image. Sur le perron, je me demande depuis quand je suis devenue cette épouse qui se laisse écraser par le poids et les idées de son mari, et c'est avec le cœur lourd et le masque d'une femme heureuse en ménage que je pénètre chez nous.

– Bonjour tout le monde ! Bonne année !

En arrivant dans le salon, je trouve mon mari à table avec Iris ; les deux semblent complices. Iris rit aux bêtises que son père lui raconte. Elle essaye de parler, la bouche encore pleine de son petit déjeuner.

– Tu sais que, moi, bah moi, je peux voler. Je suis une super-héroïne.

– Moi aussi, je peux voler, regarde !

Et le voilà qui court dans la maison en faisant l'avion sous les yeux ébahis d'Iris, qui ne tarde pas à rejoindre son père pour l'imiter. Valentin la soulève dans les airs, et l'avion Air Iris atterrit tout droit dans mes bras.

– Bonjour, petit monstre, fais-je en embrassant sa jolie tête blonde.

Iris a sept ans et déborde d'imagination. Quand je la regarde, j'ai l'impression de me voir au même âge : un visage rond de bébé, des cheveux blonds bouclés jusqu'aux épaules, un nez fin et de bonnes joues, des yeux bleus rieurs et, surtout, un sourire constant collé aux lèvres. Iris me serre fort entre ses petits bras tandis qu'une autre tête blonde se dirige vers moi. Valentin, amusé par les rires de sa fille, semble de bonne humeur. Il dépose ses lèvres sur les miennes. Immédiatement, je note la froideur, le manque de saveur et d'amour du baiser qu'il vient de me donner. Un baiser pour se donner bonne conscience, et qui a le goût du devoir marital. Je le ressens et je ne peux retenir ma déception : tout se lit sur mon visage. Valentin le remarque, et un malaise s'installe dans la pièce. Ce n'est pas progressif, c'est instantané. La bonne humeur ambiante laisse place à une sensation de guerre froide. Valentin va-t-il désamorcer, à temps, une bombe sur le point d'exploser ?

– Allez, Iris, à sept ans, on débarrasse toute seule son bol et sa cuillère.

Iris s'exécute, déconcertée par le changement d'humeur de son père. Valentin se tourne vers moi et noie le poisson, comme toujours.

– Ta garde s'est bien passée ?

– Fatigante. On a fait un pot pour la nouvelle année. Et Léa a paniqué aux urgences, pour une broutille. Heureusement que Clémence était là. Enfin, bon, elle était au bloc toute la nuit, mais au moins je la savais toute proche.

– Clémence ?

Valentin a le regard interrogateur. Je lui ai parlé des dizaines de fois de Clémence. D'ailleurs, c'est l'une des rares personnes de l'hôpital dont il entend parler.

– Mais tu sais, Clémence, je t'en ai déjà parlé… L'interne en chirurgie. En parlant de ça, j'aimerais beaucoup passer une soirée entre filles avec elle.

Derrière nous, Iris n'a pas manqué une miette de notre conversation et s'empresse de répondre :

– Je peux venir, moi aussi ? Je suis une fille.

– C'est pour les *grandes* filles.

– Je suis une grande fille. Je suis en CP.

Je souris : vaincue par une enfant de sept ans. Ma fille a le don de mettre du soleil partout où elle passe, même quand la situation est délicate. Nous avons eu du mal à l'avoir, et je crois que cela explique mon manque cruel de rigueur à son égard. Elle est la reine de ma vie. Comme elle se montre enjouée à la mention d'une soirée filles à laquelle elle est persuadée de pouvoir participer, il faut que je mette un point d'honneur à dire non pour cette fois-ci. Et que je sois prête à m'en vouloir pour au moins une semaine. Valentin, quant à lui, n'a pas l'air aussi enthousiaste qu'Iris. Ses yeux levés au ciel ont le don de m'agacer, il le sait. Je ne vais pas tarder à essuyer une flopée de reproches, et il n'est même pas huit heures.

– Iris, tu peux aller jouer dans ta chambre, s'il te plaît ? Je voudrais discuter avec ton père.

Iris traîne des pieds jusqu'aux escaliers, puis monte les marches métalliques en tapant bruyamment. Les hauts plafonds répercutent l'écho de ses pas. Une fois le son dissipé, je m'installe face à Valentin. Je le regarde. Ses cheveux coupés court et parfaitement laqués ne bougent pas d'un centimètre. Ses yeux marron sont rougis de fatigue. Son visage est marqué : de fines rides naissent sur son front. Je prends la parole en premier, pour crever l'abcès :

– Quel est le problème, Valentin ?

Il ne prend pas la peine de réfléchir et rétorque du tac au tac :

– Le problème, c'est que ça fait des mois qu'on ne se voit plus. On ne parle plus et puis, merde, on ne couche même plus ensemble ! Et tu parles de soirée entre copines avec ta collègue…

Je suis habillée pour l'hiver. Il vient de jeter un seau d'eau gelée sur une relation déjà glaciale. À l'intérieur de mon corps, c'est une autre histoire. La température est montée, je suis en feu. Une bombe se déclenche. J'ai trop lutté.

– À cause de qui on en est là ?

Tiens, prends ça !

– Pardon, mais tu es en train de me reprocher ma carrière ? Tu me reproches d'être ambitieux ?

– Parce que je ne suis pas ambitieuse, moi ?

– Tu aurais pu être une excellente chirurgienne, mais tu as préféré devenir le larbin des chirurgiens.

Ses mots me frappent en plein cœur. Je ne comprends pas sa soudaine méchanceté, cela ne lui ressemble pas. Je ressens un mélange de colère et de frustration. Il me juge, moi et mes choix professionnels, alors qu'il a passé l'essentiel de sa vie dans des bureaux et ne connaît rien à mon métier. Il me rabaisse, et ça n'est pas la première fois. Je sais qu'il n'a jamais approuvé que je change de cursus pendant mes études. Piquée par ses mots, je décide de lui rendre la pareille :

– Désolée d'être tombée enceinte et d'avoir décidé de garder notre enfant.

Le masque tombe ; il se décompose. Il sait qu'il est allé trop loin, mais c'en est trop pour moi. Trop depuis quelques minutes. Trop depuis des semaines. Trop depuis des mois.

– Ce n'est pas ce que je voulais dire, Adèle…

– Je sens que l'année commence bien ! Je vois que tu as pris de bonnes résolutions. La première était d'être chiant dès le premier jour, c'est ça ?

Je me lève du fauteuil et tourne en rond dans la cuisine. J'explose. J'ai besoin d'air et je n'ai plus la force ni l'envie de rester dans la même pièce que lui. Je sors et, malgré le froid matinal, je reste sur la terrasse du jardin, blottie dans mon pull en laine. J'essaie de calmer mes nerfs. Inspire ; bloque ; expire. Il me faut cinq bonnes respirations pour commencer à faire redescendre la colère. Je n'ai aucune idée d'où ira ma relation avec Valentin, mais ce matin, nous allons droit dans le mur. Une fois calmée – ou presque –, je rejoins Iris à l'étage. Je pénètre dans sa chambre en essayant de ne pas perturber le cours de ses histoires : elle joue avec ses poupées en contant leurs aventures. Je n'ai pas été assez discrète, car Iris se tourne vers moi et me demande :

– Maman, pourquoi il a crié, Papa ?

Parce que ton père est un con.

– Tu sais, Iris, il arrive parfois que les grandes personnes aient besoin de crier parce qu'elles ne sont pas contentes.

– Il n'est pas content parce que je fais des bêtises ?

– Mais non, mon cœur. Il n'est pas content parce que la vie des grands est souvent compliquée.

– Je ne veux pas être grande, alors.

Iris ne comprend pas tout, mais elle saisit l'essentiel : grandir n'est pas une épreuve des plus faciles. Je ne vais pas la contredire. J'aurais aimé rester enfant pour n'avoir à me soucier de rien. Depuis que nous avons emménagé, j'ai essayé de l'éloigner au maximum de nos histoires d'adultes. Je ne veux pas qu'elle soit impliquée. Elle n'est pas bête et se rend bien compte que quelque chose cloche, mais je ne sais pas trouver les bons mots, alors je préfère ne rien dire. Je préfère qu'elle ressente notre déménagement comme un joyeux nouveau départ.

Après cette courte discussion, je continue de la regarder s'amuser. J'entends la porte d'entrée claquer et la voiture de Valentin démarrer dans l'allée. Nous n'avons pas trouvé de solution à cette nouvelle dispute, et ce n'est pas aujourd'hui que nous allons pouvoir nous retrouver.

Iris en a subitement assez d'être à l'intérieur et me demande la permission d'aller jouer dans le jardin. Il faut profiter des rayons du soleil et du ciel bleu dégagé. Je suis ma fille qui se précipite dehors à toute vitesse. L'hiver n'est pas encore vraiment tombé et les températures sont toujours agréables. Tandis qu'Iris se met à courir dans le jardin, je m'allonge dans le hamac que Valentin a construit – seul endroit de la maison que je me suis approprié et dans lequel je me sens bien.

– Regarde, Maman, un serpent à poils !

Iris agite une chenille devant mon nez et me sourit de toutes ses dents restantes.

– C'est une chenille, ma chérie. Repose-la, tu dois lui faire mal. Tu aimerais que je te secoue par les pieds ?

Iris écarquille ses grands yeux. Elle fait une caresse à la chenille et la jette – délicatement, ou presque – dans les hautes herbes du jardin pour lui rendre sa liberté.

– Elle est libre, la p'tite chenille. Tu veux faire un jeu avec moi ?

– Je t'écoute. Explique-moi les règles.

– On doit compter toutes les herbes du jardin, celle qui arrive à mille a gagné.

Quelle erreur… Où les enfants vont-ils donc puiser cette imagination ? Mais Iris est aux anges et c'est la seule chose qui m'importe. À cet âge, on s'amuse de tout avec rien. Une forme d'insouciance qui me manque.

– Dix, onze… mille. J'ai gagné, Maman, j'ai gagné !

– Je m'avoue vaincue. Tu as gagné et… je vois que tu as bien appris tes nombres à l'école !

– J'ai appris avec Papa, mais j'y arrive pas.

Elle se tortille devant moi, comprenant qu'elle vient d'être prise en flagrant délit de triche. Je prends un air sérieux pour la gronder, puis j'éclate de rire, la fais tomber dans les herbes du jardin et la couvre de chatouilles.

– Voilà ce qui arrive aux petites tricheuses !

Iris rit fort et, moi, je la regarde en priant pour que le temps s'arrête et qu'elle reste cette petite fille enjouée et innocente jusqu'à la fin de ma vie. Plus le temps passe et plus j'ai du mal à la voir grandir. Je veux enfermer ces souvenirs à tout jamais, mais je sais qu'il est préférable de chérir l'instant présent, plutôt que de s'enfermer dans le passé.

Après la pause chatouilles, nous rentrons. Iris n'a pas oublié la discussion précédente et s'empresse de me demander des nouvelles de son père :

– Il revient quand, Papa ?

– Cet après-midi. Je reste avec toi jusqu'à son retour et, ensuite, je repars à l'hôpital.

– Pourquoi tu as décidé de travailler à l'*hospital* ?

– L'hôpital, je la corrige immédiatement. Je te l'ai déjà expliqué, je soigne les personnes malades.

– Mamie n'était pas à l'hôpital avec toi, alors ?

– Si. Pourquoi tu dis ça, Iris ?

– Elle est morte, mamie, donc elle n'a pas été soignée à l'hôpital.

Je garde la face, mais au fond, Iris ravive une plaie que je pensais éteinte. Depuis quelques semaines, elle est entrée dans cette phase où elle pose un million de questions existentielles. À cet âge, les enfants n'ont aucun filtre et ils ignorent que, parfois, ces questions peuvent nous anéantir. Je tente de lui répondre avec le plus de clarté possible. Pourtant, je sens ma voix trembler et se nouer :

– Mamie est décédée car elle était très malade et, à l'hôpital, on n'a pas pu la sauver.

– Et elles vont où, les personnes, après ?

– On ne sait pas trop, peut-être au ciel.

– Elles volent ? Comme les super-héros ?

– Elles volent plus haut.

– Je pourrais voler plus haut, moi aussi ?

– Je ne serai pas là pour le voir.

Évidemment, je ne serai jamais présente pour voir Iris voler, *jamais*. Rien qu'à l'idée, je sens mon cœur se crisper. Je retiens les larmes qui essayent de sortir et me focalise sur Iris, à présent installée sur le canapé. La fatigue exacerbe mon hypersensibilité. Je me pose à ses côtés et la prends dans mes bras. Valentin me laisse gérer une Iris excitée d'être en vacances. À cause de mon travail, il m'arrive souvent de m'endormir alors que je dois m'occuper d'Iris. Je m'en veux toujours car, à l'âge de l'insouciance, tout peut arriver. Dans cette étreinte, mes yeux se ferment sans que je puisse lutter pour rester éveillée. Je me perds à nouveau dans des rêveries, mais cette fois-ci, elles sont toutes tournées vers l'inconnu de l'hôpital. Je ne l'ai pas oublié. Il est bien là, quelque part entre mon cœur et mon cerveau. Je n'ose pas envoyer un message à Clémence pour lui demander si l'opération s'est bien passée ; j'attendrai ce soir.

*

Sur les coups de treize heures, Iris me réveille en sautant à pieds joints sur le canapé. J'ai l'impression d'être la pire des mères. Je sais qu'Iris est une enfant très éveillée, mais je me sens chaque fois si coupable de la laisser seule ! Son envie de déjeuner est plus forte que mon envie de me reposer. Quatre heures de sommeil en plus des deux heures volées pendant ma nuit de garde, ce n'est pas suffisant, mais je n'ai pas d'autre choix. J'essaierai de me reposer un peu à l'hôpital, si la situation le permet. Les paupières encore toutes collées, j'émerge de mes rêves avec difficulté. Je jette un coup d'œil à mon téléphone : Valentin n'a toujours pas donné signe de vie. C'est pourtant à lui de revenir pour s'excuser.

Avant de vriller complètement, je décide de mettre mon téléphone dans mon sac et de ne plus y prêter attention. Ma colère me tire de mon sommeil et je me lève pour faire un déjeuner de reine à Iris. Un déjeuner de reine d'un très petit royaume : au menu du jour, pâtes au ketchup et jambon. Si un chef avait vu l'assiette préparée, il m'aurait jetée vivante dans le four et aurait imploré les dieux de la cuisine de me cuire longtemps pour être une si mauvaise cuisinière. Malgré mes piètres talents culinaires, un sourire radieux illumine le visage d'Iris. Les choses simples de la vie la rendent heureuse et, au moins, elle ne meurt pas de faim. Après ce repas digne d'un conte de fées à petit budget, les heures défilent à toute vitesse. Je passe mon après-midi entre les siestes et les jeux d'Iris. La transition vers le Sud a été facile pour elle. Quitter la région parisienne pour s'installer en bord de plage l'a réjouie. Elle aime sa nouvelle école près de l'océan et ses nouveaux camarades.

Tandis qu'elle s'amuse dans le salon, je pars prendre une longue douche brûlante. Cette salle de bain qui s'ouvre sur la chambre est l'un de mes endroits préférés de la maison. J'aime m'y enfermer pour me détendre. Avant de repartir au travail, cette pause dans le temps me fait le plus grand bien. Pendant que je m'habille, j'entends la voix de Valentin résonner dans le salon. Je descends et vois la porte de son bureau fermée. Le message est clair : il ne souhaite pas être dérangé. Et je n'en ai pas l'intention, ma position reste ferme et définitive : il fera le premier pas.

Je dépose un baiser sur la tête d'Iris et lui promets de m'amuser avec elle demain. Je claque la porte d'entrée et reprends le chemin de l'hôpital. J'enchaîne une énième garde de nuit, ce qui ajoute de nouvelles heures de travail à un compteur surchargé. Mais cette fois, la saveur est différente. Je suis même impatiente d'arriver pour avoir des nouvelles de la personne qui hante mes pensées depuis minuit. Ce soir, j'aurai des réponses. Ce soir, je tournerai la page et reprendrai le cours de ma vie en arrêtant de penser à cet homme.

5

Comme chaque jour, je me gare sur la place qui m'est attribuée dans le parking réservé au personnel. Je sors de ma voiture, impatiente de retrouver Clémence. C'est devant l'entrée du personnel que je la vois, adossée au mur, une cigarette à la bouche, un café dans la main et son téléphone dans l'autre.

– Bien, madame la chirurgienne, bel exemple ! Je ne vous applaudis pas.

Elle me fait un signe de la main pour me dire d'attendre quelques secondes, hume son gobelet de café, trempe ses lèvres dedans. Son rituel à chaque pause. Elle ne parle à personne avant d'avoir goûté son café. Parfois, elle fait durer le plaisir. Souvent, on n'y prête plus attention.

– Je ne suis pas chirurgienne thoracique. Je n'ai donc rien à me reprocher.

Je souffle d'agacement.

– Tu es médecin, Clémence. Tu sais ce que tu risques, et même plus que les autres.

– J'arrêterai pour la nouvelle année.

Je ris à la plaisanterie, non sans oublier les risques que la cigarette provoque. Entre les blessures ravivées par Iris ce matin et l'attitude de Clémence, je ne cesse de repenser à ma mère. Je l'ai vue partir il y a trois ans, après un long combat contre un cancer des poumons lié à cinquante années de tabagisme. Une vie réduite en fumée, et un deuil des plus difficiles à surmonter. Depuis, je mets un point d'honneur à sensibiliser au maximum mon entourage – sans grand succès. Mais une question qui me semble plus importante sur le moment me pousse à changer de sujet :

– Sinon, à part le cancer qui t'attend, ta garde s'est bien passée ?

– Je l'attends, qu'il vienne, je lui botterai le cul. Pour la garde, j'enchaîne quarante-huit heures. J'ai passé une partie de la nuit à opérer le mec d'hier avec Duval. Je ne sais pas ce qui lui est arrivé, mais il va se souvenir de sa nouvelle année. Depuis qu'on l'a sorti du bloc, je suis sa nouvelle baby-sitter. Super, le programme ! Dix ans d'études pour faire du baby-sitting…

– Il est réveillé ?

– Non, mais il est stable.

Je suis d'abord soulagée d'apprendre que l'opération s'est bien passée. Ce qui m'inquiète désormais, c'est qu'il ne se soit pas réveillé après celle-ci. Je reste perplexe. J'ai besoin de détails, de choses concrètes ; je veux tout savoir.

– Qui s'occupe de lui, à part toi ?

– Si j'ai une urgence, ça sera Josie. Duval veut un suivi vingt-quatre heures sur vingt-quatre. J'y retourne, tu me suis ?

Ni une, ni deux, j'emboîte le pas à Clémence à travers les couloirs de l'hôpital. Elle slalome entre les patients et le personnel hospitalier comme un poisson dans l'eau. C'est son terrain de jeu, elle le connaît mieux que personne : elle est née ici. Le premier arrêt se fait en salle de garde, pour un nouveau café. J'en profite pour obtenir d'autres informations :

– C'était quoi, l'opération ?

– Splénectomie[3]. Mais on n'a eu que des merdes. C'est pour ça qu'on est restés autant de temps au bloc.

– Il va s'en sortir ?

– Il va falloir qu'il s'accroche, le bonhomme. Parce qu'hier ça ressemblait plus à une boucherie qu'à un bloc. Je te jure, c'était dégueulasse. Enfin bref, on va bien le surveiller.

– Clémence…

– Bon, O.K. Là, on est au stade où il a de faibles chances de se réveiller, mais on aura tout tenté. Ses lésions sont vraiment lourdes, maintenant il faut attendre. On ne peut rien faire d'autre.

– Tu sais s'il a de la famille ? Des amis ?

– On ne connaît même pas son nom. Comment veux-tu qu'on connaisse sa famille ? D'ailleurs, les gendarmes m'ont interrogée ce matin. Ils ont été prévenus par les ambulanciers, donc ils sont obligés d'ouvrir une enquête !

Les gendarmes se mêlent des affaires médicales quand il y a une suspicion d'agression, et c'est une option plausible quand on lit le rapport des blessures. Sinon, personne ne se serait soucié du sort de cet inconnu. Sauf peut-être…

– Ils sont venus ?

– J'ai eu droit à l'appel d'une grosse conne.

---

3. La splénectomie est une ablation chirurgicale de la rate.

– C'est bizarre de ne pas se rendre sur place…

– Pas la peine de se déplacer. Tu sais, maintenant, tu résous des agressions par téléphone, mais t'inquiète pas. Je leur ai dit que notre inconnu ne s'était pas réveillé, et ils m'ont répondu qu'une enquête était en cours. Comme d'hab' !

– Tu penses à une agression ?

– Au vu de ses blessures, il a dû prendre une sacrée raclée hier soir. Les gendarmes, ça ne les intéresse pas pour le moment. Ils viendront s'il meurt ou si quelqu'un se dénonce. C'est toujours comme ça, tu verras.

– Pourquoi tu es aussi dure avec eux ?

Clémence devient rouge avant même que je ne termine ma question. Je sens le malaise s'installer, comme ce matin avec mon mari. Je me passe de la réponse et enchaîne :

– Ils ont dit qu'ils enquêtaient, tu sais s'ils ont déjà une piste ?

– Adèle, tu es bizarre aujourd'hui. Pourquoi tu t'intéresses autant à ce mec ?

– Peut-être parce que, justement, personne ne le fait ici !

Ma réponse est sèche et spontanée. Je comprends que mon comportement puisse interpeller, mais, de mon côté, j'ai du mal à accepter des réponses dénuées de sensibilité. Les réactions de Clémence et des gendarmes me semblent inappropriées : un homme a peut-être été agressé hier soir, et personne n'en a rien à faire. J'ai toujours été concernée par la vie des patients et leur histoire, mais je ne comprends pas pourquoi son histoire à lui me touche autant. Je ne veux pas le laisser tomber. Je ne veux pas qu'on puisse le traiter de cette façon. Intérieurement, j'explose. Comment se fait-il que la gendarmerie ne se soit pas déplacée ? Comment se fait-il que je sois si affectée ? Clémence s'aperçoit de mon changement d'humeur.

– Adèle, des cas comme celui-là, on en a plus que tu ne le crois. Nous, on est ici pour le soigner, pas pour savoir ce qu'il s'est passé. On fait des horaires de dingue. On ne peut pas constamment avoir mal au cœur pour nos patients, sinon on finit par se faire bouffer. Tu devrais le savoir !

Sur ces paroles, Clémence tourne les talons et se dirige vers les ascenseurs. Elle part rejoindre l'inconnu et, moi, je reste sans bouger. Je n'ai pas obtenu de réponses à mes questions et j'ai failli perdre les pédales devant Clémence. Je ne peux pas rêver mieux pour commencer une garde ; il faut que je me calme sur-le-champ, ou je risque de passer mes nerfs sur ma stagiaire, qui n'a rien demandé.

6

En poste depuis quelques minutes, je ne cesse de me repasser la discussion que j'ai eue avec Clémence. Les nouvelles ne sont pas celles que j'espérais. Autour de moi, les patients affluent et pourtant, je n'arrive pas à me concentrer, ni sur eux, ni sur mon travail. Mes pensées remuent. Je suis en colère contre les gendarmes pour leur passivité, et en colère contre Clémence de ne pas m'avoir soutenue. Je pensais qu'elle prendrait mon parti et qu'elle serait d'accord sur le fait que cet inconnu mérite un intérêt particulier de notre part. En y réfléchissant, comment ai-je pu croire cela ? Déjà que je ne le comprends pas moi-même… Depuis le peu de temps que je côtoie Clémence, je l'ai vue plus d'une fois porter une armure anti-émotions face à certains patients. Comment aurait-elle pu être chamboulée par un parfait inconnu ? Je suis déçue de son manque de sensibilité, mais aussi admirative de sa force de caractère. Car il en faut pour se tenir à distance de cas difficiles… J'en suis incapable. Elle, si. Je l'envie.

Un patient me fait sortir de ma bulle au moment où je me sens le plus vulnérable.

– Madame, s'il vous plaît, j'attends depuis vingt bonnes minutes, j'ai besoin d'un médecin.

Chaque soir, c'est la même affaire. Il y a au moins un patient pour faire un esclandre, croyant être supérieur ou pensant rallier à sa cause les autres malades. Voilà l'idée : créer un bazar monstre dans la salle d'accueil pour que les médecins travaillent plus vite. Nous ne savons plus comment leur dire que nous sommes débordés. Ce soir, c'est la goutte de trop. Je suis tendue et il ne m'en faut pas beaucoup plus pour démarrer au quart de tour. Mais au moment où je m'apprête à lui hurler dessus, mon professionnalisme m'arrête. Je reprends mon calme et lui réponds de façon courtoise et polie, mais assez sèche pour qu'il se sente ridicule :

– Monsieur Michet, je vais vous le répéter une dernière fois. Un médecin va venir vous voir et vous emmènera passer les examens nécessaires. Pour le moment, je ne peux rien faire de plus que vous demander de patienter encore quelques minutes.

Le manque de personnel est intenable. Bien que le service infirmier soit au complet depuis des semaines, les médecins spécialisés sont en grève. Nous devons souvent assurer des tâches auxquelles nos diplômes ne nous préparent pas forcément. Nous tenons bon depuis des années et rien ne change pour autant. Nous faisons le maximum, parfois au péril de notre santé. L'erreur, le dérapage nous guette. Nous sommes épuisés, mais nous sommes debout.

Après le cas de monsieur Michet, je me rends dans les différents box de consultation pour m'occuper des patients nécessitant une prise en charge rapide. Ce soir, nous avons la chance de voir un service des urgences à moitié vide. Il n'y a aucun pronostic vital engagé et aucune urgence réelle. Après un rapide tour, je jette un coup d'œil sur l'ensemble de mon service. Il est sous contrôle. L'occasion pour moi de m'éclipser un court instant ; Léa gérera les urgences en mon absence. Le moment est idéal, c'est décidé. Je donne les dernières directives :

– Si tu as le moindre problème, tu me bipes. Je reviens dans peu de temps.

Chapitre 6

– Pas de soucis, Adèle, vous… enfin, *tu* peux compter sur moi.

Je quitte mon service, une boule à l'estomac en imaginant Léa enchaîner les mauvais choix, mais je chasse rapidement ces vilaines pensées et me dirige vers les ascenseurs pour rejoindre l'étage des chambres. Une fois les portes closes, je prends une grande inspiration et ferme les yeux. Ma raison me donne du fil à retordre. Je viens d'abandonner mon service à une jeune stagiaire car ma curiosité est plus forte. Qu'est-ce qui ne tourne pas rond chez moi ?

Je sors de l'ascenseur, tablette à la main pour garder sous les yeux la carte interactive de l'hôpital. Grâce à cet outil, je trouve facilement la chambre dans laquelle il a été placé. En chemin, je suis interrompue par Josie, la responsable des soins intensifs.

– Adèle ? Mais qu'est-ce que tu fais dans mon service ? T'as décidé de troquer les sutures pour les zombies ?

Josie dans toute sa délicatesse. Allez, Adèle, sois naturelle.

– Salut, Josie ! J'ai l'impression d'entendre Clémence. Je la cherche, tu n'as pas une idée d'où elle peut se trouver, par hasard ?

– Tu ne l'as pas bipée ?

– J'ai essayé, mais elle n'a pas répondu. Elle doit être occupée. J'ai préféré me déplacer.

Josie n'a pas l'air surprise et, visiblement, elle n'est pas du genre très curieux. Elle ne me démasquera pas ce soir. Après tout, je ne fais rien de mal : j'ai le droit de me rendre dans cette partie de l'hôpital. Mon service est sous contrôle, je peux prendre une pause. Malgré mes efforts pour me calmer, j'ai la désagréable impression d'être un agent double.

– À mon avis, Clem' est en chambre 307 avec l'inconnu d'hier soir. C'est au fond à gauche. À ce propos, est-ce que tu pourrais te charger momentanément de la surveillance de ce lit ? J'ai une urgence en soins intensifs et j'aimerais m'y rendre en sachant que mon patient est entre de bonnes mains.

L'euphorie me gagne. Josie m'offre un ticket VIP pour la 307, et ce, sans éveiller le moindre soupçon. Pour ne pas me montrer trop enthousiaste, je fais mine de regarder mon planning sur la tablette. Si j'accepte trop facilement sa requête, elle pourrait finir par en abuser. Pour le moment, toute ma réputation tient dans cet unique titre de cheffe. Je finis par accepter, pas peu fière de mon jeu d'actrice.

– Je vais te remplacer, aucun souci pour cette fois. Léa est prévenue.

– Je te transfère sa fiche. Merci beaucoup, tu m'enlèves une épine du pied. Bipe-moi s'il se passe quoi que ce soit. Je me dépêche !

En un rien de temps, le dossier s'affiche sur la tablette. En le parcourant, je constate qu'aucune nouvelle information n'a été ajoutée ; il est toujours endormi, dans un état stable, mais reste à surveiller. Josie m'a donné ce dont je rêve depuis hier : la possibilité de revoir cet inconnu.

7

Par le hublot de la chambre 307, une énième nouveauté qui donne à l'hôpital des airs de navire et permet de garder un œil sur les patients, j'essaie de voir ce qu'il se passe à l'intérieur. Je penche la tête pour mieux distinguer. Clémence, de dos, est en train de brancher de nouvelles poches de sang et de morphine à notre inconnu endormi. Elle semble très concentrée. Sa technique est si fluide et si maîtrisée qu'en un rien de temps elle regagne le fauteuil à côté du lit. Je pénètre discrètement dans la chambre et essaie de lui faire peur :

– Éloignez-vous tout de suite de ce patient, madame Arluzea. C'est un ordre !

Prise de panique, Clémence sursaute et lève ses mains en l'air comme si elle était prise en otage. En me voyant, elle fait la moue.

– T'es vraiment bête. Tu m'as foutu une de ces trouilles ! J'étais à ça – elle mime avec les doigts – de faire un arrêt.

– C'était juste une blague !

– L'épisode de la fusillade de *Grey's Anatomy*[4], ça ne te dit rien ?

– Jamais vu. Par contre, tu aurais dû te voir, c'était à mourir de rire…

---

4. *Grey's Anatomy* est une série télévisée médicale américaine créée par Shonda Rhimes (voir les épisodes 23 et 24 de la saison 6).

– Mouais… Qu'est-ce que tu fais là, au fait ?

– Je te cherchais, Josie m'a croisée et m'a demandé de la remplacer ici. Elle avait une urgence avec un autre patient des soins intensifs.

– Parfait, j'ai une urgence, moi aussi. Je reviens tout de suite.

– Heureusement qu'on n'est pas dans un film d'horreur, je ne t'aurais jamais revue.

– Très drôle. Je reviens dans pas longtemps, ne tue pas mon patient, s'il te plaît !

Elle me fait un clin d'œil et sort. La porte de la chambre se referme. Je me retrouve enfin seule avec l'inconnu, dans un silence entrecoupé du battement régulier des machines. Je jette un œil sur la pièce. Toutes les chambres d'hôpital se ressemblent ; je les connais par cœur, elles sont froides et simplistes. Celle-ci ne fait pas exception. Je fais le tour du lit pour mieux l'observer.

– Bonjour, jeune inconnu. Je me demande qui tu es et pourquoi tu es dans cet état…

J'ai lu de nombreuses études sur les patients dans le coma. Souvent, il est relevé que certaines personnes ont pu entendre leurs proches. Dans d'autres cas, on ne peut pas définir si ce que les patients ont entendu ne sont que des rêves ou bien l'effet d'un cocktail de médicaments. Néanmoins, beaucoup de psychologues demandent que les proches parlent aux patients pour éveiller des stimuli. S'il y a la moindre chance qu'il m'entende, je veux qu'il sache qu'il n'est pas tout seul.

– Je m'appelle Adèle. Tu es actuellement à l'hôpital de Bayonne. Tu es dans un état stable et ton opération s'est bien déroulée. Je ne sais pas encore pourquoi tu es arrivé ici, mais j'espère sincèrement que tu te réveilleras… Je ne sais pas si tu te souviens de moi, mais nous nous sommes vus à ton arrivée. Qui a pu te faire ça ?

Je sens ma gorge se serrer et les larmes monter, mais je ne veux pas craquer maintenant. Le fait qu'il soit seul et que personne n'ait demandé à le voir me touche particulièrement. Je me demande ce qu'il doit ressentir. Pour me distraire de mes émotions, j'observe l'étendue des dégâts et, surtout, je le regarde, lui. Son visage est paisible. Sa respiration contrôlée par la machine et ses yeux fermés donnent l'impression qu'il ne souffre pas. Son œil droit est tuméfié, je peux à peine voir sa paupière. Ses cheveux bruns mi-longs et bouclés ont été lavés, tout comme les taches de sang qui maculaient son visage. Son teint hâlé réchauffe la pièce. Je détaille également son nez, petit et retroussé, sa bouche aux lèvres pleines, entrouvertes sur un tube transparent. Son visage a quelque chose d'hypnotisant ; je ne peux plus m'en détacher. Je me sens liée à lui depuis notre échange de regards, comme s'il m'avait demandé de lui venir en aide ; je ne veux pas le laisser tomber.

Après l'avoir analysé de la tête aux pieds, je me tourne vers la table de chevet et aperçois un sac plastique rempli d'affaires. J'hésite quelques instants, puis décide de l'ouvrir délicatement. J'en sors les affaires pleines de sang qu'il portait à son arrivée : un jean noir, une chemise bleu ciel devenue violette, des baskets de ville délavées, un boxer, des chaussettes et une veste. Je prends cette dernière entre mes mains et, par réflexe, me mets à la humer. Je perçois une odeur dissimulée par le sang, mais qui ressort à certains endroits : douce et agréable, un mélange de bois et d'eau salée. Dans le sac se trouve aussi un médaillon argenté sur lequel est inscrit le prénom « Ava ». Peut-être celui de sa femme ? Cela me rassure : si c'est cela, elle devrait bientôt arriver à l'hôpital et rester à son chevet. Après avoir examiné chacun de ses vêtements, je les remets à leur place.

En essayant de faire rentrer à nouveau la veste dans le sac, je sens une résistance. Je fouille dans les poches : rien. Mais en tâtant de nouveau, je sens une forme rectangulaire dans la doublure : une poche intérieure et une fermeture très fine, presque invisible, ont été cousues. Je l'ouvre délicatement et en sors un petit carnet brun. Qu'est-ce que c'est ? Son identité y est peut-être indiquée.

Du bout des doigts, j'inspecte l'extérieur du carnet avec attention. Le cuir marron est souple et vieilli. Des petits dessins en relief ont été gravés sur la couverture : une ancre, un bateau, une vague, une planche de surf, un pinceau… Ces motifs s'entremêlent. J'hésite un instant. Ce carnet peut répondre à mes questions, j'en suis persuadée. Et puis, il n'en saura rien… J'ouvre à la première page, sur laquelle est inscrit à la main, dans une écriture fine et aérée : *Si vous avez ce carnet entre les mains, reposez-le, ce ne sont pas vos affaires !* Malgré la mise en garde, j'ai envie d'en savoir davantage. Je tourne quelques pages.

Clé n° 1 : Cessez de nier les faits. L'être cher n'est plus là, et plus tôt vous le comprendrez, plus tôt vous l'accepterez.

18 avril

Il paraît que se présenter dans un carnet est indispensable… Je ne suis pas fan du concept et je préfère sauter cette étape.

Depuis six mois, j'observe ce carnet jour et nuit sans prendre la peine d'y inscrire quoi que ce soit. J'ai décoré l'extérieur pour m'en imprégner, mais rien n'y fait… Il aura fallu attendre cette date symbolique du 18 avril pour que je daigne appliquer les conseils de ma psy. J'ai longtemps été récalcitrant à l'idée même de parler à quelqu'un, mais j'ai finalement réussi. C'est déjà une étape d'accomplie. Si les premiers échanges ont été stériles, j'ai réussi à m'ouvrir au fil du temps, et j'ai appris d'elle. Elle ne veut que mon bien. J'ai confiance. Il y a quelques mois, elle m'a parlé de cette méthode : la thérapie par l'écriture. Ce jour-là, je n'ai pas eu le temps de lui répondre qu'elle m'a tendu un beau carnet. Dedans, elle avait glissé une feuille de route censée m'accompagner dans le futur. « Ces clés vont vous aider, croyez-moi. Écrivez-lui, cela vous soulagera. »

Me voilà, six mois plus tard et un an après ton départ, à écrire les premières lignes d'un carnet qui doit me guérir... Il doit aussi m'aider à te parler. Pour écrire, je me suis assis au bord de la falaise. J'y passe beaucoup de temps depuis que je suis installé ici. Je rumine contre la vie, contre le monde, contre tout. Je n'arrive plus à pallier ton absence et je ne le souhaite pas. Je n'arrive toujours pas à comprendre que tu es partie. Tu me manques tous les jours. Je donnerais tout pour te revoir.

N.

8

Au moment où je referme cette première page, je me sens coupable. Mes sentiments viennent de l'emporter. J'ai, en toute connaissance de cause, fouillé dans l'intimité d'un patient. Je regrette immédiatement cette curiosité mal placée, mais qui me hurle de continuer pour en savoir davantage. Cette lecture me permet de mieux le connaître. Déjà, les questions m'envahissent : qui est cette femme à laquelle il s'adresse ? S'agit-il d'Ava, le prénom indiqué sur le médaillon ? Pourquoi a-t-il ce besoin irrépressible de lui écrire ? Il a signé d'une initiale… Noah ? Noé ? Nicolas ? Naël ? Norbert ? Pourquoi n'a-t-il pas écrit son prénom ? J'ai pensé obtenir des réponses en entrant dans cette chambre, mais plus les minutes passent, plus de nouvelles questions apparaissent et nourrissent mon envie d'en savoir plus. Je ne sais pas encore ce que je vais faire de ce carnet. Clémence risque de revenir d'une minute à l'autre, il me faut me décider. Avec un naturel déconcertant et pour percer le mystère autour de cet inconnu, je le glisse dans la poche de ma blouse. Je n'en parlerai à personne, surtout pas avant d'avoir trouvé des réponses. Il n'en saura rien, j'en suis convaincue.

Au moment où le carnet trouve refuge dans ma poche, Clémence entre dans la pièce.

– On dirait que tu as vu un mort, Adèle !

– Pas de blague morbide, s'il te plaît…

– T'as raison… Rien de nouveau, j'imagine ?

– Non, absolument rien.

– Merci. J'espère vraiment qu'il va se réveiller. Je ne veux pas commencer l'année avec un mort au compteur.

Clémence manque cruellement de tact, mais pas d'humanité. Je l'ai déjà vue pleurer, après avoir perdu une jeune patiente sur la table d'opération. Je lui en ai voulu tout à l'heure, mais c'est elle qui a raison. Elle prend assez de recul pour ne pas montrer le moindre signe de faiblesse ; elle se protège. Elle est forte, là où je suis faible.

– Tu as fait ta part du travail. À lui de faire la sienne, maintenant. N'est-ce pas ?

Clémence acquiesce et s'approche de l'inconnu. Sans aucune gêne, elle remarque :

– Il est pas mal quand même, tu ne trouves pas ?

– Clémence, il a des tubes partout, il est entre la vie et la mort.

– Oui, mais si on omet tout ça, il est beau.

– Tu es infernale, Clémence, tu le sais ?

Je pourrais, à cet instant, tout lui dire. Je devrais, même. Mais je n'ose pas. Je viens de voler l'un des effets personnels d'un patient. Sa réaction serait impossible à deviner et je ne veux pas prendre le risque d'avoir un quelconque problème. Si je regarde de plus près, elle a raison. Oui, cet homme est beau. Malgré les tubes et les blessures, il dégage un charme naturel, envoûtant.

– Au fait, pourquoi Duval demande une surveillance non-stop ?

– Tu le connais. C'est son nouveau trophée, donc il veut les meilleurs soins pour lui. Ce n'était pas une opération facile. S'il s'en sort, ce sera un miracle. Duval deviendra alors le Jésus de l'hôpital.

– Duval, quoi ! Bon, je retourne dans mon service, en espérant que Léa n'ait tué personne.

Avec Clémence, nous nous sommes apprivoisées et trouvées par l'humour – souvent noir. Quand nous sommes ensemble, nous laissons par moments notre déontologie nous échapper. Les hôpitaux possèdent de moins en moins de ressources, les gardes sont harassantes et le manque de personnel n'aide pas. Nous avons besoin de lâcher prise et de rire. Parfois même, devant nos patients. Étrangement, ils apprécient cela. Ils nous expliquent souvent que le fait de rire de ce qui leur arrive leur permet d'appréhender l'avenir de façon positive. Hippocrate doit se retourner dans sa tombe.

Je regagne enfin mon service, le cœur lourd d'avoir laissé l'inconnu. Avant de reprendre mon poste, je m'assure immédiatement que Léa n'a pas fait d'erreurs. Elle se débrouille bien, pour le moment. Je sens qu'elle est sur la bonne voie. Je m'installe au poste d'observation et jette un coup d'œil sur les nouvelles admissions pour faire le point. Les urgences sont sous surveillance et rien d'alarmant n'est à signaler. La situation évoluera sûrement dans les prochaines heures ; il nous faut rester en alerte. Au cas où…

Mes collègues se relaient pour les sutures, les administrations de médicaments et les examens. Je les regarde faire sans avoir besoin de me joindre à eux. Devenir cheffe a ses inconvénients : je côtoie désormais plus de paperasse que de patients. J'en oublierais presque ma vocation. Quand je dois aider Léa, je retrouve des sensations perdues. Ce soir, je n'ai pas envie d'être sur le terrain. Je suis là, tout en étant absente. Pourquoi cacher un carnet dans la doublure de sa veste ? Qu'a-t-il lui-même à cacher ? En ressassant les mots que j'ai lus, je le serre fort contre moi, à travers ma blouse. Si je veux rapidement trouver des réponses, il faut que je me renseigne. Je décide de contacter la gendarmerie. Après avoir composé le numéro et patienté trois sonneries, une femme à la voix rauque me répond enfin :

– Gendarmerie de Biarritz, lieutenante Steinberg, bonjour, quelle est la nature de votre appel ?

– Bonjour, lieutenante. Je suis madame Morel, infirmière à l'hôpital de Bayonne. Vous avez appelé ce matin concernant un jeune homme transporté ici hier.

– Oui, c'est exact. Il s'est réveillé ?

– Non, il est toujours dans le coma. J'espérais savoir si vous aviez des informations complémentaires concernant son agression.

– Madame Morel, une enquête est en cours. Je ne peux pas vous donner plus d'informations pour le moment.

– Savez-vous au moins comment il s'appelle ?

– Je ne peux vraiment rien vous dire.

– Lieutenante, nous sommes en train de parler d'un jeune homme qui est entre la vie et la mort. Est-ce que vous savez comment il s'appelle ?

Je ne me reconnais pas. D'habitude, l'autorité me fait peur, je m'en tiens éloignée. Mais depuis hier, je perds patience. Je veux que la lieutenante parle : la moindre information m'importe. Si j'avais son nom, je pourrais contacter sa famille.

– … Nous n'en savons pas plus pour le moment. Ce que je peux vous dire, c'est qu'aucune plainte n'a été déposée, et on ne peut pas faire plus que ce qu'on a déjà mis en place. Nous avons des procédures à suivre.

– Mais comment voulez-vous qu'il dépose plainte ? Il est dans le coma ! L'enquête a vraiment commencé, au moins ?

– Madame, je sais faire mon travail. Mes collègues aussi. Nous avons passé un appel à témoins pour identifier ce jeune homme.

Je me sens bête et reviens vite sur mes paroles :

– Je vous prie de m'excuser, lieutenante, j'aimerais pouvoir aider, tout simplement.

Je raccroche le téléphone et, même si je regrette de m'être emportée, je suis furieuse que la vie de cet homme importe si peu. Il a été agressé, j'en suis persuadée, et Clémence aussi ! La gendarmerie, elle, a l'air d'avoir mieux à faire que de s'intéresser de près à cette affaire.

Je m'affale au fond de mon siège, dépitée. Les méthodes d'investigation des gendarmes me dépassent et me semblent irréelles. Je ne regrette pas de ne pas avoir fait mention du carnet. Si je veux obtenir des informations, je devrai faire cavalier seul.

9

Depuis la fin de l'appel, je rumine, mes pensées se bousculent. Soudain, une idée m'apparaît. Si les gendarmes ne souhaitent pas me donner plus d'informations, les ambulanciers qui ont transporté l'inconnu seront sûrement plus bavards et moins méfiants. Les retrouver se révèle d'une extrême facilité. Je remercie le système d'automatisation des données, car en quelques clics je retrouve le nom de l'ambulancier, son numéro de téléphone et d'ambulance. Au bout du fil, on ne me fait pas attendre très longtemps.

– Ambulance 465, Marc Bineau, que puis-je faire pour vous ?

– Bonsoir, monsieur Bineau, je suis Adèle Morel, cheffe infirmière, service des urgences et admissions de l'hôpital de Bayonne. Je souhaite avoir des informations concernant un jeune homme que vous nous avez emmené la nuit dernière.

– On en a fait, du chemin, c'te nuit-là. Vous vous souvenez de l'heure à laquelle on vous l'a apporté ?

– Je dirais aux alentours de minuit et demi. C'était un blessé assez lourd : de multiples lésions sur l'ensemble du corps…

Le silence se fait au bout de la ligne. J'entends la respiration de mon interlocuteur. Avant que je n'aie le temps de demander si quelqu'un est toujours à l'appareil, Marc Bineau répond :

– Oui, c'est bon, je me souviens bien. On l'a retrouvé sur Biarritz.

– Ah oui ? Vous sauriez me dire où exactement ?

– Sur le rocher de la Vierge, près des falaises, au bout de l'allée accessible aux touristes.

– Vous n'avez rien trouvé d'autre sur les lieux ?

– On vous a donné tout ce qu'on avait. Il n'avait pas grand-chose sur lui. Vous avez besoin d'autre chose ?

Il semble pressé, mais il me reste quelques questions.

– Qui vous a fait le signalement ?

– Une passante légèrement éméchée qui a attendu jusqu'à notre arrivée. On lui a posé quelques questions. Elle ne connaissait pas l'homme, donc elle n'a pas pu nous renseigner ni sur son identité ni sur les circonstances de l'accident.

– Vous pensez à un accident ? Pas à une agression ?

– Je ne sais pas vraiment. Vous savez, tout peut arriver au Nouvel An. Ce genre de patient, on en transporte chaque jour. Mais maintenant que vous le dites, je ne serais pas surpris d'apprendre qu'un règlement de comptes a eu lieu. Tout est envisageable.

– Je vois. Je vous remercie pour votre aide. Bonne soirée à vous.

– N'hésitez pas à nous rappeler si vous avez besoin de quoi que ce soit.

Plus bavard que la lieutenante de gendarmerie, l'ambulancier m'a apporté une information capitale : le point de départ de mon enquête. Je ne connais pas encore très bien la ville, mais je me suis déjà rendue au rocher de la Vierge avec Iris et Valentin ; à pied, ça n'est pas très loin de la maison. Au vu du manque d'informations, je ne dois pas prendre à la légère le peu de choses que j'ai pu recueillir. Je griffonne sur une feuille vierge le début de mon enquête parallèle.

Chapitre 9

1er janvier : Arrivée de Monsieur X. aux urgences vers 00 h 30.

Marc Bineau (ambulance 465) a retrouvé l'inconnu au rocher de la Vierge (20 min de la maison). Que faisait-il seul le soir du Nouvel An ?

Carnet trouvé dans la doublure de sa veste avec un médaillon sur lequel est inscrit « Ava ». Qui est Ava ?

À faire : continuer lecture carnet et aller au rocher de la Vierge.

En quelques minutes, j'ai revêtu un uniforme d'enquêtrice et j'ai délaissé mon travail. Au quotidien devenu routinier, ce mystère ajoutera un peu de piment. J'aide des vies tous les jours, mais cette fois-ci, la saveur est différente. Premier objectif : mettre un nom sur ce visage.

10

Comme je l'avais pressenti, le calme des urgences ne dure pas. L'affluence des patients me force à me reconnecter à la réalité et à mettre sur pause mon enquête. Six ambulances se succèdent pour nous amener les six victimes d'un même accident de la route. Ma nuit de garde passe à toute vitesse et je ne vois pas les aiguilles de l'horloge défiler.

À l'approche de la fin du service, mon cerveau reconnecte peu à peu avec mon enquête. Le carnet de l'inconnu n'a toujours pas quitté la poche de ma blouse. Même si certains doutes subsistent, je ne suis plus capable de faire machine arrière et je veux m'investir pour ce patient.

*

Une fois ma garde terminée, je saute dans la voiture pour rentrer à la maison. Je roule à toute vitesse en direction de Biarritz. Sur le chemin, je repense au carnet. J'ai hâte de découvrir ce qu'il renferme, mais je dois être prudente et minutieuse pour ne rater aucun détail et ne pas passer à côté de mon enquête. J'ai bon espoir que l'inconnu se réveille, mais je prie pour que ne soit pas avant que je ne retourne aux urgences. Si quelqu'un se rend compte que j'ai volé son carnet, je peux avoir de gros ennuis – le licenciement n'est pas sur ma liste d'objectifs de l'année.

Chapitre 10

Le trajet me paraît plus rapide que la veille et pourtant, je sais que ce qui m'attend à la maison peut être bien pire que ce qu'il se passe à l'hôpital. Je n'ai pas eu de nouvelles de Valentin. Pas de nouvelles, bonne nouvelle ? Une chose est sûre : je n'ai pas envie de vivre un énième débat stérile qui nous conduira tout droit vers une dispute. Ma seule lumière dans ce chaos est Iris.

– Salut, mon petit monstre.

À peine le pas de la porte franchi, Iris court dans ma direction. Elle me saute dans les bras et n'attend pas que je m'installe pour me raconter tout ce que j'ai manqué depuis hier. Elle me sourit et je m'aperçois très vite qu'il lui manque encore une dent.

– J'en connais une qui va recevoir la visite de la petite souris.

– Je l'ai perdue hier soir et je n'ai même pas pleuré. Je suis une grande fille, maintenant.

– Tu vas être récompensée. Je la connais bien, la petite souris, et elle aime bien les enfants comme toi.

– Ah oui ? Elle te l'a dit ?

Iris est une enfant très sage. Elle ne pleure presque jamais, ne fait pas de colères et s'intéresse à tout. Sans être tout à fait objective, selon moi, elle est l'enfant modèle dont rêve chaque parent. Depuis près d'un an, elle a développé une fascination pour les super-héros en tous genres – de l'araignée au grand bonhomme vert en passant par le raton laveur et l'homme au bouclier. À l'image de beaucoup d'enfants de son âge, elle a créé son monde imaginaire dans lequel elle est l'héroïne principale dotée de super-pouvoirs.

Avant que je ne puisse répondre à sa question, Iris est partie jouer dans le jardin, poing tendu vers l'avant comme si elle volait. Je la regarde un instant, puis tourne ma tête en direction de Valentin, qui ne semble pas se soucier de ma présence. Nous allons faire semblant, encore une fois, et c'en est trop. Je décide de le provoquer :

– On n'embrasse pas sa femme ?

Il s'est installé sur la table du salon alors qu'il préfère d'habitude s'enfermer dans son bureau. Il lève les yeux de sa paperasse, se redresse, m'embrasse timidement et se rassoit. Je m'en contente. Que puis-je faire ? Faire une scène et persister dans la négativité alors que le climat est déjà hostile ?… À bien y réfléchir, c'est exactement ce que j'ai envie de faire.

– Ma garde s'est très bien passée, au cas où ça t'intéresserait.

– Adèle, pas maintenant.

Il souffle un long moment sans me regarder. Je quitte la pièce et monte dans ma chambre pour me reposer ; je ferme à double tour. Le feu de la dispute d'hier s'est éteint, mais les braises sont encore chaudes. J'aurais vraiment aimé qu'il me parle, que l'on puisse discuter comme deux adultes ; pourtant, ni lui ni moi n'avons envie de faire le premier pas. Je laisse la situation m'échapper, trop préoccupée par mon inconnu et son carnet. Je vais profiter de ces quelques heures de sommeil quotidien, qui sont tout ce dont je me contente depuis des semaines. Peut-on mourir de fatigue ?

*

Quand j'ouvre les yeux, l'écran de mon téléphone m'indique que je viens de m'endormir deux bonnes heures. La maison est plongée dans le silence le plus total. Je passe ma tête dans la chambre d'Iris, qui joue calmement avec ses figurines de super-héros. Valentin n'est plus là. Comme à son habitude, il a laissé une note sur la table du salon me disant qu'il est parti à l'agence. Il ne reviendra qu'avant que je ne reparte à l'hôpital. Je rejoins ma fille dans sa chambre pour me recharger en chaleur et en amour. Dès qu'elle me voit, elle redevient une pile électrique, inépuisable.

– Maman, Maman, on peut jouer à un jeu toutes les deux ?

– Tu ne préfères pas qu'on aille faire un tour, plutôt ? Il fait bon dehors…

Iris n'a pas le temps de me donner sa réponse qu'elle est déjà en train de se préparer à sortir. Elle n'est pas difficile à convaincre et est surtout toujours partante pour une activité en plein air. En fait, Iris est toujours partante pour tout.

Je veux profiter de l'absence de Valentin pour sortir sans qu'il ne pose de questions et pour me rendre sur le lieu de l'agression de l'inconnu. J'espère en apprendre plus là-bas. Il faut commencer quelque part et le rocher de la Vierge est le point de départ. J'enfile rapidement un vieux sweat, un jean et des baskets. Dans mon sac, je glisse le carnet de monsieur N. et un bloc-notes. Dans les films, les enquêteurs ont toujours leur calepin. J'ai l'impression de mener une double vie et d'être devenue une Sherlock Holmes des temps modernes, accompagnée de mon petit Watson.

– On va où, Maman ?

– Près de la plage du Port-Vieux, ça va nous faire du bien de prendre un peu l'air marin.

Nous habitons une maison du centre-ville, près de la grande plage. Le quartier est résidentiel, à l'abri du bruit et des touristes. Pour rejoindre le Port-Vieux, nous devons marcher une vingtaine de minutes. Inutile de prendre la voiture : Iris adore marcher et a été habituée dès son plus jeune âge aux longues balades parisiennes sur les quais de Seine. Alors, quelques kilomètres en bord de mer, c'est du gâteau ! Sur le chemin, elle m'explique la différence entre un héros et un super-héros, et s'assure que j'ai bien compris en terminant par un quiz. Après ce cours improvisé, elle commente tous les lieux qu'elle reconnaît : son école, la maison de son copain Jules, le gymnase où elle fait du sport… et tous les commerces qu'elle a l'habitude de fréquenter avec son père, après l'école. Iris a l'air d'apprécier sa vie de Biarrote. Au bout d'un quart d'heure, comme tous les enfants, elle me pose l'éternelle question :

– Quand est-ce qu'on arrive, Maman ?

– Dans quelques minutes, ma chérie. Tu veux manger une crêpe pour reprendre des forces ?

– Oh oui, avec plein de chocolat !

En arrivant vers le Port-Vieux, je l'emmène à l'*Aréna*. Ce restaurant surplombe la plage du Port-Vieux et nous avons une vue imprenable sur l'océan. En cette belle journée d'hiver, les rayons du soleil se réverbèrent sur l'eau et offrent un cadre reposant. À peine l'assiette déposée sur notre table, Iris est déjà en train de dévorer sa crêpe. Je l'imite avec joie : je n'ai rien avalé depuis la veille et la balade m'a creusée. Une fois nos estomacs rassasiés, nous regardons l'océan à perte de vue, Iris n'arrive pas à décoller son nez de la vitre. Elle observe les mouettes voler et l'écume se déposer sur la plage.

– C'est plus beau que notre maison d'avant. Je suis contente d'être ici.

– Je suis d'accord. On a beaucoup de chance. Aux beaux jours, tu retourneras te baigner, ce sera encore mieux !

– On ira avec Papa ?

Je m'étouffe silencieusement :

– Bien sûr, ma chérie.

Si ton père se décide à arrêter d'être un con.

Une fois l'addition payée, nous repartons vers le rocher de la Vierge, situé quelques mètres plus haut. Iris court dans tous les sens et n'a qu'une envie : descendre pour mettre ses pieds dans le sable. Moi, j'aimerais aller à l'essentiel et retrouver l'endroit de l'agression. En arrivant près de l'esplanade des Combattants, Iris tient absolument à aller à l'aquarium ; par chance, il est exceptionnellement fermé pour la journée. La mine déconfite, Iris se résigne à me suivre en traînant des pieds. Nous empruntons la passerelle Eiffel pour rejoindre la pointe du rocher de la Vierge. Le paysage est splendide. L'hiver n'a pas encore livré sa bataille à Biarritz, et nous avons le droit à des températures clémentes pour un début janvier. J'ai retiré mon manteau pour apprécier les premiers rayons de soleil de l'année. Sur la passerelle, je fais attention à ce qu'Iris ne tombe pas et, plus d'une fois, je sens mon cœur se soulever quand elle s'approche trop près du bord. J'imagine l'inconnu ici, heureux, quelques jours plus tôt, avant de subir coups et blessures. Ai-je raison ? Rien ne le prouve : aucune trace de sang n'est visible, il a sûrement été emporté par les vagues et la pluie du réveillon. Je me poste à l'endroit que m'a indiqué Marc Bineau, au bout de l'allée accessible aux touristes. J'observe le décor et essaie d'imaginer ce qu'il a pu vivre. Telle une enquêtrice de *Criminal Minds*[5], je réfléchis aux différents scénarios probables ; sans succès. Je m'assois sur le rebord en pierre, les pieds dans le vide. Iris est assise à côté de moi, un peu en retrait, et observe l'océan. J'ouvre mon sac et en sors le petit carnet brun. Tout en gardant un œil sur ma fille, je me plonge à nouveau dans ma lecture.

---

5. Série télévisée américaine, créée par Jeff Davis, où l'on suit une équipe de profileurs du FBI, du département des Sciences du comportement.

Clé n° 2 : Acceptez la situation en évoquant le jour où l'être cher est parti. « À raconter ses maux, souvent on les soulage. » Pierre Corneille

24 avril

Ava, je suis retourné sur les falaises de l'autre fois et je continue de ressasser. Je n'arrive pas à ôter de mes pensées ce qu'il s'est passé l'année dernière. J'essaie de tout faire pour remonter la pente : j'ai vu une psychologue dès mon arrivée ici, et j'essaie de me prêter au jeu de sa thérapie par l'écriture. Je ne vois pas de résultats. J'ai l'impression de ne pas y arriver. Je n'arrive plus à rien. Mais je me souviens, et je revis inlassablement cette journée, en boucle. Alors je l'écris pour qu'elle me pèse moins.

C'était une belle journée d'avril sous le soleil californien. La veille, en famille, nous avions célébré comme il se devait l'obtention de ton diplôme et le réveil avait été difficile pour tout le monde. Tu n'as pas pris le temps de petit-déjeuner ni de déjeuner. Le stress, sans doute. Tu as passé ta journée à te pomponner pour te sentir belle. Tu as enfilé ta plus belle robe : la bleu marine, cousue main par grand-mère spécialement pour ce jour. Un jour important. Tu n'aurais manqué pour rien au monde le bal de fin d'année. À 19 heures, Nolan a garé un cabriolet loué pour l'occasion devant la maison. Il a monté les marches du perron et a toqué à la porte. J'ai ouvert et l'ai observé de la tête aux pieds. Il portait un costume de la couleur de ta robe et avait soigneusement pensé à ta boutonnière. Aucun doute : vous alliez être élus roi et reine du bal.

Dans une scène digne des films américains, nous avons attendu en bas de l'escalier que tu descendes. Papa et Maman ont pris une dizaine de photos de toi, sous tous les angles. Ils avaient les larmes aux yeux en te regardant. Tu nous as rassurés en nous disant que tout irait bien et que, si tu avais le moindre problème, tu n'hésiterais pas à nous appeler. Je me suis installé dans le rocking-chair sur le perron pour te regarder partir. Dans l'allée, tu t'es retournée, tu m'as envoyé un baiser accompagné d'un clin d'œil et tu es montée dans le cabriolet en levant les mains en l'air.

Je n'aurais jamais pu imaginer la suite des événements. Mon monde s'est écroulé quelques heures plus tard et tout est devenu plus sombre. Il n'était pas très tard et nous étions devant la télé avec Papa et Maman. Une lumière rouge a éclairé le salon, la sonnette de la maison a retenti et deux agents de police se sont présentés devant l'entrée. J'ai ouvert et je ne sais pas ce qu'ils ont dit. Je n'ai plus rien entendu après les mots « accident de voiture ». Mon cœur a cessé de battre. Ce soir-là, je t'ai perdue pour toujours, toi, ma petite sœur. Tu étais aussi ma meilleure amie, celle que j'ai essayé de protéger dès sa naissance. J'ai échoué, et je n'arrive pas à vivre avec. Les jours suivants, l'accident faisait la une du journal local de Huntington. Papa et Maman ont réussi à se relever. Moi, j'étais anéanti. Je n'avais qu'une idée en tête : quitter ce maudit pays et fuir ma tristesse. Je ne voulais pas rester là où tout s'était arrêté. Je ne voulais pas rester en vie si tu n'étais plus là. Je ne sais pas comment j'ai *réussi à tenir depuis et, crois-moi, je manque chaque jour de franchir la ligne.*

Partir n'a rien arrangé. Même ici, je ne fais qu'y penser. Tu me manques tous les jours. Je donnerais tout pour être avec toi.

N.

Je referme le carnet brusquement, comme pour oublier ce que je viens de lire. Instantanément, des larmes coulent sur mes joues sans que je puisse les contrôler. Sa souffrance me pousse encore plus à vouloir le connaître. Les mots qu'il a employés me frappent de plein fouet. Il a mal, il hurle sa douleur dans ses écrits et j'ai envie de lui tenir la main, de l'aider. Une boule s'est installée dans mon ventre. Je me sens obligée de le protéger. La partie de son histoire à laquelle je viens d'accéder est sans doute la plus importante. Je sors mon bloc-notes pour inscrire ces nouveaux éléments :

Monsieur N. vivait avec sa famille en Californie avant d'arriver ici.

Sa sœur est décédée dans un accident de voiture.

Il s'est rendu, visiblement seul, à Biarritz. Pourquoi ?

Je ressens une peine immense pour cet homme. Je connais ce sentiment d'impuissance et cette colère qui nous habite après la mort d'un proche. Désormais, je ne cache plus mes larmes et Iris le remarque.

– Maman, tu pleures ?

– Je suis juste… un peu fatiguée. Tout va bien. Ne t'inquiète pas.

J'essaie naïvement de la berner. Iris a bien compris que quelque chose n'allait pas, mais elle n'insiste pas.

– C'est ton livre ? Je peux le lire ?

Elle a appris à lire toute seule l'année dernière et, depuis, elle y passe le plus clair de son temps : du magazine installé dans la salle d'attente chez le médecin au journal acheté par son père, en passant par des romans qu'elle choisit dans la bibliothèque et qui ne font aucun sens pour elle. Elle me regarde et attend patiemment mon autorisation.

– Tu ne peux pas le lire, ma chérie. Je ne devrais pas le lire non plus, tu sais.

– Bah alors, pourquoi tu le lis ?

– Pour savoir.

– Je ne peux pas savoir, moi ?

– Tu veux que je te raconte ?

À défaut de la laisser lire, je peux lui raconter l'histoire de l'inconnu. Ma solution a l'air de lui plaire, car elle s'est empressée de s'installer à côté de moi en attendant que je commence. Je range aussitôt le carnet dans mon sac et je prends ma voix la plus douce pour débuter mon histoire. Tout au long de l'aventure de cet inconnu, j'essaie d'employer les bons mots pour qu'Iris comprenne malgré son jeune âge. Je n'édulcore pas la vérité, mais j'évite les passages les plus violents, non adaptés pour une enfant de sept ans.

– Il va mourir, le monsieur, et aller au ciel avec mamie ?

– En ce moment, il se trouve entre le ciel et la terre, un entre-deux-mondes. À l'hôpital, on fait tout pour qu'il remette les pieds sur terre. C'est notre travail.

– Il vole ? Comme les super-héros ?

Si Iris est déjà captivée par ce récit, elle sera d'autant plus fascinée par l'inconnu si je lui dis qu'il est un super-héros.

– Un peu. Ce livre, c'est son super-carnet. Mais attention ! Personne d'autre ne doit le lire.

– Waouh, j'espère qu'il reviendra pour m'apprendre à voler et pour qu'il me raconte sa vie de super-héros. Je n'en ai jamais vu en vrai !

Iris a des étoiles dans les yeux. Elle veut m'aider dans ma mission. Pour elle, découvrir qui est ce mystérieux super-héros est bien plus intéressant que le reste de ses activités. Tandis qu'Iris cherche des solutions toutes plus farfelues les unes que les autres, nous empruntons le chemin du retour. Elle me pose des questions sur monsieur N. : elle veut tout savoir sur sa vie. Nul doute, c'est bien ma fille : aussi curieuse et tenace que sa mère. L'énergie d'Iris rend le retour plus rapide.

Quand la maison est en vue, je lui demande de ne rien dire sur cet homme. Ce sera notre secret. Mais à peine les mots ont-ils franchi ma bouche que je les regrette. Je me revois vingt ans auparavant, quand ma mère me demandait de ne rien dire à mon père sur un sujet ou un autre. Iris est bien trop jeune pour garder mes secrets. Tout en ruminant, je franchis le portail de chez nous et remarque la voiture de Valentin garée dans l'allée. Il me salue à peine, et je n'ai pas le temps d'avoir une discussion avec lui. Je dépose Iris et repars illico en direction de l'hôpital. La promesse de jours meilleurs semble s'effriter avec le temps.

11

À peine arrivée à l'hôpital, je n'ai qu'une idée en tête : prendre des nouvelles de l'inconnu. J'entre dans la salle de garde, enfile ma blouse, attache mes cheveux et m'installe au poste d'observation. Je prends ma tablette pour faire un rapide état des lieux. Je suis déçue de voir qu'aucune nouvelle n'y a été notée : monsieur N. est toujours plongé dans le coma. Son état est stationnaire et aucune amélioration n'a été relevée. À la lecture de ces quelques lignes, je pousse un long soupir de déception. Mais il me faut faire le vide : d'autres patients ont besoin de moi.

L'équipe de jour a fait du très bon travail et a laissé les urgences dans un état impeccable : pas d'admission oubliée ni de patient laissé de côté. Les gardes de nuit à l'hôpital nous plongent dans un autre monde : moins de personnel, des patients plus anxieux, plus de pression et une vigilance accrue. Avoir des équipes de jour compréhensives et aidantes nous soulage. Je peux commencer l'administratif sans prendre du retard sur des tâches annexes. Pour le moment, tout est calme, et j'espère que la situation restera inchangée. Après quelques minutes de tri dans les différents dossiers, Clémence arrive devant moi, deux cafés à la main.

– Salut, c'est pour toi.

Elle me tend un gobelet et porte le sien à sa bouche.

– Déjà l'heure de la pause alors que je viens seulement d'arriver… Que va-t-on penser de moi ?

– On les emmerde.

– Tu commences seulement ?

– Oui, Duval m'a mise de nuit jusqu'à mon prochain repos. Je peux te parler cinq minutes ?

L'attitude habituellement très enjouée de Clémence laisse place aujourd'hui à un air suspicieux et interrogatif.

– Dis-moi, tu m'inquiètes.

– Tu me connais, je suis cash. Je ne vais pas y aller par quatre chemins. J'ai remarqué que tu étais très bizarre. Je te trouve distante et pas du tout concentrée. Tu veux m'en parler ?

– Euh, tu me parles en tant qu'amie ou en tant que filleule du directeur ?

– Adèle, ne le prends pas mal, c'est ton amie qui s'inquiète. C'est une conversation strictement privée.

– Je suis juste épuisée… et à la maison, avec Valentin, c'est pas tout rose.

Clémence lève les yeux au ciel. Je ne sais pas si elle croit à mes mensonges. Les histoires avec Valentin m'affectent vraiment. Néanmoins, mon manque de concentration n'est dû qu'à l'arrivée de cet inconnu. Mais je ne suis pas prête à en parler, ni de lui, ni de son carnet. Il me faut encore du temps pour accepter son aide. Clémence n'est pas Iris, et j'ai peur de sa réaction. Elle est une adulte responsable qui me jugera et qui se mêlera de cette histoire. Comment lui parler de mon investissement pour un patient que je ne connais même pas ? Si je lui raconte, je vais devoir lui dire que j'ai fouillé dans ses effets personnels et que j'ai même volé un de ses biens ; je risque gros. Clémence est mon amie mais elle est aussi, et surtout, liée au directeur.

À l'hôpital de Bayonne, comme dans tous les hôpitaux, les chirurgiens sont les grandes vedettes. Nous, infirmières et infirmiers, ne sommes que dans l'ombre de ceux-ci. Autant dire, le bas de la chaîne alimentaire. Avec Clémence, mon statut de cheffe du service des urgences ne m'est d'aucune utilité. J'exècre devoir lui mentir, mais si j'avoue tout, elle sera obligée de signaler mes actions et je ne peux pas risquer cela. J'essaie de la rassurer du mieux possible :

– Clémence, ne t'inquiète vraiment pas. Je vais laisser mes problèmes à la maison, la prochaine fois.

– Ce n'est pas ce que j'ai voulu te dire. Simplement, je suis là, et si tu as besoin de parler, il ne faut pas que tu hésites. Je sers à quoi, sinon ?

– Merci, je n'y manquerai pas. Dis-moi, du nouveau sur l'inconnu ?

– C'est vraiment la seule chose qui t'intéresse, en fait ?

– S'il te plaît…

Je lui fais les yeux doux. Clémence n'est pas bête : si je ne lui ai pas dit la vérité, elle n'est tout de même pas difficile à deviner. Elle finit par céder :

– Aucun progrès depuis hier. Je vais le voir, d'ailleurs. Je lui fais passer un mot ?

– T'es chiante.

– Bisou, Adèle, à tout à l'heure.

Clémence est partie plus détendue qu'à son arrivée. Je sais que le répit sera de courte durée et qu'elle reviendra à la charge, dans quelques heures ou quelques jours. Je me remets à la paperasse de l'hôpital. Ma stagiaire a l'air de ne pas avoir besoin de moi. Elle m'étonne de jour en jour : depuis mes remontrances, elle ne s'arrête plus et semble s'adapter à toutes les situations. Après avoir clos les derniers dossiers, je sors le carnet que j'ai soigneusement placé dans la poche de ma blouse, et je l'ouvre pour continuer à découvrir l'histoire de l'homme inconnu.

Clé n° 3 : Ne vous rendez plus coupable de la perte d'un être cher.

1er mai

Je ne sais pas pourquoi je continue d'écrire dans ce carnet... Je n'arrive pas à savoir si cela me fait du bien. J'écris peut-être pour que tu continues d'exister à travers quelques lignes. Je me sens si mal. J'ai le sentiment que tout est de ma faute, que j'aurais pu empêcher cet accident.

Quand tu es partie, les choses se sont effondrées à la maison. Les relations avec Papa et Maman sont devenues compliquées. Je me sentais tellement coupable que j'ai préféré partir et les laisser derrière moi. J'ai tout quitté sans dire au revoir à personne. J'ai tout abandonné quelques mois après ton départ. J'ai tourné le dos à la Californie, tourné le dos à mes études, à mes amis, à Maman, à Papa et à ma vie. Je suis parti sans me retourner.

Je ne sais pas comment expliquer ce que je ressentais à cette période. J'avais besoin de tourner la page de cette vie dans laquelle tu n'étais plus. Je ne voulais plus me raccrocher à ta présence fantomatique dans la maison : tes vêtements, ton odeur, tes plats préférés, tes babioles... Je devais partir et ne rien emporter de toi avec moi, à part le médaillon que j'avais pu récupérer au lendemain de ton accident. Avant de partir, je n'ai laissé qu'une simple lettre à nos parents, sans vraiment expliquer ce que j'allais faire. Je ne pouvais rien dire. Je ne voulais pas que l'on me retrouve. Je voulais disparaître, comme toi. J'ai réuni mes affaires et j'ai pris un billet d'avion sans retour pour la France. J'aurais pu aller n'importe où... Mais j'ai choisi de retourner sur notre lieu de naissance. Peut-être que je voulais disparaître là-bas et recommencer à partir d'ici. Recommencer là où nous avions entamé notre vie. Nous y avons peu vécu, mais ça avait du sens quand j'ai pris cette décision. Depuis dix mois, je suis ici, à vivre de mes maigres économies. Dix mois durant lesquels je me suis puni pour ce jour. Rien n'a de sens maintenant : ni mes pensées, ni mes décisions. Tu me manques tellement. Comment vivre quand on a perdu son âme ?

N.

12

Le calme avant la tempête. Cette phrase prend tout son sens cette nuit. Après des heures détendues, le vent tourne et nous perdons le contrôle. Pendant deux heures, les patients arrivent au compte-gouttes, surchargeant les urgences, les box et les blocs opératoires. J'ai abandonné mon poste d'observation pour aider les différentes équipes en place. J'enchaîne les sutures dans les box de consultation : la petite entaille nécessitant trois points, la balafre profonde qui a obligé le chirurgien plastique à se déplacer, une coupure qui laissera une cicatrice d'une vingtaine de centimètres à vie sur le mollet de notre patient… Je passe également en zone de déchocage pour ramener par deux fois des patients à la vie. Dans ces moments-là, on se prend pour Dieu. Je change aussi des pansements pour éviter un risque d'infection, bande des entorses plus ou moins graves et plâtre trois personnes qui peuvent oublier leurs vacances au ski programmées depuis des mois. Cette nuit, les patients se sont tous passé le mot pour venir à l'hôpital. L'avantage, c'est que les urgences se vident aussi rapidement qu'elles se sont remplies, laissant les différentes salles dans le chaos le plus total. Nous devons désormais nous atteler aux tâches de nettoyage et de tri. Des tâches que nous, titulaires ou résidents, donnons le plus souvent aux internes ou stagiaires : laver le linge, nettoyer les parties communes, vider les poubelles de médicaments et de déchets hospitaliers. Je vais déléguer certaines tâches à Léa, mais je ne vais pas me tourner les pouces pour autant. Être cheffe, c'est également donner l'exemple. Cette nuit, Léa a fait preuve de sang-froid et a continué de m'épater. Je prends note de toutes ses améliorations pour les inscrire dans son dossier de fin de stage.

Je suis interrompue par Clémence, qui a choisi de faire une pause et de me rejoindre. Tout le personnel relâche enfin la pression. C'est avec un sourire fier et des étoiles plein la tête que Clémence m'interpelle.

– Je viens de faire ma troisième opération en solo ! Je vais pouvoir cocher ça dans ma liste d'objectifs.

– Super, Clem' ! Je suis fière de toi. C'était quoi, comme opération ?

– Appendicectomie. Je t'avoue que ça ne m'a pas vendu du rêve d'être dans les boyaux de quelqu'un. Au moins, je m'exerce et ne tue personne… Enfin, pour le moment.

– Très drôle. C'était la cohue, ce soir. Je suis épuisée.

Clémence s'est accoudée sur le poste d'observation et boit son café comme si elle se trouvait dans un bar branché de la ville.

– Au fait, avant que tu ne me demandes, aucune amélioration de ton inconnu. État stationnaire.

– Alors, ce n'est pas mon inconnu et je te remercie de me tenir informée. Tu vas le voir ?

– Vu comme tu es intéressée par son cas, tu en es responsable. Et oui, j'y vais, là. J'ai pour objectif d'ajouter la compétence « baby-sitting » sur mon CV.

Clémence tourne les talons et repart en direction des ascenseurs pour retrouver « mon » inconnu. De mon côté, je continue l'enquête. Je sais désormais pourquoi il est revenu à Biarritz. Avec l'aide des pages précédentes du carnet, je fais quelques recherches sur Internet concernant l'accident. Trouver des articles pourrait éventuellement me mener à sa famille. Il a laissé quelques indices. Premièrement, il a parlé d'Huntington Beach, une petite ville américaine. Elle est célèbre pour sa plage, son surf et sa jetée, et est fréquentée par beaucoup de célébrités et de sportifs. En regardant quelques photos, je me projette immédiatement sur ces plages paradisiaques, un cocktail à la main et les pieds dans l'eau. Mais je n'ai pas le temps de rêver ; je reporte ma concentration sur l'accident d'Ava. En tapant les mots *accident + Huntington Beach*, je découvre de nombreux articles d'accidents de surf. Le sport local a eu son lot d'incidents tragiques. Je restreins les recherches au maximum en ajoutant le mot *voiture*. Les centaines de résultats se transforment en dizaines, qui se limitent encore si l'on ne compte que les affaires les plus récentes. En quelques clics, je tombe sur l'affaire dont mon inconnu a parlé. Le *OC Register*[6] a couvert l'affaire et monté un dossier à la une du journal, intitulé « When Prom night turns into a nightmare », et illustré par la photo d'une voiture décapotable défoncée. Je clique sur l'article, j'active la traduction et me mets à lire l'encart de résumé.

6. L'*Orange County Register* est un journal quotidien américain publié en Californie.

> Quand le bal de promo tourne au cauchemar.
>
> La ville d'Huntington Beach est frappée par une terrible nouvelle. Quatre de ses adolescents ont trouvé la mort dans un terrible accident, samedi dernier, lors de la soirée du bal de promo. La collision a eu lieu dans le Golden West, entre Heil Avenue et Gothard Street. Le conducteur, alcoolisé au moment des faits, a percuté un panneau de signalisation à plus de 200 km/h. Trois des quatre adolescents ont trouvé la mort sur le coup. L'une des victimes est décédée sur le chemin de l'hôpital. Toutes nos pensées vont aux familles des victimes.
>
> Retrouvez en exclusivité une édition spéciale du dossier de l'accident.

En quelques lignes, je suis absorbée par l'affaire. Je clique sur la version numérique pour découvrir le dossier complet. Toutes les circonstances de l'accident y sont détaillées, en plus de témoignages et des portraits des victimes. C'est l'histoire banale de quatre jeunes rentrant du bal de fin d'année, trop alcoolisés, qui tourne au drame. Je cherche dans l'article des informations sur la famille d'Ava. Rien n'est indiqué, si ce n'est une courte ligne sur le fait qu'elle en était très proche. Pour préserver l'anonymat des familles, le nom n'est pas précisé, ce qui freine mes recherches. Une série de photos, dont une d'Ava et de ses trois amis prise lors de la soirée, complète le dossier. Je referme la page du site, bouleversée par ma lecture. Avec toute la peine du monde, j'essaie de me mettre à la place de l'inconnu.

Je n'arrive pas à imaginer la douleur et le choc qu'il a dû subir. Soudain, Clémence m'interrompt dans mes pensées :

– Adèle, il est temps de rentrer chez toi. Tu devrais être partie depuis déjà dix minutes.

– Quoi ? Déjà ?

Absorbée par mes recherches, je ne me suis pas rendu compte que le temps passait. Je clôture rapidement les derniers dossiers médicaux, salue mes collègues du jour et de la nuit et rejoins ma voiture sans prendre la peine de passer aux vestiaires pour me changer. La nuit a été mouvementée, la fatigue se fait sentir. Le sommeil ne sera pas difficile à trouver en rentrant.

13

Après la tempête à l'hôpital, la pluie s'invite sur le trajet du retour, plongeant les routes dans le chaos : le jour n'est pas encore levé, le vent menace de tout emporter sur son passage et les rues sont désertes. Seuls quelques téméraires se risquent à être trempés. La fatigue accumulée depuis quelques jours me fait faire de nombreuses erreurs de conduite : des feux grillés, des priorités non respectées et, pire encore, un piéton frôlé…

Malgré une enquête qui stagne et une obsession débordante, je veux que la journée qui m'attend soit placée sous le signe du repos. Je vais prendre soin de moi et rattraper mon retard de sommeil. Je ne me laisserai pas non plus distraire par la pente glissante sur laquelle se perd mon mariage. Valentin n'est plus une priorité. Je n'ai pas envie de le voir et je prie pour qu'il ressente la même chose. Je laisse couler le navire, consciente de naviguer, de jour en jour, vers un point de non-retour. Je franchis la porte de la maison, le cœur serré.

– Maman ! crie Iris en insistant pour se faire entendre.

– Salut, toi.

Je fais un énorme bisou et un gros câlin à ma fille. J'aime la serrer contre moi et lui faire sentir qu'elle est chérie et protégée. Pour m'indiquer la présence de son père, Iris me montre la porte fermée de son bureau.

– Le super-héros est réveillé ?

– Non, Iris, il a besoin de beaucoup de repos. Comme moi.

– Je peux me reposer avec toi ?

– Allez, viens là !

Je prends ma fille dans mes bras, comme quand elle était bébé, et je rejoins rapidement ma chambre. Avant de m'installer, je me change et enfile un vieux sweat-shirt et un boxer. Iris est collée contre moi et me serre de ses tout petits bras. Au bout d'une dizaine de minutes, elle sort du lit et court vers le salon pour jouer avec son père, qu'elle a entendu sortir de son bureau. Avant de fermer mes yeux, je sors le carnet de l'inconnu pour découvrir un nouveau passage de sa vie.

Clé n° 4 : Parlez de votre histoire, vous ouvrir au monde vous permettra de remplacer le chagrin par le souvenir.

12 mai

L'éternelle déprime d'écrire ces quelques lignes. Il ne se passe pas une seule journée sans que mes pensées soient tournées vers toi. Chaque jour, je me rappelle des moments que nous avons passés ensemble. Tout me fait penser à toi.

Il y a quelques jours, j'étais assis sur un des rochers au bord de la Côte-des-Basques. Le temps était au beau fixe et le bleu de l'océan se mêlait à celui du ciel. Le paysage était splendide : le niveau de l'eau avait monté et les vagues claquaient sur les rochers. Je regardais les enfants prendre leur leçon de surf. Immédiatement, je me suis replongé dans le souvenir de ton premier cours. Je ne sais pas si tu t'en souviendrais. Nous étions en

Californie depuis quelques années déjà, et tu m'observais souvent prendre les vagues pendant de longues heures. Un jour, tu devais avoir une douzaine d'années, tu t'es décidée à sauter le pas et à découvrir le sport local. Je n'avais pas la prétention de pouvoir t'apprendre et je t'ai donc emmenée suivre un cours dans l'une des écoles de la ville. Toute la matinée, je t'ai observée boire la tasse. Tu étais désespérée et moi, je multipliais les fous rires en te voyant tomber de ta planche sans jamais réussir à te lever. Après de longues heures, je ne sais par quel miracle, tu as réussi à te lever. Seulement quelques secondes, qui ont suffi à ce que tu hurles, face au vent : « Nathan, j'ai réussi, je suis une surfeuse ! » Je me souviens encore de ces mots, de ce sourire sur ton visage et de la fierté dans ta voix. Tu es tombée à la renverse juste après, et pourtant tu étais heureuse.

Sur mon rocher, ici en France, je regardais les enfants, et je te voyais en chacun d'eux ; j'ai souri bêtement. Pour la première fois, je me suis souvenu et je n'ai pas craqué. Je garde précieusement ce souvenir, comme tous les autres, dans ma tête et dans mon cœur. Il y a quelques jours, je t'imaginais surgir de l'eau. Je t'imaginais près de moi. J'ai attendu des heures et tu n'es jamais arrivée. Tout m'a ramené à ma solitude parce que oui, ici, je me sens extrêmement seul. Je me sens vide. Je me sens prisonnier de mon corps et de mon âme.
J'ai l'impression d'être mort de l'intérieur.

N.

*

Il n'est plus monsieur N. Il n'est plus inconnu. Désormais, je sais. Il s'appelle Nathan. Je dépose délicatement le carnet, puis je ferme les yeux et m'endors paisiblement, le cœur plus léger, l'âme plus sereine et l'esprit plus tranquille. Je me mets à rêver de Nathan, de ses belles boucles de surfeur californien et de sa sœur s'amusant dans les vagues. Moi aussi, je souris.

14

– Maman, tu dors ?

Je peine à ouvrir les yeux. Je n'ai aucune idée de l'heure qu'il est. Sûrement trop tôt pour me réveiller. Je veux prolonger mon sommeil encore quelques minutes et faire abstraction de la douce voix de ma fille.

– MAMAN ? TU DORS ?

La douce voix se transforme rapidement, je ne vais pas pouvoir continuer ma sieste plus longtemps. Je tâte à ma droite la couverture et Iris n'y est pas. Pourtant, je suis sûre d'avoir entendu sa voix. Les yeux encore fermés, la bouche pâteuse, je lui réponds :

– Plus maintenant…

Surgissant de je-ne-sais-où, elle me saute au cou et réclame sa dose de câlins. J'ouvre mes bras et elle se réfugie à l'intérieur comme dans une poche de kangourou. Nous restons collées l'une à l'autre jusqu'à ce que j'entende la porte de la chambre s'ouvrir. Je me demande ce que Valentin me veut, pour qu'il daigne enfin m'adresser la parole après une guerre froide de presque quarante-huit heures.

– Salut. Tu repars quand au travail ?

– Il est quelle heure ?

– Dix-sept heures.

– Déjà ? J'ai dormi toute la journée ?

– Oui. Je me suis occupé du déjeuner d'Iris, je t'en ai laissé un peu au cas où tu voudrais manger avant de repartir.

– C'est gentil, merci.

La maigre discussion, froide et impersonnelle, me laisse aussi indifférente que la présence de Valentin. Je suis de plus en plus hermétique à ses approches et je me contente de faire semblant. De cet échange, je ne retiens que l'heure : je dois absolument me dépêcher pour me rendre au travail. Je veux avoir un peu d'avance pour passer voir Nathan.

Au moment où je prononce intérieurement son prénom, un sourire apparaît sur mes lèvres. Cet homme a un nom et, désormais, je le connais. Je commence à préparer mes affaires pour le travail. Iris, de nouveau allongée sur le lit, se roule dans la couette comme un maki. Je l'envie d'être en vacances. Je donnerais beaucoup pour quelques jours de congé. En tournant la tête vers la table basse, je vois le carnet de Nathan et décide de ne pas l'emporter avec moi, pour être sûre de n'avoir aucune distraction pendant ma garde.

– Iris, j'y vais. Fais-moi un bisou. Même deux. Ou trois.

Iris ne se fait pas prier. Elle s'élance du lit et se jette dans mes bras pour me couvrir de baisers. J'aime ces instants et je voudrais arrêter le cours du temps pour en profiter inlassablement. Une fois les câlins reçus et distribués, je descends les escaliers à toute vitesse et rejoins l'entrée. Je ne prends pas la peine de dire au revoir à Valentin. Je ne souhaite ni le confronter ni affronter la discussion qu'il nous faut pourtant avoir. Je laisse la pomme pourrir.

*

En arrivant, je ne prends pas la peine de me rendre en salle de garde pour me changer et je fonce vers les ascenseurs. Travailler ici me permet de ne pas avoir à m'annoncer pour les visites – personne n'aura de trace de mes rendez-vous en chambre 307. Mais je veux tout de même rester discrète et ne pas attirer l'attention. J'entre finalement dans la chambre sans avoir croisé personne, et laisse échapper un long soupir de soulagement. Aucune infirmière, aucune Clémence… Duval piquerait une crise s'il savait que son miracle était sans surveillance.

Je m'approche du lit, rassurée de le voir dormir profondément.

– Bonjour, Nathan. C'est encore Adèle. Si tu m'entends, sache que j'espère que tu t'accroches et que tu luttes pour revenir parmi nous.

Je me tais. Je me trouve ridicule à parler à cet homme qui ne connaît même pas mon existence. La connexion que je ressens avec lui me met mal à l'aise. Une succession d'émotions et de sentiments pénètrent mon esprit. Son histoire m'a tellement touchée que j'ai envie d'être auprès de lui et de m'en occuper. Je veux qu'il se réveille et que j'apprenne à le découvrir autrement que par son carnet. Ce patient marquera le reste de ma carrière, j'en suis persuadée. Plus je me pose des questions sur mon comportement et sur la limite que je franchis, plus mon cœur me pousse à continuer.

– Il faut que tu te réveilles.

Je me suis approchée de lui et me tiens au-dessus de son lit. Je guette le moindre mouvement et je suis si concentrée que je ne me rends pas compte de cette proximité que j'installe.

C'est ce moment-là que choisit Clémence pour entrer dans la chambre. J'ai un mouvement de recul brusque et la regarde, embarrassée. Pour un simple regard, j'ai complètement perdu la raison.

– Qu'est-ce que tu fais là ?

Je sens mon visage virer au rouge devant la mine interrogative de Clémence. La gêne me fige ; je dois absolument trouver une bonne excuse pour justifier ma présence dans cette chambre. Du culot, j'ai besoin de culot !

– Je… je suis passée prendre des nouvelles des patients qui sont entrés par mon service. J'avais l'habitude de faire ça à Béclère.

– Et alors ?

– Rien d'anormal, j'ai légèrement décalé son tube. Sinon, ça va, toi ?

– J'en ai ma claque de jouer la baby-sitter. Duval me met une pression de dingue avec ce patient ! Il faut absolument qu'on trouve sa famille pour les prévenir et pour qu'elle prenne le relais.

– D'ailleurs, t'étais où ?

– Pause pipi. Je dois te remplir une déclaration ?

– T'es chiante, Clémence. Aucune nouvelle des gendarmes ?

– Ils enquêtent… Tu sais, on aura des nouvelles dans quelques mois pour nous annoncer qu'ils classent l'affaire. Comme d'habitude.

J'ai bien réfléchi. Je dois reconnaître que, même si elle est liée à la direction, elle est avant tout mon amie. Je peux compter sur elle. Je lui parlerai de Nathan dès que l'occasion se présentera. Dès que j'aurai retrouvé un peu de courage…

– Je vais filer, Clem'. Je commence ma garde dans cinq minutes.

Ce ne sera pas pour aujourd'hui. Clémence agite sa main depuis la porte quand je m'éloigne dans le couloir, tout en gardant un air suspicieux. Je suis embarrassée. Je n'ai pas envie de lui mentir, et pourtant, je n'ai pas réellement le choix. Si je veux lui dire la vérité, je dois d'abord avoir tous les éléments en ma possession.

Après cette rapide visite, j'essaie de faire le vide dans mon esprit pour me concentrer sur le travail. Je m'installe au poste d'observation et prends une pile de dossiers. Je salue Léa qui passe de box en box, accompagnée d'infirmières titulaires. Enfin, je me plonge dans les papiers : je compte faire du tri dans les dossiers des patients pendant que l'hôpital est encore sous contrôle.

*

Au bout de quelques heures, la fréquence d'entrée des patients augmente – des vagues qui ne vont pas tarder à faire chavirer le navire. Je suis sur le qui-vive et j'alterne entre les prises en charge urgentes, les blessés légers, les comas éthyliques et ceux qui n'ont rien à faire ici et qui ont seulement besoin d'être rassurés. Ici, tous les jours se ressemblent. Les heures passent à une vitesse folle et la nuit est courte, mais mouvementée. Quand je trouve enfin un moment de répit, je m'aperçois qu'il est déjà l'heure de rentrer retrouver ma fille et ma vie extérieure.

Une fois hors de l'hôpital, je prends une grande inspiration libératrice. Je peux enfin appuyer sur *pause*.

15

– Maman ! crie Iris comme à son habitude quand je franchis les grandes portes de la maison.

Je la prends dans mes bras et la fais voler dans les airs en tournoyant sur moi-même. Iris adore ça. Quand j'ai le tournis, je la dépose sur le parquet. Elle sourit et inonde la pièce de bonheur en tournant autour de la table dans un bruit d'avion. Dans le salon, c'est une autre ambiance : Valentin ne semble pas de bonne humeur. Je l'examine avec minutie. Il se tient légèrement en biais, à demi assis sur la table du salon, les bras croisés. Sa position montre qu'il est plutôt fermé à la discussion. Il a son air dur : celui des reproches et des mauvais jours. Sans que je puisse intervenir, il prend une voix grave et autoritaire pour s'adresser à notre fille :

– Iris, tu montes dans ta chambre.

– Mais, Papa…

– Il n'y a pas de « mais », tu montes maintenant !

Iris se dirige vers sa chambre en traînant des pieds. Je n'ai presque jamais entendu Valentin lui parler sur ce ton. À cet instant, je sais que la matinée sera longue.

Je le sens me dévisager. Je prends mon temps pour ranger mes affaires dans l'entrée et me sers un café et un verre d'eau. Au bout de quelques minutes, l'impatience le gagne. Il se redresse, fouille dans la poche arrière de son jean et, à ma grande surprise, agite un objet brun devant mes yeux. Le carnet de Nathan. La colère me monte aux joues immédiatement. Comment a-t-il pu pénétrer mon intimité sans aucune pudeur ? Il me regarde, toujours muet. Je me décide enfin à ouvrir la bouche, et articule le plus calmement possible :

– Qu'est-ce que tu fais avec ça, Valentin ?

– C'est plutôt à toi de me le dire. C'est quoi ce carnet ? C'est qui, ce Nathan ?

– Cela ne te regarde pas. Rends-le-moi. Tout de suite.

– Je suis ton mari, Adèle, alors oui, le carnet d'un homme retrouvé sur la table de chevet de *notre* chambre, ça me regarde. Tu m'expliques ?

Le ton monte. Valentin ne peut plus se contenir. Il n'arrive pas à s'exprimer sans aboyer et j'essaie tant bien que mal de garder la face. Je joue la carte du jardin secret, en sachant pertinemment qu'il a toutes les raisons du monde de s'énerver après une telle découverte. Parce qu'après tout, il a fait exactement ce que j'ai fait avec Nathan : s'immiscer dans mon intimité. Sauf que Valentin est mon mari et Nathan, un parfait inconnu.

– Mais de quel droit tu fouilles dans mes affaires ? Tu sais que je n'aime pas me sentir épiée.

– Je n'ai pas fouillé. Il était sur la table de chevet. Adèle, réponds-moi !

– Mais pourquoi tu l'as pris ? Ce sont mes affaires, Valentin !

– Depuis quand tu as des secrets pour moi ?

J'esquive la question ; je n'ai pas le choix. Je ne peux pas baisser ma garde.

– Tu l'as ouvert ?

– J'ai lu le début. Mais j'ai vite arrêté de lire les jérémiades de cet abruti.

Les mots qu'il emploie me touchent en plein cœur. Ma colère grandit. Je ne comprends pas cette envie de défendre Nathan qui gronde en moi, mais je ne peux pas accepter ce que dit Valentin.

– T'es vraiment stupide. C'est de pire en pire. Rends-le-moi maintenant.

– Pas avant que tu m'aies dit ce que ce carnet fait dans notre chambre !

Je dois mentir. Personne ne peut comprendre mon attachement à mes patients. Personne, sauf peut-être ceux qui font le même métier que moi et qui côtoient chaque jour le chagrin, la douleur ou la mort.

– Je l'ai trouvé sur le parking de l'hôpital, hier, en partant. J'ai oublié de le ramener aujourd'hui. Tu t'es encore fait des films, pour changer.

– Pourquoi tu ne me l'as pas dit plus tôt ? Tu cherches la confrontation ?

– Je n'aime pas cette façon que tu as d'agir, Valentin. C'est n'importe quoi.

– C'est ton attitude à toi qui est complètement folle.

De colère, Valentin jette le carnet par terre. Il ramasse ses affaires et part en claquant la porte. Pour la première fois depuis que je le connais, j'ai vu un autre visage de lui : il est enragé. La discussion n'a pas été longue, et pourtant, elle a été assez forte pour creuser encore davantage l'écart qui nous sépare.

Après son départ, je ramasse le carnet et reprends peu à peu mes esprits. Je respire profondément pour éliminer les tensions. En levant la tête, je vois Iris, livide, en haut de l'escalier.

– Qu'est-ce que tu fais là, Iris ? Tu m'espionnes ?

Je lui fais un clin d'œil et un grand sourire. Elle descend et me demande :

– Pourquoi tu n'as rien dit à Papa pour le carnet du super-héros ?

– Tu sais bien, Iris. C'est un secret que je t'ai confié. On ne peut pas le révéler.

Je m'enfonce.

– Mais pourquoi ?

Elle est désormais face à moi, et j'ai honte. Je lui mens en la regardant dans les yeux. Je suis en train de faire du mal à ma famille pour un parfait inconnu. Mais faire machine arrière me semble trop dur : je sais au fond de moi que je ne suis plus à ma place dans la vie que j'ai choisie. Je veux du changement. Aider Nathan de cette manière me donne envie de le faire pour d'autres. Iris doit comprendre que garder ce secret est primordial ; il le faut à tout prix.

– Si jamais ce secret venait à être découvert, j'aurais des problèmes, Iris.

Elle me regarde, acquiesce et s'engouffre dans mes bras. Je voudrais lui dire que les choses s'arrangeront avec son père. Je voudrais la rassurer, mais aucun mot ne sort. J'ai besoin d'air.

– On va se promener, mon cœur ?

Je n'ai pas le temps de terminer ma phrase que la porte d'entrée se trouve déjà grande ouverte. Iris en a autant besoin que moi.

*

Clé n° 5 : Libérez vos émotions. Prenez le temps du deuil.

6 juin

Le temps défile à toute vitesse. Je n'ai pas touché à ce carnet depuis presque un mois. Je n'ai pas réussi à trouver le courage de partager mes peines. J'ai continué à me renfermer, malgré les conseils de la thérapeute. Je me sens si vulnérable, Ava.

Depuis que je suis arrivé ici, j'espère toujours te croiser au détour d'une ruelle, comme si le 18 avril n'avait jamais existé. Je n'arrive pas à concevoir une vie dans laquelle tu n'es plus et pourtant, je n'ai plus le choix maintenant... Je sais que, au fond, tu veilles sur moi dans ton nouvel endroit. Il a fallu que je trouve ma place quelque part où les peines étaient moins profondes. Je l'ai trouvée au bord de l'eau. Le rocher de la Vierge. C'est là que je passe le plus clair de mon temps. Pendant des heures, j'observe l'océan à perte de vue. J'observe les vagues claquer sur les falaises. J'observe la houle emporter quelques grains de sable. Puis je pense à toi. Tu aimerais le paysage. C'est reposant, et quand le soleil se couche à l'horizon, mon cœur s'apaise un peu. J'essaie aussi de sortir : quand je m'éloigne du rocher de la Vierge, c'est pour me rendre chez Albert et manger quelques fruits de mer. Je pense à toi chaque fois que j'y mets les pieds. Tu adorerais le cadre et l'ambiance qui y règne ; on s'y sent comme à la maison. Le restaurant est installé face au port et je peux admirer les pêcheurs amarrer ou désamarrer leurs bateaux. La plupart des touristes passent leur chemin, et j'y trouve un peu de sérénité. Même si c'est dur, je serre souvent ton médaillon contre moi et je reprends quelques forces. Quand je le regarde, je me dis que tu aurais voulu qu'on profite au maximum, de tout. J'essaie. J'essaie tous les jours et j'espère un jour réussir à avancer.

N.

16

Nous avons bien marché avec Iris et nous venons de nous installer sur la plage du Port-Vieux. Les fesses sur le sable frais et humide, je laisse la chaleur des rayons du soleil me transpercer. Le froid n'a pas eu raison de nous, ni des dizaines de touristes qui nous entourent. Le cadre est idyllique. Le soleil est presque à son zénith et Iris s'amuse à construire un château dans le sable. Je viens de refermer une nouvelle page du carnet. À nouveau, je suis bouleversée par les mots qu'emploie Nathan. Je suis passée par là avec le deuil de ma mère et je comprends ce qu'il vit. Je sais que la perte d'un être cher peut nous détruire. Pour moi, cette période a été longue et sinueuse. Iris était déjà née quand sa grand-mère est partie et, pendant plusieurs mois, je n'ai pas eu la force de m'occuper d'elle. Valentin a pris le relais. Mon arrêt maladie a duré très longtemps et j'ai passé des jours entiers enfermée dans ma chambre, le regard dans le vide, à attendre le retour de ma mère. Durant des mois, je ne suis pas sortie : je ne trouvais pas l'énergie nécessaire. Un ami psychologue m'a envoyée vers les meilleurs cliniciens, mais rien n'y a fait. Je n'y arrivais pas car, au fond de moi, je me sentais coupable de la mort de ma mère. J'ai porté ce poids pendant presque un an, jusqu'au jour où la peine d'Iris de voir sa mère dans cet état a été encore plus difficile à supporter. À partir de ce moment, j'ai relevé la tête. J'ai été suivie pendant des mois et j'ai appris à vivre sans la présence de ma mère. La plaie béante dans mon cœur s'est refermée jour après jour. Aujourd'hui, la cicatrice brûle toujours un peu.

Je comprends ce que vit Nathan, je l'ai ressenti dans ma chair, et je voudrais être là pour lui. Nous n'avons jamais parlé et pourtant, j'ai comme l'impression qu'un seul regard nous a unis. J'ai le fol espoir qu'il ait ressenti cette connexion. L'océan me fait penser à lui.

– Maman, regarde mon château de sable !

Iris interrompt le cours de mes pensées. Emmitouflée dans sa doudoune, je ne discerne qu'une partie de son visage et le grand sourire qui l'illumine.

– C'est un grand château, ça ! C'est le tien ?

– C'est pour quand je serai grande.

– Il va falloir beaucoup travailler pour te payer un si beau château.

Elle court vers moi et me saute dessus. Être auprès de ma fille vaut bien toutes les heures de sommeil du monde. Avec elle, je suis moi-même, sans artifice. Je la prends par la main et nous nous approchons de l'océan ; il fait encore trop froid pour y mettre les pieds. L'envie de plonger la tête la première pour me rafraîchir les idées et pour y voir plus clair est tentante. Je renonce, trop frileuse et peu courageuse.

– J'ai hâte de pouvoir me baigner, Maman.

– Moi aussi, mon cœur… Nous irons cet été.

Nous restons debout quelques instants à contempler l'horizon avant de nous remettre en marche. J'emmène Iris à quelques centaines de mètres de la plage du Port-Vieux, en direction du port de Biarritz : si Nathan en a parlé, je dois m'y rendre. Sur le chemin, Iris se fait discrète. Je la laisse dans ses pensées : elle aussi a ses petits secrets, et je ne peux pas m'immiscer dedans. Elle retrouve sa langue au moment où elle aperçoit les bateaux :

– Regarde, Maman, il est de toutes les couleurs, celui-là.

Elle pointe du doigt un joli bateau de pêche peint de bleu, vert, rouge et turquoise. On ne peut pas le manquer. D'autres embarcations sont amarrées : Iris prend le temps de toutes les observer et salue dès qu'elle le peut les pêcheurs sur leurs navires. Elle est dans son élément. À l'école, elle a appris quelques contes et histoires sur les marins, dont elle me fait part. Celui des Trois Vagues me captive tant que je n'entends pas l'un des pêcheurs qui nous salue. Iris me donne une petite tape sur le bras et répond pour moi :

– Bonjour, monsieur le pêcheur. Je suis Iris et c'est ma maman.

Elle me montre fièrement du doigt tout en ne quittant pas des yeux le bateau. Iris n'a pas eu l'occasion de croiser beaucoup de pêcheurs à Paris. Elle en prend plein la vue.

– Alors bonjour, Iris, et bonjour, la maman d'Iris.

Timidement, je lui fais un signe de la main et continue mon chemin. Mais après quelques pas, je me souviens que je suis là pour une bonne raison ; je ne dois pas me défiler. Si Nathan vient tous les jours, peut-être que ce pêcheur le connaît. Je n'ai rien à perdre. Pour en avoir le cœur net, je fais machine arrière et l'interpelle :

– Excusez-moi, monsieur. Je peux vous déranger un instant ?

– Vous ne me dérangez pas, ma petite dame ! Que puis-je faire pour vous ?

– Je suis à la recherche de quelqu'un. Enfin… d'un homme qui vient souvent par ici. Peut-être que vous le connaissez ?

– Ça dépend. Il s'appelle comment, votre Jules ?

Le pêcheur vient du Midi et son accent chantant le trahit. Il semble sans filtre, et disposé à m'aider.

– Nathan. Je ne le connais pas très bien. Je suis à sa recherche, c'est assez important.

Le pêcheur se gratte la tête et creuse ses méninges.

– Nathan, vous dites ? Mmh, laissez-moi me concentrer. On voit tellement de monde passer, mais si vous me dites que c'est un habitué du port, je dois peut-être m'en rappeler.

Le regard perdu vers l'océan, il plonge dans ses souvenirs. Au bout de quelques minutes, il reprend :

– Un grand gaillard ? Brun aux yeux très clairs ?

– Oui, c'est sûrement lui…

– Ah, alors c'est le petit Nathan. L'artiste du port. On le voit parfois peindre ici. Mais le plus souvent, je le croise au resto *Chez Albert*. Il est pas très bavard, ce p'tit gars. Est-ce qu'il a des ennuis ?

Je rassemble les informations. Le pêcheur a l'air d'apprécier Nathan, même s'il ne le connaît que très peu.

– Oui, j'ai cru comprendre qu'il était souvent au *Chez Albert*. Vous pensez que quelqu'un peut m'aider, là-bas ?

– Vous aurez sûrement plus d'infos. Demandez à parler avec le patron, c'est un homme charmant qui vous aidera volontiers.

– Merci, merci, merci !

Tandis que je m'éloigne, le pêcheur ajoute :

– Il m'a offert une toile. J'y connais rien en peinture, mais il sait capter l'océan, celui-là ! Vous lui passerez le bonjour.

Sans le savoir, le pêcheur m'a donné une information clé : Nathan est peintre ! Dans la région, les peintres ne courent pas les rues. J'imagine que je peux facilement trouver sa trace. J'entraîne Iris et me dirige à toute vitesse vers l'allée Port-des-Pêcheurs, vers *Chez Albert*. Mon puzzle commence à prendre forme.

17

Chez Albert est situé en face du parking du port. Il est encore tôt et le parking est vide, tout comme le restaurant, qui n'accueille que quelques locaux sur sa terrasse chauffée. L'hiver n'est pas rude à Biarritz et pourtant, la ville est presque déserte. Je jette un coup d'œil rapide à l'intérieur du restaurant. Dedans non plus, ça ne se bouscule pas. Seulement quelques pêcheurs que je reconnais immédiatement à leur pantalon de pluie, leurs grosses bottes en caoutchouc et leur ciré déposé sur un tabouret en bois. L'établissement, sur deux étages, est charmant : la décoration nous plonge directement dans la coque d'un bateau. Des bouées sont suspendues au plafond, des peintures de Biarritz sont accrochées dans la salle et des nappes bleu et blanc recouvrent les tables. On navigue tout en restant à quai, dans une ambiance chaleureuse. L'odeur de poisson qui émane des cuisines m'ouvre l'appétit : je donnerais n'importe quoi pour dévorer un plateau de fruits de mer accompagné d'un bon verre de blanc. Je m'approche du bar. Iris trottine derrière moi et observe chaque recoin avec attention.

En m'installant, je remarque un vieil homme au crâne dégarni derrière le bar, qui essuie ses verres avec une rapidité exceptionnelle, signe d'années de pratique. Sur son pantalon en velours marron tombe un gros pull rayé bleu et blanc. Tout en s'agitant sur ses verres, il discute de la pêche du jour avec les marins présents.

Lorsque j'arrive au bar, il tourne la tête vers moi et sourit immédiatement en apercevant Iris à mes côtés.

– Bonjour, mademoiselle, qu'est-ce que je vous sers ?

– Un verre de chardonnay, s'il vous plaît.

– Et pour la petite princesse ?

– Un grand chocolat chaud avec de la crème au-dessus, s'il te plaît, monsieur.

– Tu n'auras plus faim pour le déjeuner…

– Allez, Maman, c'est les vacances. Je n'ai pas très faim, en plus…

– Tu es sûre que tu ne veux pas manger ici, plutôt ?

– C'est pas l'heure.

Je regarde ma montre qui affiche presque onze heures. Iris a raison, il est encore tôt. Quand le patron reçoit mon aval pour la commande, il s'exécute derrière le bar. D'une main de maître, il sert mon verre de blanc tout en préparant le chocolat d'Iris – il ne lésine pas sur la crème fouettée, qui dégouline sur la tasse et rend Iris folle de joie.

– Voilà pour vous, mesdemoiselles.

Iris s'installe sur le tabouret et commence à déguster son chocolat. Je profite du fait que son attention soit entièrement dirigée sur les pêcheurs pour entamer une discussion avec le patron.

– Monsieur… Albert ? Je suis à la recherche d'un jeune homme. Un des pêcheurs sur le port m'a dit que vous pourriez peut-être m'aider.

– Dites-moi tout.

Il me sourit et semble ouvert à la discussion. Je refrène mes pulsions et mes centaines de questions, et me contente d'une demande générale :

– Je suis à la recherche d'informations sur un certain Nathan.

Son visage détendu se referme aussitôt.

– Vous êtes gendarme ? J'ai déjà répondu à toutes vos questions.

Je suis surprise de sa réponse brutale. Je décide de ne pas lui mentir et de décliner ma véritable identité. Il est peut-être le seul à pouvoir m'aider, et j'ai l'impression qu'il ne me causera pas de problème.

– Non, pas du tout. Je suis son infirmière.

– Son infirmière ? Comment ça ?

Je décide de botter en touche. Autant ne pas faire de gaffes. Je le relance sur sa réponse intrigante :

– Vous avez été interrogé par la gendarmerie ?

– Vous savez, c'est petit, Biarritz, alors quand un jeune homme est retrouvé à une centaine de mètres de mon établissement, la cavalerie se déploie. Ils n'avaient pas l'air très pressés, mais ils ont interrogé le voisinage. Leur interrogatoire était court, ils voulaient surtout connaître l'identité de Nathan.

– Vous leur avez répondu ?

– Le petit Nathan, il était discret et il n'avait pas l'air d'avoir envie qu'on s'intéresse à lui. J'ai dit que je le voyais souvent par ici mais que je savais rien de plus sur lui.

– Vous ne leur avez rien dit ?

– Seulement son prénom, de toute façon, c'est la seule chose que je connaissais réellement de lui. Ils font du zèle, moi j'vous l'dis.

Nathan ne les intéressait pas du tout. Ils respectaient juste leur protocole.

Si Albert a tort, les gendarmes ont une longueur d'avance sur moi. S'il a raison et qu'ils ne font que le strict minimum, une fois au poste, le dossier de Nathan a dû passer en bas de la pile. Je suis perdue, mais ne baisse pas les bras pour autant. Je peux percer ce mystère, j'en suis sûre !

– Est-ce que vous savez ce qu'il fait dans la vie ? Comment il est ?

– Comme je vous l'ai dit, il n'a pas l'air d'avoir envie qu'on s'intéresse à lui.

– S'il vous plaît… C'est important. Je vous expliquerai.

– Bon… C'est un artiste, le Nathan. Il passe ses journées à peindre. Depuis quelques mois, il vient presque tous les soirs ici. C'est pas quelqu'un qui cause beaucoup. Il aime être seul et il aime pas être dérangé. D'ailleurs, pourquoi son infirmière s'intéresse à lui ? Et d'abord, pourquoi il aurait besoin d'une infirmière ?

Il n'a pas oublié sa première question. Albert semble attaché à Nathan, même s'il ne le connaît que très peu, et je perçois une authenticité qui me fait baisser ma garde. Au fond, j'ai besoin de croire que quelqu'un peut m'aider sans arrière-pensées, et que le monde a son lot d'humains profondément bons.

– Nathan est gravement blessé. Je recherche des informations sur lui pour pouvoir prévenir sa famille.

– Bon Dieu ! Il va s'en sortir ? La gendarmerie m'a juste dit qu'un jeune homme avait été trouvé dans le coin et qu'ils avaient besoin d'informations. Ils n'ont pas parlé de blessures…

– Si je suis venue jusqu'ici, c'est que c'est vraiment important.

Je me prends la tête entre les mains. J'ai peur. Je ne veux pas laisser tomber Nathan.

– Maintenant que vous le dites, je n'ai même pas fait attention au fait qu'il n'était pas venu depuis quelques jours. Quel piètre homme je fais.

Albert me touche, sa tristesse est palpable. De mon côté, si je ne comprends toujours pas le lien qui me lie à Nathan, il n'en est pas moins réel.

– Je ne sais pas s'il va s'en sortir, mais je sais qu'il ne devrait pas être seul dans cette épreuve.

– Vous avez l'air de bien l'aimer, votre patient…

Je ne réponds pas et avale une gorgée de vin pour éviter de m'effondrer.

– Mademoiselle, donnez-moi votre numéro de téléphone. Si je trouve des infos sur Nathan, je vous appelle.

Ses paroles illuminent mon visage. Il n'a rien pu fournir à la gendarmerie et est prêt à obtenir des informations pour moi. Je m'exécute en griffonnant mon numéro sur un bout de papier et le lui tends, accompagné d'un billet pour payer les boissons. Albert le refuse et me signifie d'un mouvement de tête que c'est offert par la maison. Après l'avoir remercié avec chaleur, je prends Iris par la main et nous repartons en direction de la maison. J'ai besoin de repos.

Sur le chemin du retour, nous nous arrêtons sur la grande plage pour qu'Iris s'amuse encore un peu dans le sable, et pour que je puisse lire une nouvelle page du carnet de Nathan. La vie est trop courte : la fatigue n'aura pas raison de ces moments.

Clé n° 6 : Ne rejetez pas les autres. La parole apaise la douleur.

13 juin

Plus un seul jour ne passe sans que je m'enferme dans ma bulle. Cette bulle dans laquelle tu prends la majorité de l'espace. C'est toi et moi. Il n'y a plus de place pour d'autres personnes. Je ne veux simplement pas faire de place. Je sais que tu serais déçue et en colère de lire ça. Mais c'est vrai. Je n'y arrive pas. Je repense souvent aux semaines qui ont suivi ton départ. Ce ne fut pas une période facile. J'y ai laissé une partie de moi. Quand tu nous as quittés, j'ai tout plaqué. J'ai dit adieu à mes études à la Cal'Arts[7]. Je suis parti sans me retourner, emportant avec moi quelques vieux cartons de toiles, des pinceaux et des peintures. Quand j'y repense, j'aurais parfaitement pu terminer les deux dernières années de spécialisation. Ton départ a emporté tous mes projets et toutes mes envies. Ton départ a brisé la part de lumière en moi. Pour ne pas me reprocher de ne pas faire d'efforts, j'ai décidé il y a peu de me remettre à la peinture, après un an sans avoir touché un pinceau. Je veux renouer avec cette passion qui m'animait.

Les premières toiles ont été un véritable désastre. Rien n'en ressortait ; le trait était grossier. J'ai persévéré et commencé à peindre régulièrement près du port ou au rocher. Les dernières esquisses sont prometteuses, et

7. Le California Institute of the Arts, ou CalArts, est une université privée et école d'arts américaine.

ça m'a donné un peu d'espoir. Tu vois, j'essaie de rester positif.

À la nuit tombée, je noie mes peines dans un peu de vin. Ne m'en tiens pas rigueur ; certains soirs, cela m'évite de trop penser. Hier, le patron m'a parlé. Il voulait en savoir plus sur moi. Je deviens un client régulier et, a contrario des autres, je reste toujours dans mon coin. Quand il a engagé la conversation, je me suis renfermé et il n'a pas insisté. J'ai apprécié cette forme de respect. C'est un type bien. Je l'entends souvent raconter ses histoires et ça me fait du bien. Le Nathan d'avant se serait joint à lui et aux autres pêcheurs. J'aurais raconté ma vie sans pouvoir m'arrêter. Désormais, moins j'en dis aux autres, mieux je me porte. Je ne peux pas prendre le risque de laisser quelqu'un entrer dans ma vie. Ma solitude ne m'apporte pas que la paix, elle a aussi son lot de mauvaises surprises : mon compte en banque baisse à vue d'œil et il serait temps que je me mêle aux autres pour trouver du travail… Je ne vais pas pouvoir tenir très longtemps sur mes économies.

Tu me manques.

N.

18

La nuit est tombée. Les lumières des lampadaires éblouissent la rue presque déserte. Je n'ai pas vu les heures passer après ma lecture. Je pars pour une dernière garde avant un week-end de repos, qui sera consacré à mes recherches sur Nathan. La grasse matinée n'est pas pour tout de suite.

Garée sur le parking de l'hôpital, je garde la tête posée sur le volant de ma voiture quelques minutes ; je suis épuisée par cette journée de recherches avec Iris et par ces découvertes. Avant de sortir, je prends une grande inspiration. Cette journée m'aura aussi permis de faire un point sur la situation et de prendre une décision : je dois parler avec Clémence. Je dois lui faire confiance.

*

Après une dizaine de minutes, je la trouve enfin, près de la machine à café. Certaines choses n'ont pas changé pour la nouvelle année.

– Je savais que j'aurais dû commencer par là ! Tu ne devais pas réduire la caféine ?

– Tiens, tiens, Adèle. Tu n'es pas avec ton inconnu en 307… Comme c'est étrange.

Clémence fait mine de se gratter le menton, à la manière des célèbres enquêteurs de la télévision. Je souris.

– Très drôle ! D'ailleurs, comment va-t-il ?

– Il est toujours endormi et toujours stable. Mais aucune amélioration concernant un probable réveil.

– Je vois… Et toi, comment vas-tu ?

Je m'approche de Clémence pour lui faire une bise. Elle me tend ses joues de bon cœur. Tout en touillant son café, elle fait le récit de sa dernière intervention en solo. J'ai droit aux moindres détails : la manière dont elle a fait une incision au point de McBurney, puis sa méthode pour retirer l'appendice de son patient qui était, selon elle, « énorme ». Elle semble fière d'avoir réussi haut la main. Clémence est brillante ; chez elle, la chirurgie est innée.

Tandis que nous discutons dans les couloirs, je cherche du regard un coin tranquille. Je ne veux pas aller en salle de garde : à cette heure-ci, le personnel y est nombreux et les oreilles traînent. Une chambre vide à l'étage fera l'affaire. Clémence me suit sans poser de questions, et tique à peine lorsque je ferme la porte à clé derrière nous. Elle s'assied sur le lit, et je me poste face à elle, le visage raidi, les muscles tendus. Je ne peux plus reculer.

– Il faut que je te parle de quelque chose d'important, Clémence.

– Doucement, madame, ne prends pas un air aussi grave, tu m'inquiètes. Tu rentres à Paris ?

Je me crispe un peu plus.

– Quoi ? Paris ? Non, pas du tout. Je voulais te parler de notre patient inconnu. Mais avant ça, promets-moi de garder ça pour toi et de ne surtout pas m'engueuler…

Nous y sommes. Quelques secondes avant l'impact. Je dois tout lui dire, je ne peux plus fuir.

– Euh, oui, dis-moi…

Clémence semble inquiète, mais aussi légèrement curieuse.

– La dernière fois, tu m'as dit que tu me trouvais bizarre.

– Oui…

– Mon attitude était bizarre à cause de notre inconnu. D'ailleurs, il n'est plus si inconnu. Il s'appelle Nathan.

– Comment tu le sais ?

– Ne me prends pas pour une dingue.

– Adèle, dis-moi tout de suite ce qu'il se passe. Je vais perdre tous mes ongles, à cette allure !

– Depuis qu'il est arrivé à l'hôpital, j'enquête de mon côté sur lui. J'ai contacté les gendarmes, je me suis rendue sur les lieux qu'il fréquentait.

– Mais pourquoi ? Et comment t'as eu ces informations ? La gendarmerie te les a données ?

– En fouillant dans ses affaires, j'ai trouvé un carnet dans la doublure de son manteau. Je l'ai ouvert et j'ai lu quelques pages.

Le visage de Clémence tourne au blanc. Je suis persuadée qu'elle va s'évanouir, mais, rapidement, elle reprend ses esprits. Dans ses yeux, il y a une forme d'incompréhension, une pointe de jugement, mais aussi une lumière brillante, comme si je venais de lui révéler l'emplacement d'un trésor. Je sais qu'elle jouera d'abord la carte de la déontologie.

Elle reste quelques secondes silencieuse, puis se jette à l'eau :

– Adèle… C'est très, très, très mal, tout ça… Tu le sais ! On doit garder nos distances avec les patients, pour notre santé mentale. Alors oui, son cas est touchant. Il est seul alors qu'il devrait être entouré. Mais ce n'est pas ton rôle.

– Je sais que j'ai franchi une limite, mais en ce moment je me pose tellement de questions sur moi, sur mon avenir, sur tout. Nathan est arrivé au bon moment, et je prends conscience que j'ai envie d'aider les autres…

– Mais tu les aides déjà, tu es infirmière. C'est la veine de ce métier : aider !

– Oui, mais je crois que je veux aider les autres de cette manière. Enfin, j'en sais rien, en fait. Je suis perdue.

– Adèle, Adèle, Adèle… tu ne peux pas faire ça.

– Ne m'engueule pas, s'il te plaît.

– Je ne t'engueule pas. Je dis ça pour ton bien… Bon, il faut que tu m'expliques tout depuis le début. Je ne peux pas te laisser toute seule dans cette affaire.

J'en suis désormais convaincue : je peux compter sur elle. Ma détresse l'a touchée. Elle veut des informations et je lui fais le récit complet de ce qui s'est passé depuis l'arrivée de Nathan. Je lui explique ce regard qui me criait « à l'aide », mon envie de découvrir ce qui lui était arrivé, le début de mon enquête. Plus j'avance dans mon récit, plus je la sens concernée et impliquée, et plus les émotions me submergent. Quand je me tais enfin, elle me dit doucement :

– Adèle, tu ne deviens pas folle, mais si tu veux aider les autres, il va falloir t'endurcir un peu et ne pas avoir les larmes aux yeux quand tu racontes leur histoire. Arrête de te flageller. Concernant l'hôpital, si ce que tu fais est dans l'intérêt du patient, tu ne risques rien. On va partir sur cette version et occulter le vol du carnet, et l'affection que tu peux ressentir. Tu peux compter sur moi. Si tu as besoin d'aide, je suis là. Quel est le plan ?

– Maintenant que je connais son prénom, j'aimerais pouvoir l'identifier complètement. Je veux aussi savoir ce qui lui est arrivé.

– Comment tu vas t'y prendre ?

– Pour le moment, je m'aide de son carnet, mais je n'ai pas encore réfléchi à la suite.

– Il faut absolument que tu restes discrète à propos de cette histoire. Nos carrières pourraient être affectées si quelqu'un le découvrait.

– Je sais. Je m'en veux de t'avoir dit tout ça, mais je pense que c'est la meilleure chose à faire.

– Tu as eu raison de m'en parler. Ton secret est bien gardé. Que tu ne veuilles pas impliquer la gendarmerie, c'est une chose, mais ne joue pas au cow-boy.

Je suis touchée et émue par sa réaction. Clémence est l'amie qu'il me manquait dans ma vie. Et elle a raison, je dois faire abstraction de mes émotions pour agir dans un seul intérêt : celui de Nathan. Ma gorge est serrée, et c'est dans un filet de voix que je remercie timidement Clémence. Je ne me suis pas trompée sur elle. Parfois, au lieu de continuer à contourner les situations délicates, il faut simplement les affronter.

– Promets-moi une chose, Adèle. Si ton plan échoue ou devient trop dangereux, tu devras en parler à la gendarmerie.

– Promis…

– T'es déjà en train d'obstruer une enquête… donc bon. Tu n'auras pas trop le choix.

– Clémence, arrête. Je sais que ce que je suis en train de faire est mal.

– Je risque aussi ma carrière à cause de toi.

– Clémence…

– C'est bon, détends-toi. Seuls toi, moi et Dieu, s'il existe, sommes au courant. On ne va pas se mettre dans la merde inutilement. Dis-moi au fur et à mesure ce que tu comptes faire pour que je ne me retrouve pas au pied du mur.

Clémence est plus détendue depuis mon annonce. Je n'échapperai pas à sa surveillance : elle aura un rapport détaillé de mes avancées. La promesse d'en parler aux gendarmes si les choses se corsent sera respectée. J'ai l'impression qu'il y a plus derrière ce carnet, derrière cette histoire que je découvre à peine, et je ne peux ni mettre la vie de mes proches ni ma propre vie en danger pour Nathan. Je dois me montrer prudente. Je ne dois pas non plus oublier mon travail pour cette enquête. Un pas après l'autre, je vais, à mon rythme, percer les secrets de Nathan pour pouvoir l'aider au mieux.

Après ses recommandations, Clémence veut en savoir plus et poursuit la discussion par un interrogatoire. Je réponds à chacune de ses questions pendant une trentaine de minutes, mais nous sommes finalement coupées par la sonnerie de son biper. Quand elle referme la porte de la chambre derrière elle et me laisse seule, assise sur le lit, je pousse un soupir de soulagement. Je ne suis plus seule.

Je regarde ma montre : il me reste vingt minutes avant le début de mon service. Je vais rendre visite à Nathan. Après cette longue discussion, j'ai besoin de sa présence silencieuse pour faire le point.

19

Je franchis la porte de la chambre 307 avec le fol espoir que Nathan soit réveillé. Le bruit des machines qui le maintiennent en vie depuis cinq jours me ramène vite à la réalité. Mes visites sont devenues des rituels : je voudrais qu'il sache que je ne laisse pas tomber. Je veux lui faire savoir qu'il n'est pas seul et qu'il ne le sera jamais.

Je m'approche de son lit et prends la feuille cartonnée sur laquelle sont indiqués son état de santé, ses dernières constantes ainsi que les observations de ses médecins. Bien que l'hôpital de Bayonne soit à la pointe de la technologie, on y conserve toujours une copie papier des dossiers des patients. Les infirmières en charge de ce service lui ont fait sa toilette dans la matinée. Je parcours les différents électrocardiogrammes relevés depuis la veille : aucune amélioration. Mon cœur se serre dans un picotement. Quand se réveillera-t-il ?

Je m'assois sur la chaise à côté de son lit et m'approche de lui. Il a toujours son air serein et paisible.

– Bonjour, Nathan. J'espère que tu es en train de te battre pour te réveiller le plus vite possible.

Je me permets de lui prendre la main et la pose dans la mienne. Je veux qu'il ressente une présence et que cela le stimule.

– Je me démène depuis des jours et je commence à reconstituer le puzzle de ta vie. J'aimerais savoir ce qu'il t'est arrivé pour que tu sois dans cet état. Je vais le découvrir ; je suis coriace. Tu sais qui m'aide dans mon enquête ? Ma fille, Iris. Je lui ai dit que tu étais un super-héros.

Je m'arrête de parler en sentant mon cœur se serrer dans ma poitrine. La situation est très étrange. La dernière fois que j'ai pris cette place, c'était auprès de ma mère. Cette fois, c'est différent. Il est encore en vie. Pourtant, l'intensité est presque la même. Je ne suis ni son amie ni sa famille, mais j'ai l'impression d'être à la bonne place. J'ai créé un lien avec lui, un lien que moi seule ressens pour le moment, car je ne suis rien pour lui. En prenant du recul sur mes émotions, je me demande si je pourrais m'impliquer autant pour d'autres personnes. Si j'étais amenée à changer de voie, serais-je capable de mettre de la distance ? J'ai déjà du mal à le faire en tant qu'infirmière… Au bout de quelques instants, je remarque que je serre trop fort sa main, et relâche la pression. Un tourbillon de sentiments dévaste tout dans ma tête. Je dois commencer par lui avouer la vérité, même s'il ne l'entend pas. Une relation de confiance doit s'installer.

– Nathan, je dois t'avouer que j'ai trouvé ton carnet dans ta veste. J'ai commencé à le lire pour en savoir plus, pour retrouver ta famille. Pour t'aider. Tu n'es pas seul. Je suis là et je ne te laisserai pas tomber.

Je prie silencieusement pour qu'il entende tous les mots que je lui adresse. À chacune de mes paroles, je guette ses yeux, mais ils restent clos. Je lui fais ensuite le récit des derniers jours comme si nous nous connaissions depuis des années et comme si ce monologue était un échange. Il est essentiel de stimuler un patient dans le coma, alors je vide le sac qui s'est alourdi au fil des jours.

– Tu m'as beaucoup émue. Je sais que le deuil d'un être cher est difficile. J'ai cru comprendre que tu n'avais pas envie d'être retrouvé…

Mais tu es dans un état grave, Nathan, et tu dois être entouré des gens que tu aimes. C'est vital pour toi.

Je sors de la poche de ma blouse son carnet ; le seul objet qui nous unit.

– Tu ne le vois pas, mais je tiens ton carnet entre mes mains. J'ai appris que tu étais un artiste. Quand tu te réveilleras, j'aimerais beaucoup voir tes peintures… J'en sais plus sur toi mais je ne connais pas l'essentiel. Tu dois te réveiller, Nathan.

Ce patient me fait comprendre beaucoup de choses sur moi et sur mes envies. Il n'est pas trop tard pour changer de carrière et aider les autres d'une manière différente. Je me sens impuissante. Désormais, il faut attendre. Je n'arrive plus à contenir mes émotions. Ce sera la première chose sur laquelle je travaillerai avant d'entamer quoi que ce soit. Que s'est-il passé le soir du réveillon pour chambouler ma vie à ce point ?

*

Dans le couloir de l'hôpital, je fais les cent pas. Tout se mélange. Après l'espoir et l'envie de tout savoir, c'est la culpabilité qui me ronge. Je m'en veux de fouiller dans sa vie. Puis après la culpabilité revient l'envie. Je sens que quelque chose est différent avec lui et qu'il a bouleversé mes croyances et certitudes. Il a été en danger et je veux comprendre pourquoi. Je m'assieds sur l'un des brancards installés dans le couloir et tourne les pages pour reprendre le fil de ma lecture.

Clé n° 7 : Pardonnez aux autres et pardonnez-vous. « Le pardon est plus viril que le châtiment » – Gandhi

2 juillet

Je suis hanté par les regrets de ma vie passée. Plus d'un an s'est écoulé, et pas une minute ne passe sans que la peine et le chagrin envahissent et contrôlent mon présent. Chaque jour, je rêve de te retrouver et de – ne serait-ce qu'une fois encore – partager un moment de vie avec toi, comme avant.

Hier, au bord de l'océan, je repensais à nous, en Californie. Je repensais à toutes ces fois où nous passions des journées entières à la plage de Huntington. Je revois ces longs palmiers et ce sable qui s'étend, vite rattrapé par l'océan. Je me souviens du Ruby's Diner au bout de la jetée, où nous dévorions burgers et milkshakes à tout va. Je nous revois allongés sur le sable, près du poste de secours. Je t'observais regarder les lifeguards avec des yeux en cœur. Ta soif de liberté et d'indépendance prenait le pas sur mon envie de te protéger. Je gardais un œil sur tes fréquentations, mais sans t'étouffer. Tu savais simplement que je serais là si tu avais le moindre problème et si quelqu'un de malintentionné s'en prenait à toi. Veiller sur toi, c'était mon rôle. Nous passions nos journées à refaire le monde, allongés sur nos serviettes de plage. La brise venait caresser notre peau avant que le soleil ne nous brûle complètement. Nos parents nous rejoignaient après le travail et nous partagions des bons moments tous les quatre. Papa aimait te jeter à l'eau et Maman avait toujours un geste tendre envers toi. Nous te protégions. Nous avions très vite adopté le mode de vie local. Nous nous fondions dans la masse, ressemblant à toutes les familles qui nous entouraient. Ces journées-là, nous étions dans notre bulle. Quand j'y repense, je me dis que, à ce moment-là, j'étais heureux.

Aujourd'hui, je ne sais même plus quelle est la saveur du bonheur. Je ne ressens qu'une peine immense, un gouffre au fond de mon cœur. Les choses auraient dû être différentes. Tu aurais dû être avec moi, là, maintenant, à te souvenir de cette belle époque. Je me rappelle encore le jour où tu es née. Je voulais déjà te protéger jusqu'à mon dernier souffle. J'ai échoué. La vie m'a pris ma sœur et j'ai l'impression d'en mourir à petit feu. J'espère réussir à vivre avec ton absence. Ce n'est pas encore gagné. J'apprends. J'essaie.

N.

20

Cinq minutes plus tard, je suis à mon poste, prête pour ma dernière garde. Je me sens plus sereine maintenant que j'ai pu parler à Nathan. Les heures qui suivent, je réussis à concentrer tous mes efforts sur mon travail, en occultant plus ou moins les histoires des derniers jours. Une garde rythmée, qui se termine plus rapidement que je ne l'aurais souhaité. Il est sept heures du matin quand je lève les yeux de mon travail pour les diriger vers les aiguilles de la grande horloge installée au-dessus des portes de l'hôpital. Je peux rentrer chez moi et profiter de mes deux jours de repos pour déconnecter. Avant de quitter les lieux, je passe voir Nathan une dernière fois à travers le hublot de sa chambre. Une entrevue de quelques secondes qui me gonfle d'énergie avant le week-end. Je sais pourquoi je fais tout ça et l'avoir vu me l'a rappelé. Sur le parking, je croise une silhouette familière.

– Toujours une clope à la bouche, celle-là ! T'as terminé ?

– Non, pas encore.

– Est-ce que tu pourras me tenir au courant de l'état de Nathan ?

– Compte sur moi ! De ton côté, n'oublie pas de me raconter tes trouvailles, sinon j'appelle les flics.

– Les gendarmes, Clémence. Les gendarmes.

– Pareil.

Je lève les deux pouces en l'air en signe d'approbation. Après une rapide bise, je rejoins ma voiture.

Derrière mon volant, je fais un rapide bilan de mon état : je sens mes yeux me piquer, je n'ai plus aucune énergie et mes cernes ont doublé de volume. Il faut corriger ça, et vite. De Nathan, mes pensées divaguent vers Valentin. Si je l'ai oublié ces derniers jours, je suis encore mariée et suis autant responsable que lui de laisser pourrir cette situation. Je ne l'ai pas trompé, mais, pire encore, je lui mens chaque jour. Je suis tiraillée entre ces deux hommes. L'un que j'ai épousé, et l'autre que je viens à peine de rencontrer et qui accapare tout mon temps. Devrais-je parler avec Valentin de mes réflexions sur mon avenir ? Je ne suis même pas sûre de vouloir que la situation s'arrange avec lui. Rien ne tourne rond… Je ne vois plus clair dans mon cœur – ou peut-être que je ne regarde pas vraiment à l'intérieur.

Au détour d'une ruelle, presque arrivée à la maison, je décide de me faire violence. Il faut que j'aie une discussion avec Valentin. Je dois respecter l'homme que j'ai épousé, et le confronter. Je ne peux pas continuer à faire semblant.

Mais en me garant dans l'allée, je comprends que la discussion n'aura pas lieu aujourd'hui : sa voiture n'est pas dans le garage. Si Valentin n'est pas là, où se trouve ma fille ? Je me précipite à l'intérieur.

– Iris ?

Dans la panique, je hurle presque.

– Je regarde la télévision.

J'entends sa voix résonner dans le salon ; ma tension redescend aussitôt. Iris va bien.

– Où est Papa ?

– Dans son bureau, comme d'habitude.

La porte est fermée, mais de la lumière filtre. En quelques secondes, les battements de mon cœur ralentissent et je retrouve une respiration calme. Valentin ne laisserait jamais sa fille seule. Où ai-je la tête ? J'embrasse Iris, qui ne décolle pas ses yeux de la télévision, l'air vaguement zombie. Je m'installe à ses côtés sur le canapé, reculant inconsciemment devant la discussion qui m'attend. Je suis lâche.

Quelques minutes seulement après mon arrivée, j'entends les pas de Valentin retentir dans l'entrée. Il ne me prête aucune attention, ni à sa fille. Je l'observe, à demi cachée entre les coussins du canapé ; il a sa tête des mauvais jours. Je n'ose pas aller le voir. J'espère, au fond de moi, qu'il fera le premier pas. Il met son manteau et se dirige vers la sortie. La porte claque. La discussion n'aura définitivement pas lieu aujourd'hui. Portée par la force que peut nous donner un écran, je lui envoie un message : « Nous sommes deux adultes. Il serait judicieux d'avoir une conversation. Je t'embrasse. » En quelques secondes, il est distribué puis lu par Valentin. Je n'ai pas à attendre bien longtemps sa réponse : « O.K. À tout à l'heure. »

Je ne sais pas si je veux sauver notre mariage. Au moment où j'ai cliqué sur le bouton d'envoi, je me suis rendu compte que j'ai fait de Nathan une priorité. Pour ne pas craquer et pleurer à chaudes larmes après ce triste constat, je ferme les yeux.

*

Je me réveille quelques heures plus tard. Iris s'est endormie à son tour. Toujours pleine de culpabilité à l'idée de m'être endormie alors que ma fille se trouvait seule, j'observe son visage apaisé pour me rassurer. Je veux profiter de mon temps libre pour faire quelques recherches sur Internet sans être dérangée. J'ai déjà réuni beaucoup d'informations au sujet de Nathan : son prénom, son métier, l'université qu'il a fréquentée. Le puzzle prend forme, mais les pièces maîtresses me manquent, et notamment son nom. Avant de reprendre mon enquête, je monte dans ma chambre pour enfiler un vieux jogging et un gros pull en laine, j'attache mes cheveux en chignon et me fais un café.

J'allume mon ordinateur. Les technologies nous donnent aujourd'hui accès à la vie de tout un chacun, sans que nous puissions y faire grand-chose. Il y a quelques mois, quand j'ai soupçonné Valentin de me tromper, je suis devenue experte en *stalking*[8]. Je commence par « Googler » les mots-clés : « Nathan + peintre + Cal Arts ». Je me rends sur le site de l'université pour feuilleter les fichiers des diplômés. Des Nathan étudiants à la Cal Arts fourmillent. Il faut que je restreigne les recherches. Je retente avec les mots-clés suivants : « Nathan + Huntington + France ». Cette fois, je tombe sur des compétitions de surf à Huntington où nos chers Français excellent. La partie semble plus compliquée que prévu. Le constat est amer : j'ai perdu la main. Je me décide à écumer les réseaux sociaux. Je me rends vite compte que je vais perdre un temps fou à éplucher tous les profils de « Nathan ». Il n'y a rien. Pendant plus d'une heure, je fouille sur le net, en vain. J'ai crié victoire trop vite : je suis en train de perdre cette partie virtuelle. Au moment où je me tourne pour vérifier qu'Iris dort toujours paisiblement, je la trouve plantée derrière moi, à zyeuter au-dessus de mon épaule.

– Je peux t'aider, s'il te plaît ?

8. Un *stalker* est une personne qui traque, piste, épie ou espionne une autre personne sur Internet.

– Est-ce que tu arriverais à trouver le nom de famille de quelqu'un sur Internet sans connaître la moindre information sur cette personne ? m'entends-je demander.

Iris ouvre grand les yeux. Bien entendu, elle n'a aucune idée de ce dont je lui parle. Je m'apprête à rire et à changer de sujet, mais elle continue et essaie de mettre sa pierre à l'édifice :

– Bah, demande à ton super-héros. Il saura, lui.

– C'est justement le nom de mon super-héros que je voudrais trouver.

– Je croyais que tu étais amie avec lui.

– Oui, enfin… c'est plus compliqué que ça, ma chérie.

Iris est perplexe face à cette nouvelle information. Après plusieurs minutes d'explication à propos de mon amitié avec Nathan, elle part dans sa chambre et revient avec des crayons de couleur dans une main et une feuille blanche dans l'autre. Elle s'installe à côté de moi et se met à dessiner.

– Il a quelle couleur de cheveux ?

– Marron, presque noirs.

Pendant que je continue mes recherches, Iris fait le portrait de Nathan, guidée par mes quelques indications. Au bout d'une dizaine de minutes et de cinq feuilles blanches raturées, elle se redresse et m'ordonne de fermer les yeux.

– C'est bon. Tu peux les ouvrir.

Cette fois, c'est moi qui suis perplexe. Je regarde le dessin de ma fille avec attention. J'analyse chaque trait, chaque couleur utilisée, chaque forme… et je me retiens de rire. Une chose est sûre : ma fille n'est ni Follet ni Franquin, mais au moins, elle essaie.

– Voici ton super-héros, d'après ce que tu m'as dit. On devrait le montrer aux personnes qu'on croise. Ils le reconnaîtraient peut-être, non ?

Je ne peux m'empêcher de sourire. Pour cette fois, je préfère faire comme la majeure partie des parents : approuver et encourager.

– Oui, peut-être, Iris. Tu as raison.

– On y va quand ?

– Je vais aller me reposer une petite heure, et après on ira se promener toutes les deux, avec ton dessin. En attendant, j'aimerais que tu ailles jouer avec tes figurines dans ta chambre. Ça te va ?

– Oui, trop bien ! En plus, j'ai une nouvelle histoire à raconter.

Sans perdre de temps, je monte à l'étage pour finir la nuit que j'ai commencée. Cet après-midi sera consacré à une enquête de terrain, il faut donc que je reprenne des forces. Avec un peu de chance et de bons informateurs, je finirai par trouver quelque chose de concret. Je m'allonge sur mon lit, les bras croisés derrière la tête, le regard fixé au plafond. Un flot de pensées m'empêche de trouver le sommeil rapidement, mais je finis par sombrer.

21

Réglée comme une horloge, Iris m'a prise au mot et me réveille en fanfare après m'avoir laissé une petite heure de répit. Elle n'a pas oublié la promesse d'une promenade et me le fait savoir : « Quand est-ce qu'on sort ? Maman, quand est-ce qu'on sort ? » Mais seuls des grognements parviennent à ses oreilles : j'ai les yeux encore fermés et le corps enroulé sous la couette. Bien décidée à me mettre sur pied rapidement, elle prend un bout de la couverture et le tire de toutes ses forces, puis saute sur moi à grand renfort de chatouilles. Je suis totalement réveillée, Iris prend la fuite avant que je n'aie le temps de l'attraper. Je crie de toutes mes forces :

– Tu es une petite crapule, Iris Morel ! Tu as intérêt à courir très vite.

Ni une ni deux, je m'élance à sa poursuite dans la maison. Iris est vive et m'échappe de peu à chaque fois que je crois la tenir.

– Tu ne m'attraperas pas ! Tu ne m'attraperas pas !

– Allez, ma crapule, on arrête. Tu as gagné. Je m'habille et on part se promener vers le port.

– Oui, trop bien ! T'es trop top comme maman, répond-elle, à bout de souffle.

J'enfile un jean et une bonne paire de baskets avant de descendre, Iris m'attend déjà devant l'entrée. En la voyant, j'éclate de rire :

– Pourquoi tu as mis ton ciré ? Et ta marinière ? Et le chapeau de marin que mamie t'a tricoté ?

– Bah, on va voir les pêcheurs. Moi, je veux leur ressembler.

– Ah, Iris, ne change jamais.

Je lui donne un baiser sur la tempe et nous sortons tous les trois : ma fille, son dessin et moi.

Aujourd'hui, j'ai décidé de retourner au restaurant *Chez Albert* pour prendre la température. Peut-être que, depuis hier, il s'est souvenu d'un détail, même des plus infimes. J'ai besoin de concret et il peut m'aider, j'en suis certaine. En passant devant l'école d'Iris, je me rappelle soudain que sa rentrée a lieu dans quelques jours, et que pas une seule fois pendant mon temps libre je ne l'ai aidée dans ses devoirs. Quel genre de mère suis-je ? Je préfère croire qu'elle peut en apprendre plus en vivant sa vie que dans les cahiers d'école. Son père a sûrement dû être plus attentif... Je me raccroche à cet espoir pour ne pas reconnaître mes erreurs.

– Tu reprends bientôt l'école, mon cœur. Est-ce que tu es prête ?

– Oui et non. Je n'ai pas envie d'y aller parce que je veux continuer d'aller me balader avec toi et d'aller voir les pêcheurs.

– On pourra toujours se balader après l'école, ma chérie.

– C'est vrai, tu promets ?

– Bien sûr. Tu as fait tous les devoirs que la maîtresse t'a donnés ?

– Oui, Papa m'a un peu aidée, mais j'ai réussi tous les exercices.

La discussion glisse ensuite sur ses préférences : Iris me précise qu'elle n'aime pas les chiffres, mais qu'elle adore lire et écrire. Pour le moment, elle veut devenir maîtresse, comme tous les enfants de son âge. Nul doute que, d'ici quelques jours, elle me fera part de son envie d'être pêcheuse…

En arrivant sur le port, tout est presque vide : aucun pêcheur sur les bateaux, aucune voiture sur le parking et les divers établissements sont tous fermés ; le mauvais temps freine encore la vie locale. Seul *Chez Albert* a ouvert ses portes. Iris entre la première ; je lui emboîte le pas et nous nous dirigeons vers le comptoir. Le patron est occupé à servir deux pintes aux pêcheurs restés à quai. Quand il se retourne et m'aperçoit, il me sourit.

– Vous êtes déjà revenues ! Qu'est-ce que je vous sers, aujourd'hui ?

Je regarde Iris, elle hoche la tête.

– La même chose qu'hier, s'il vous plaît.

Pendant qu'il prépare notre commande, je repense à notre conversation sur Nathan. Je voudrais savoir où il vit. Mon verre de blanc et le chocolat chaud d'Iris arrivent vite devant nous.

– Merci, monsieur. Avez-vous repensé à ce que l'on s'est dit hier ?

– Appelez-moi Albert.

– J'y penserai.

– Je dois vous avouer que ça m'a pas mal chagriné de savoir le petit Nathan dans un sale état. Il n'était pas très loquace, et il avait surtout l'air d'être très triste.

– Qu'est-ce qui vous fait dire ça ?

– Il était renfermé, il peignait beaucoup de choses sombres et il était toujours seul avec ses peintures ou avec son vieux carnet en cuir qui ne le quittait jamais.

– Il ne vous a jamais dit où il habitait ?

– Jamais. Il venait tous les jours, donc il ne devait pas habiter très loin.

Pendant que je réfléchis, Iris prend tout son temps pour finir son chocolat. J'essaie de me mettre dans la peau d'une enquêtrice, et me laisse aller à des déductions. Nathan est peintre. Il a l'habitude de se rendre au rocher de la Vierge ou au port pour peindre. Réfléchis, Adèle… Réfléchis. En regardant mon GPS sur mon téléphone, je remarque que, à quelques mètres de ces deux lieux, il y a le rocher du Basta. C'est un endroit calme et Nathan l'appréciait peut-être. Cela ne me coûte rien de m'y rendre. Après une dizaine de minutes de réflexion, je salue Albert et le remercie à nouveau pour son aide. Cette fois, je mets un point d'honneur à payer nos boissons avant de partir. Avec Iris, nous mettons le cap à l'est, en direction du Basta, et nous descendons l'allée des Pêcheurs. Je suis à l'affût de la moindre trace de Nathan. Ces temps-ci, les touristes affluent peu, et il ne doit pas être passé inaperçu parmi les locaux. En arrivant sur le petit pont, je regarde la forêt qui surplombe le rocher. Sous le feuillage, un homme entre deux âges s'acharne sur une toile immense, un béret posé sur de longs cheveux blanc en queue-de-cheval et un grand imper un peu déchiré sur le dos. Iris s'approche de lui et l'observe attentivement. Se sentant admiré, l'homme lève les yeux.

– Eh bien, jeune fille, tu aimes la peinture ?

Iris n'est pas une enfant timide et j'ai du mal à lui faire intégrer l'idée de ne pas parler seule à des inconnus. Elle répond très rapidement :

– Oui, je peux voir tes peintures, s'il te plaît, monsieur ?

Légèrement en retrait, je regarde la scène. L'homme semble amusé par ma fille. Il retourne sa toile pour lui montrer le premier jet de sa peinture. Je reconnais immédiatement le paysage qui se profile à l'horizon ; les couleurs utilisées sont très douces, malgré la noirceur du temps, et le peintre semble maîtriser son sujet.

– Tu aimes ?

– Oui, c'est très joli. Moi aussi, je dessine. Tu veux voir mon dessin ?

Iris sort de sa poche le portrait de Nathan. Toute fière, elle le montre au peintre et se tortille en attendant la réaction du professionnel.

– C'est très joli, ça aussi.

– C'est le super-héros de ma maman. C'est elle, là-bas, ma maman.

Quand je vois les deux paires d'yeux se tourner vers moi, je m'approche pour me joindre à la conversation.

– Vous avez une charmante fille, ma petite dame.

– C'est très gentil. Vous, vous avez de jolies peintures, dis-je en lui faisant un clin d'œil.

– Elles sont à vendre. Vingt euros pour les plus petites toiles !

J'en imagine déjà certaines dans mon salon, et je cède à la tentation.

– Je vais vous en prendre une, monsieur. Ma fille va se décider.

– Vous faites bien.

Pendant qu'Iris choisit l'une des peintures, j'engage la discussion avec le peintre :

– Vous peignez souvent ici ?

– Oh ! tous les jours depuis plus de trente ans, madame.

Je suis admirative. Je trouve les artistes d'un courage merveilleux : ils vivent pour leur art, parfois sans jamais parvenir à une quelconque reconnaissance. Je regarde l'océan s'agiter. Il a cessé de pleuvoir, mais le vent souffle toujours. Après quelques minutes d'hésitation,

Iris brandit une toile au peintre et me signale qu'elle veut absolument cette peinture. Celle-ci ne ressemble aucunement aux autres exposées : elle est plus noire, et les couleurs sombres donnent une impression de tristesse au paysage. Ce choix fait sourire le peintre :

– C'est drôle que la première toile que je vends aujourd'hui ne soit pas de moi.

– Vous voulez qu'elle en choisisse une autre ?

– Non, ça fera plaisir à l'artiste. Je ne l'ai pas vu depuis une semaine environ, mais je suis sûr qu'il sera ravi.

Dans ma tête, une ampoule s'allume. Mais je dois être sûre.

– Vous avez le nom de l'artiste ?

– Pour sûr ! Il s'appelle Nathan. C'est un petit nouveau qui vient peindre quelques jours par semaine avec moi. Il m'avait demandé de mettre quelques toiles sur mon stand. Il est très doué, ce garçon.

– Vous le connaissez bien ?

– Je peux pas dire que je le connais. Je peux simplement dire que je reconnais un artiste. Croyez-moi, c'en est un véritable. Aucun doute là-dessus. Et je suis pas le seul à l'avoir repéré. Il a un don, ce jeune homme.

Mon cœur fait un bond et des centaines de questions se bousculent dans ma tête, mais je ne veux pas paraître trop curieuse. J'ai déjà entraîné Iris, Clémence et Albert dans cette enquête, je ne peux pas me permettre de mettre une nouvelle personne dans la confidence. Sur ce coup, il me faut être maligne.

– Vous savez où je peux le trouver ? J'aime beaucoup son style, j'aimerais bien discuter avec lui.

– Comme je disais, je ne l'ai pas vu cette semaine. Mais je sais qu'il a l'habitude d'aller au port ou au rocher de la Vierge pour peindre. Vous aurez sûrement une chance de le trouver là-bas.

– Vous n'avez pas une adresse pour que je puisse le contacter ?

L'homme secoue la tête.

– Le garçon est pas bavard. À part ce que je vous ai dit, je ne sais rien de plus sur lui. Quand on peint, on se coupe du monde extérieur, ma petite dame.

– Il paraît, oui, il paraît. J'irai jeter un coup d'œil. Merci pour votre aide.

Je pensais toucher au but ; raté. Le peintre n'en sait pas plus que moi ni qu'Albert. Si tous l'ont vu, personne ne le connaît, car Nathan ne se livre pas ; je dois intégrer ça dans mon cerveau. Son carnet est la seule piste exploitable. Néanmoins, je dois reconnaître que l'univers m'offre des signes et, jusqu'à présent, tous les chemins que j'emprunte me mènent à Nathan. Je ne sais pas où en est l'enquête de gendarmerie mais, de mon côté, ce qui entoure Nathan m'apparaît de moins en moins flou. Ma nouvelle toile sous le bras, je repars déçue et ravie à la fois. Après cette visite au Basta, j'arrête les recherches. Il est temps de rentrer et de profiter d'un après-midi canapé. Je n'ai pas oublié le message que j'ai envoyé à mon mari ce matin : aujourd'hui est le jour de la discussion. Tandis qu'Iris rentre dans notre maison, je décide de rester sous le perron, à l'abri du mauvais temps, pour lire une nouvelle page du carnet.

Clé n° 8 : Renouez avec les choses positives de votre vie. Faites ce qui vous faisait du bien avant le drame. Cela fonctionnait avant et sera encore plus puissant après.

17 juillet

Ce carnet est l'illustration parfaite de ma vie actuelle : en désordre. J'essaie pourtant de prendre en compte les fameuses « clés » de ma thérapeute pour aller mieux, mais je sais que, au fond, même si j'ai les clés, il va falloir trouver les portes. C'est ça le plus compliqué. Je t'entends me dire que je n'y mets pas du mien et pourtant, Ava, je t'assure que j'essaie.

Je n'ai pas pris le temps d'écrire cette semaine. J'essaie de me rattraper aujourd'hui et je suis convaincu que tu apprécieras la lecture, qu'importe où tu te trouves. Depuis mes derniers écrits, la passion est revenue. Je consacre l'entièreté de mes journées à peindre. Une fois les toiles terminées, j'essaie de les vendre. C'est dur de trouver des clients intéressés par un peintre aigri comme moi, alors j'ai décidé de me rapprocher de personnes qui seraient susceptibles de m'aider ; c'est comme ça que j'ai fait la rencontre d'un vieux peintre très connu ici. Il s'appelle Ivan, il peint de jolies toiles claires et colorées : tu les aimerais. Elles sont à l'opposé du style sombre dans lequel je me suis enfermé depuis que j'ai repris la peinture. Ses toiles à lui parlent de bonheur, d'amour et de gaieté. Les miennes transpirent la tristesse, le regret et la souffrance. Avec Ivan, les rapports sont simples : il ne m'embête pas, ne pose pas de questions et accepte de mettre mes toiles sur son stand, car d'après lui, je suis « un bon p'tiot ». Il n'est pas obligé de le faire et pourtant, il m'a tendu sa main. Pour la première fois en plus d'un an, j'ai obtenu une aide de l'extérieur. Depuis qu'il m'expose, je n'ai vendu aucune toile... Mais je ne lâche pas, j'y arriverai.

Quand je ne peins pas aux côtés d'Ivan, je peins seul au port ou au rocher de la Vierge. J'ai fait de ces deux endroits mes refuges ; je m'y sens en sécurité. Tu vois, je tente de retrouver goût à la vie en reprenant les activités que j'aime. Petit à petit, la douleur de ton absence laisse place à l'envie de vouloir te rendre fière. C'est ce que tu aurais sûrement voulu. Un jour, j'ouvrirai ma galerie et elle portera ton nom. Je t'en fais la promesse.

Je ne cesse de penser à toi à chaque moment de ma vie. Il y a des hauts et des bas. Je te vois souvent dans mes rêves ou sur mes peintures. Penses-tu qu'un jour la douleur s'estompera complètement et que je ne garderai en moi que le merveilleux souvenir de ces dix-sept années ? En attendant, il n'y a que du vide. Un trou béant dans ma poitrine que j'essaie de combler avec mes peintures.

Je t'aime, ma petite sœur.

N.

22

Mon esprit est toujours avec Nathan lorsque je passe le pas de la porte. Dans l'entrée, un toussotement me fait tourner la tête. Il est là, devant moi. Valentin m'attend les bras croisés, le visage fermé. Je reviens à la réalité et me sens étrangement intimidée par son attitude. Il a l'air sûr de lui. Je commence à redouter cette conversation, que j'ai pourtant voulue. À cette inquiétude se mêle la culpabilité de lui mentir ; dans ma tête, tout se mêle. Iris joue dans le salon. Je ne veux pas qu'elle assiste à ça.

– Iris, tu vas jouer dans ta chambre, s'il te plaît ?

Je lui dépose un baiser sur la tempe et lui chuchote dans l'oreille les dernières consignes :

– Ne nous espionne pas, petit monstre.

Elle me sourit, puis hurle pour me narguer qu'elle nous écoutera, tout en claquant la porte de sa chambre. Je me retrouve enfin seule avec Valentin. Il s'est assis à la table du salon et n'a pas changé d'attitude. Croiser les bras peut être le signe de plusieurs choses : vouloir se réconforter soi-même, calmer son anxiété, masquer une peur extrême ou une insécurité, se contrôler ou encore s'isoler. Pour l'instant, je ne sais pas ce que traduit le langage corporel de Valentin et je m'en méfie. De mon côté, je suis à deux doigts de me ronger les ongles. Je sors une bouteille de vin du réfrigérateur, puis deux verres que je pose sur la table. Si la discussion est inévitable, autant qu'elle soit plus agréable avec un blanc fruité. Je nous sers deux verres, en fais glisser un vers lui et m'installe enfin. Pendant de longues secondes – qui me paraissent une éternité –, nous nous fixons, dans une scène digne des plus grands westerns. Personne n'ose, pour le moment, prononcer le moindre mot. Qui dégainera le premier ? Dans cette atmosphère tendue, nous entendons tous les petits bruits de la maison : le parquet craquant, le vent sur la toiture, la pluie sur les fenêtres… Trop, c'est trop ; je prends une grande inspiration et brise le silence la première.

– Bon, Valentin, on ne va pas passer par quatre chemins.

– Je t'attendais, comme tu peux le voir… Je veux des explications.

– Par rapport à quoi ?

– Comment on en est arrivés là, Adèle ?

Première colle. Ces derniers mois, notre nouvel environnement a rendu les choses compliquées pour notre couple et notre vie de famille.

– Arrivés où ?

– Ne fais pas semblant de ne pas comprendre. S'il te plaît !

Le ton de la conversation change. Valentin est en colère. Il a décroisé les bras et est agité.

– Tu veux que je te dise quoi, Valentin ? Que ce déménagement est en train de faire mourir notre couple ? C'est ça que tu veux entendre ? Voilà, tu l'as entendu ! T'es content, ça y est ?

– Mais de quoi tu parles, Adèle ? Ce n'est pas le déménagement qui tue notre couple. C'est simplement toi !

La première claque a été donnée. Je viens de prendre un revers de mots en pleine tête qui me laisse sur le carreau. Je ne sais pas quoi répondre.

– Comment ça, c'est moi ?

– C'est toi depuis longtemps. Tu ne fais plus aucun effort.

– Pardon ?

– Depuis qu'on a eu Iris, tu n'as pas arrêté de te noyer dans le travail, et le seul temps libre que tu as, tu le passes avec ta fille !

– T'es en train de me dire que tu es jaloux d'Iris, là ? Parce que c'est grave, il faut consulter.

Alors qu'il s'apprête à répondre, Valentin donne un coup à son verre, qui se renverse sur la table du salon. Le vin s'écoule, mais il n'esquisse pas un geste pour le relever. La colère l'envahit. Il hausse encore plus le ton et tape du poing sur la table.

– Mais tu ne comprends rien ! Je ne suis pas jaloux de notre fille. Je suis énervé parce que, depuis des années, tu ne t'investis plus dans notre couple.

– Tu racontes n'importe quoi…

Il a raison. Et il sait que je ne peux pas le nier. Depuis plus de sept ans, je passe ma vie entre l'hôpital et Iris. J'ai délaissé Valentin au profit de ma carrière et de ma fille. Mais je refuse d'être la seule responsable : lui non plus n'a fait aucun effort pour notre couple ! Lui non plus n'y met pas du sien depuis notre emménagement à Biarritz. Tout n'est pas entièrement de ma faute, et je ne veux pas porter le fardeau de l'échec de notre mariage.

Dans le salon, c'est le silence qui règne désormais. En quelques minutes, Valentin est passé de la colère à un calme plat. Il s'est avachi sur sa chaise et joue désormais avec le verre de vin vide en le faisant tournoyer sur la queue. Il avait besoin de vider son sac ; j'ai encaissé. Il reprend d'une voix apaisée :

– En fait, Adèle, je me suis rendu compte de certaines choses, en arrivant.

– Dis-moi. Je t'écoute.

– Je crois qu'on ne s'aime plus. Si on est encore ensemble, c'est simplement pour Iris.

Les mots ont été prononcés. On y est. Dans le pire du « pour le meilleur et pour le pire ». Je n'aurais pas imaginé qu'il serait aussi franc. Le revers s'est transformé en coup de massue. Pourtant, je n'arrive pas à lui en vouloir ; je suis seulement triste. En y réfléchissant bien, si Nathan est entré aussi facilement dans ma vie, c'est sûrement parce que la place était déjà vide depuis longtemps. L'aider m'aide à ne pas y penser. Valentin a raison. Je ne peux plus me cacher et faire semblant. Je réponds d'une petite voix, vaincue :

– Qu'est-ce que tu veux faire, alors ?

– J'ai préparé quelques affaires et j'ai loué une chambre d'hôtel pas très loin de l'agence. J'ai besoin de réfléchir.

– Pourquoi est-ce que tu veux réfléchir ?

– Pour être sûr de ne pas faire une erreur.

– Combien de temps ?

– Le temps qu'il faudra pour être sûr.

– Et moi ? J'ai mon mot à dire ?

– Accepte mon temps de réflexion ou quitte-moi maintenant, si tu préfères.

Il semble si désintéressé que je n'ai pas l'envie de me battre. Il veut du temps ? Qu'il le prenne. Il scelle notre histoire.

– Comment je vais faire avec Iris ?

– Je m'occuperai d'elle quand tu ne seras pas là. Mais j'ai besoin de changer d'air.

Valentin se lève, monte à l'étage et se dirige dans la chambre d'Iris. Je n'arrive pas à distinguer ce qu'il se dit en haut, mais j'entends seulement ma fille pleurer. Il redescend, une valise sous le bras. Il avait tout préparé.

– Je t'appellerai.

Il claque la porte. Iris me rejoint immédiatement, les yeux humides. Je la prends dans mes bras et tente de la rassurer. Tout s'est passé très vite. Il veut réfléchir, mais moi, je suis maintenant sûre de ce que je veux. Valentin ne fait plus partie de mes plans. Je veux entreprendre un changement de direction radical et je dois être entourée de ceux qui me procurent du bonheur. Le temps de réflexion n'y changera rien. Je n'ai simplement pas eu le courage de le lui avouer. Mon cœur est ailleurs, mon esprit aussi.

*

Clé n° 9 : Ne portez pas le poids de vos regrets. Vous ne pouvez plus revenir en arrière, mais vous pouvez améliorer votre futur.

3 août

Il est tard quand j'écris ces lignes. Je viens seulement de rentrer chez moi, après avoir passé la soirée à me saouler chez Albert. Je ne sais toujours pas ce qui m'a pris ce soir de rester aussi longtemps là-bas ; je crois que j'avais besoin de me sentir entouré. Je n'ai pas compté le nombre de verres bus aux côtés des pêcheurs qui fêtaient les bonnes prises de la journée. Malgré leur rythme de vie compliqué, ils n'ont laissé transparaître que de la bonne humeur, ce soir. Tu serais étonnée de tout ce que les gens peuvent raconter quand ils sont portés par la chaleur de l'alcool. J'aurais aimé lâcher prise comme ils l'ont fait. Je pense qu'il est encore trop tôt pour être vulnérable. Se livrer, c'est laisser des inconnus pénétrer ton intimité, et c'est prendre le risque d'avoir mal. Je ne veux plus souffrir. Alors, j'écoute. Je porte de l'attention à chaque histoire qui est racontée. Je souris de temps en temps et, parfois, j'y vais de mon petit commentaire. C'est agréable de partager ce genre de moments. Ce soir, j'ai eu le droit à une belle histoire d'amour d'un marin pêcheur et d'une femme rencontrée à Biarritz. Ils sont tombés fous amoureux l'un de l'autre et lui n'est jamais rentré à bon port ; il habite ici, désormais. Depuis, ils sont mariés, ils ont des enfants et ils s'aiment comme au premier jour. Ce pêcheur nous a parlé de sa femme et de leur rencontre avec des yeux brillants. Sur le chemin du retour, j'y ai pensé, moi aussi, à mes histoires d'amour. Je vis dans une maison rose qui évoque la passion, et pourtant, depuis que je suis arrivé, je suis seul. J'essaie de me souvenir de la dernière fois que j'ai embrassé une femme, que j'ai touché une femme… que j'ai aimé, tout simplement. C'était dans l'autre vie, celle où j'étais heureux. Celle où tu étais encore là.

Je n'en souffre pas. Je ne suis simplement pas prêt. C'est encore trop tôt, ce n'est pas le bon moment. Il faudrait que je sois sûr de tomber sur la perle rare pour pouvoir y songer ne serait-ce qu'un instant. J'ai toujours de bonnes excuses, comme tu peux le constater. Je ne sais pas quand je pourrai autoriser une personne à entrer dans ma bulle à nouveau. Un morceau de moi est parti au même moment que toi. Je ne devrais pas écrire ça, mais je t'en veux d'être montée dans cette voiture. Tu as perdu la vie et tu as aussi volé la mienne. Comment veux-tu que je me reconstruise après tout ça ? Je sais que ce n'est pas de ta faute, mais il est bien plus facile d'en vouloir à quelqu'un pour son malheur plutôt que de regarder la vérité en face. Pardonne ma faiblesse, pardonne mes mots ; l'alcool n'arrange rien. Arrivera ce jour où j'irai bien et où je ne t'en voudrai plus de m'avoir laissé.

Un jour, peut-être.

N.

23

J'ai à peine refermé le carnet de Nathan que mon corps tout entier s'est engourdi. J'ai puisé dans mes dernières forces pour monter dans ma chambre, Iris dans les bras, et me suis endormie paisiblement. Ce matin, en ouvrant les yeux, je vois qu'elle n'est plus à mes côtés. Le réveil est difficile ; j'ai du mal à émerger. Mais je dois profiter de ce temps libre qui m'est accordé pour chercher des informations sur Nathan.

Hier soir, en parcourant le carnet, j'ai découvert une chose très intéressante sur l'endroit où il vit. Nathan a délibérément laissé derrière lui un détail sur son habitation : une maison rose. A-t-il voulu jouer sur une image, ou est-ce simplement un surnom qu'il a donné à sa maison parce que ses rideaux sont roses, par exemple ? Je n'en ai pas la moindre idée, mais il faut que je creuse de ce côté. Si sa maison est rose, je ne vais pas avoir beaucoup de mal à la trouver en me baladant dans Biarritz. Il ne doit pas en exister beaucoup. J'appellerai la mairie ou je demanderai à des locaux. Quelqu'un aura sûrement la réponse à cette question. En étant un peu logique, si je me réfère à ce qu'Albert a dit, Nathan vivrait près de son restaurant, ce qui restreint considérablement mon champ de recherche. Toujours allongée sur le lit, je n'ai pas encore ouvert les yeux que mon cerveau est déjà en surchauffe. Mais soudain, une véritable odeur de brûlé envahit la chambre et me tire de mes rêveries. Affolée, je dévale les escaliers et me précipite dans la cuisine, pour me retrouver nez-à-nez avec Iris, un tablier de cuisine autour du cou et des gants de cuisine trois fois trop grands sur les mains.

– Iris, qu'est-ce que tu fais ?

– Des tartines grillées, pour toi et pour moi.

– C'est gentil, Iris, mais là, ce n'est plus grillé… C'est brûlé.

J'embrasse ma fille et la remercie de cette jolie attention. Je sors immédiatement du grille-pain les tartines, devenues noir charbon. Assistée de ma nouvelle commise, je reprends alors les rênes de la cuisine et prépare des œufs brouillés, des tranches de bacon grillées, ainsi que des tartines. Iris met du lait à chauffer dans le micro-ondes pour son chocolat chaud. Elle est excitée et déjà prête à partir explorer la ville.

– Qu'est-ce qu'on va faire aujourd'hui, Maman ? On va chercher ton super-héros ?

– Non, on va aller se promener !

– Il va revenir, Papa ?

– Oui, ma puce. Il sera avec toi ce soir.

Malgré la dispute qui a éclaté hier soir et les larmes d'Iris, celle-ci se montre enjouée. J'envoie un message à Valentin pour lui rappeler de garder Iris le soir même. Il me répond très rapidement que, malgré la situation, il sera à la maison et n'oubliera pas sa fille. Il ajoute que, pour son bien, il serait préférable que nous ne nous adressions pas la parole. Le message est clair : je ferai comme s'il n'existait pas et je me concentrerai uniquement sur le bien-être de ma fille.

Iris termine rapidement son petit déjeuner, et nous voilà déjà hors de ce foyer devenu trop étouffant, à gambader dans les rues biarrotes. Le plan dans ma tête est plutôt limpide : nous allons quadriller toute la zone autour de *Chez Albert* pour trouver une maison rose. Je n'ai pas pu avoir un employé de mairie au téléphone et je dois donc, seule, essayer de trouver les bonnes pistes et rassembler mes informations pour trouver cette maison. Mon champ de recherche s'étend sur environ un kilomètre autour du port. J'explique mon plan à Iris pour qu'elle se sente impliquée :

– Iris, tu as une mission aujourd'hui : tu dois me dire dès que tu vois une maison rose.

– Ton super-héros vit dans une maison rose ?

Iris ne semble pas comprendre qu'un super-héros puisse vivre dans une maison de cette couleur. Je m'arrête un instant et lui demande toute son attention. Si j'ai délaissé beaucoup de choses depuis ces derniers jours, je mets un point d'honneur à éduquer ma fille sur les sujets importants. Je lui explique que le rose n'est pas une couleur réservée aux filles, et que tout un chacun peut l'apprécier. D'ailleurs, la vie serait bien triste si on aimait tous et toutes les mêmes choses ! Iris acquiesce, l'air concentré. Dans sa tête, j'ai l'impression que ça carbure. Quelques minutes d'explications pour rendre ma fille tolérante, ça n'est pas du temps perdu.

Avant de rejoindre le cœur du quartier, je décide de me rendre au rocher du Basta pour voir Iban. Il connaît la région mieux que personne, et lui seul peut m'aider. À notre arrivée, il est déjà en train de vendre une toile à des touristes. Je le vois négocier, habilement, pour obtenir son bénéfice au plus haut. Après quelques minutes, il remarque notre présence :

– Salut, vous ! On se revoit déjà. Vous souhaitez une autre toile ?

Je ris et décline poliment l'offre :

– Non, en fait, je viens vous demander de l'aide. Vous allez trouver ça bizarre…

– Dites-moi, je serais ravi de vous aider.

– Est-ce que vous sauriez si, dans le quartier autour du port et du rocher de la Vierge, il existe une habitation à la façade rose ?

– Laissez-moi un instant pour finir ma transaction et remettre de l'ordre dans mes idées.

Il me fait un clin d'œil et s'occupe de son client. Au bout de quelques minutes, alors qu'il range soigneusement sa monnaie dans un sac, son visage s'illumine.

– Rue de l'Atalaye. Il y a une petite maison rose. J'ai peint là-bas au début de ma carrière. Les maisons basques se ressemblent, alors quand l'une d'elles dénote dans le paysage, on s'en souvient !

– À tout hasard, est-ce que vous sauriez à qui elle appartient ?

– Mmh, si ça n'a pas changé en vingt ans, elle appartient à la famille Gabay.

À mon visage inexpressif à l'évocation de ce nom, Iban comprend que je ne connais pas cette famille. Il ajoute :

– Le fils Gabay est propriétaire de la boutique de vêtements *Enfants terribles*. Ça doit être lui qui gère le patrimoine.

– Merci beaucoup ! Votre aide est précieuse. Vous n'en voyez pas d'autres dans le coin ?

– Vous savez, les couleurs changent en fonction du temps, de vos émotions et de votre regard. Une maison rose aujourd'hui pourrait très bien être orange demain.

Je regarde Iris : elle non plus n'a rien compris. Après mon cours improvisé sur les couleurs, voilà qu'Iban complique les choses. Même si ses explications farfelues ne m'ont pas convaincue, il m'a donné une piste sérieuse. Avant de tourner les talons, je lui lance :

– Merci beaucoup, vous avez sauvé ma journée !

Sans plus attendre, je rentre l'adresse sur mon GPS, puis juche Iris sur mes épaules et me dépêche de rejoindre la boutique en centre-ville. Tout en remontant l'allée des Pêcheurs, je réfléchis à ce que je pourrais dire au propriétaire de la maison. Si elle est bien louée par Nathan, il faut absolument que j'y pénètre. Iris devrait pouvoir m'aider.

En arrivant complètement essoufflée devant la vitrine du magasin, je me sens brusquement mal à l'aise face à ce que je m'apprête à faire. Le mensonge est devenu ma principale arme depuis sept jours. J'entraîne toutes les personnes que je croise dans mes boniments, et j'ai peur de ne pas mesurer les conséquences de mes actes. Malheureusement, je n'ai pas d'autres choix que de continuer sur ma lancée et il est trop tard pour un sursaut de lucidité. Je n'ai pas fait tout ça pour reculer si près du but. Je pénètre dans la boutique à reculons.

Pendant un court instant, je fais mine de contempler les vêtements, avant qu'un vendeur ne m'alpague. La technique de vente est partout la même : il suffit qu'un client entre dans une boutique pour que les commerçants lui sautent dessus. C'est irritant mais diablement efficace ! Un charmant jeune homme au sourire plus blanc que blanc et à l'allure de surfeur de l'écume s'adresse à nous :

– Bonjour, mesdames, vous recherchez quelque chose en particulier ?

– Oui, je recherche le patron, s'il vous plaît.

Le vendeur fait une moue légèrement apeurée, engage un demi-tour dans le rayon et se dirige dans les profondeurs du magasin. Au bout de quelques minutes, le temps pour moi de flasher sur l'intégralité des vêtements mis en vente, un homme sort de l'arrière-boutique.

– Bonjour, madame, vous avez demandé à me voir ?

Un homme d'une quarantaine d'années à la coupe soignée et au look léché s'avance vers moi d'un pas assuré. Si ses rides et ses cheveux grisonnants ne l'avaient pas trahi, j'aurais été incapable de lui donner un âge. Son ton de voix très doux m'inspire confiance. Pour paraître sûre de moi, j'essaie d'imiter l'attitude de Clémence. Clémence… J'ai complètement oublié de la mettre au courant des dernières trouvailles. Elle va me détester. Mais pas le temps d'avoir des remords : je reprends mes esprits et me mets en chasse d'informations.

– Bonjour. Cela va peut-être paraître incongru de ma part, mais j'ai une question à vous poser au sujet de votre maison rue de l'Atalaye. Est-elle louée à un dénommé Nathan ?

L'homme se braque aussitôt :

– Je n'ai pas pour habitude de divulguer des informations sur mes locataires.

Comment ai-je pu penser qu'il allait s'ouvrir à moi sans crainte ? La méfiance a pris place dans sa voix, je dois trouver une ruse. Iris s'est éloignée dans la boutique et je suis maintenant libre d'agir à ma convenance. Jouant le tout pour le tout, je me mets à pleurer. Mes deux années de théâtre au lycée vont peut-être me servir à quelque chose. Je sanglote et me cache les yeux, tandis que le patron se radoucit instantanément. Il semble déboussolé et me prends par les épaules. Personne n'aime voir pleurer les autres.

– Madame, ne vous mettez pas dans cet état…

– Mais vous ne comprenez pas, je suis à la recherche de mon cousin depuis des semaines… Comme je n'avais aucune nouvelle de lui, j'ai décidé de me rendre à la dernière adresse que je lui connaissais…

J'espère que mon piège va fonctionner. Le visage entre les mains, je fais en sorte de ne pas me mettre à rire. La situation est tellement gênante ! Mais je suis décidée : j'ai besoin de cette information et je ne partirai pas de cette boutique sans l'obtenir.

– Bon, bon, bon. Allons donc, madame. Je ne devrais pas vous dire ça, mais oui, cette maisonnette est louée par Nathan. Je ne peux pas plus vous aider, je ne l'ai pas vu depuis plus d'une semaine. J'espère que vous retrouverez votre cousin.

Une lueur apparaît au fond de mes yeux. Je dois maintenant trouver le moyen de laisser cet homme me faire entrer. Pour réussir, je suis obligée de décliner mon identité.

– Désolée d'avoir pleuré, je ne sais pas ce qu'il m'a pris, dis-je avec quelques trémolos. Nathan a disparu et je suis très inquiète de savoir que vous non plus n'avez plus de nouvelles.

Ses yeux s'arrondissent.

– Attendez, il va probablement revenir. Ses affaires sont encore chez lui, me presse l'homme.

– Je me demande où il peut bien être. Il n'est pas du genre à agir de la sorte. Je dois prévenir ma tante, mais j'aimerais pouvoir lui apporter de bonnes nouvelles.

J'essaie de le prendre par les sentiments. Avoir improvisé être de sa famille me semble le moyen le plus judicieux pour que l'homme lève ses barrières. Je veux aider Nathan et j'aimerais tenir informée sa famille le plus rapidement possible – mais je le fais aussi pour moi. Il est inconcevable que je le laisse tomber. Le gérant de la boutique semble attristé par la nouvelle. Il se gratte la tête.

– De quoi avez-vous besoin ? finit-il par demander.

– J'ai besoin d'aller vérifier qu'il n'est pas chez lui et qu'il n'est rien arrivé de grave. Et s'il n'y est pas, de voir s'il n'a pas laissé d'indice sur l'endroit où il est parti.

– Bon, écoutez, je pourrais peut-être vous laisser entrer là-bas. Je vous accompagne. Pas plus d'une demi-heure.

– Merci, je ne m'attendais pas à autant de votre part…

– Je n'ai pas terminé. Je veux votre carte d'identité. J'en fais une copie. Si jamais il y a le moindre souci, j'appelle les flics. Marché conclu ?

– Marché conclu.

Victoire ! J'ai promis de ne pas me mettre en danger. Il n'aura aucunement besoin d'appeler la police ou la gendarmerie. Je lui tends mes papiers d'identité. Avant de partir, je récupère Iris, qui a déjà essayé les trois quarts des tee-shirts et qui a laissé la boutique sens dessus dessous. C'est elle qui, un peu plus haut dans la rue, trouve la première ce que je cherche.

– Regarde, maman, j'ai trouvé la maison rose !

De l'extérieur, la maison, étroite et sur deux étages, est charmante et semble bien entretenue. Les fenêtres sont neuves et la porte a été repeinte récemment dans une couleur plus claire. Le rose n'est pas pimpant ; il est plutôt pâle et tire presque sur l'orange.

– Je vous rejoins d'ici quelques minutes.

Le patron de la boutique nous laisse entrer avec Iris. Les mains tremblantes, je m'engouffre enfin dans le repaire de mon inconnu.

24

Nous avançons dans le couloir de l'entrée qui dessert le salon. Les volets ne sont pas complètement fermés et les rayons du soleil pénètrent facilement, éclairant des recoins. Je balaie des yeux la pièce rectangulaire. La décoration est sobre, comme si Nathan n'avait rien fait pour se sentir chez lui. Il y a très peu de meubles, mais une quantité astronomique de toiles vierges, de peintures fournies et d'esquisses posées en vrac. Iris explore avec attention ce fatras et commente, extatique, tout ce qu'elle voit.

Cette plongée chez Nathan me permet de dresser un portrait mental de lui bien plus précis que tout ce que j'ai pu imaginer jusqu'à présent. Chaque chose semble à sa place… dans un chaos organisé. C'est tout un paradoxe qui s'offre à moi. Je me sens bien dans ce lieu aux antipodes de ma maison bien rangée. Une chaleur émane de la pièce. Je veux prendre le temps de tout découvrir.

Mais soudain, mes doutes refont surface. Je me rends compte de la gravité de la situation : j'ai violé l'intimité d'un patient en fouillant dans ses affaires et en lisant son carnet. Je me retrouve chez lui, sans son autorisation, à fouiner dans sa vie. Nathan n'a pas formellement demandé mon aide, et pourtant, je la lui ai imposée naturellement. J'essaie d'ôter ces pensées de mon esprit ; il est désormais trop tard pour faire preuve de bon sens. Je n'ai plus d'autres choix que de retrouver ce que je suis venue chercher : un nom de famille ou une quelconque information qui me mènera à une piste exploitable. Je n'arrêterai qu'après avoir rempli ma mission.

Je commence par explorer le salon. J'ouvre le premier tiroir de la commode et tombe sur un stock de gouaches. Celui du dessous est consacré à l'aquarelle. Je regarde ensuite dans un placard qui est dédié aux toiles inachevées. Iris continue d'admirer les tableaux pendant que je fouille les moindres recoins. Après seulement quelques minutes de recherche, je perds patience. Il doit bien y avoir des papiers le concernant dans cette maison, mais impossible de mettre la main dessus ! Si le salon est dédié à son métier, peut-être trouverais-je plus de choses personnelles en haut. Je me dirige vers l'étage et lance à Iris :

– Tu restes là et tu ne touches à rien, d'accord ? Je monte.

– Oui, Maman. Je touche avec les yeux, je sais.

– Et moi, j'ai des yeux partout alors gare à toi, petit monstre.

Quand j'arrive à l'étage, j'entends le gérant entrer dans la maison. Il me demande si je trouve ce que je suis venue chercher et je lui réponds que je n'en ai plus que pour quelques minutes. Il se met à bavarder avec Iris. À l'étage, un couloir étroit peint en bleu ciel donne accès à trois portes. La première est une salle de bain qui paraît moderne ; je n'y pénètre pas. Les produits d'hygiène que j'entraperçois me mettent du baume au cœur : malgré sa peine, Nathan prend soin de lui. En face, la deuxième porte donne sur les toilettes : je ne vais pas y trouver mon bonheur. Je pénètre dans la dernière pièce avec une forme de pudeur et de gêne. Je ne suis pas à ma place dans sa chambre et mon corps me le fait savoir. Une nausée s'installe. Ici, les volets sont complètement fermés, et je n'arrive pas à distinguer la moindre forme dans la pénombre. Je tâte le mur près du cadre de la porte et appuie sur l'interrupteur. Une ampoule basse consommation se met à ronronner et, petit à petit, les formes deviennent réelles. Je découvre une pièce spacieuse, au milieu de laquelle trône un lit couvert de vêtements. La décoration est aussi sobre qu'au rez-de-chaussée : aucun tableau accroché aux murs, pas de bibelot en évidence. Je m'assois sur le lit et essaie de me connecter un peu à Nathan avant de reprendre mes investigations. Sur la table de chevet, une photo de famille est posée en évidence, dans un cadre en bois clair. Je l'ôte de son support et découvre la date inscrite au dos : c'était un an avant l'accident d'Ava. Enfin, je peux voir Nathan sans tous les tubes sortant de son corps, et sans les appareils médicaux qui l'entourent. Son sourire est éclatant, comme ceux de ses parents et de sa sœur. Un bronzage parfait, le bord de mer : ils respirent le bonheur. Nathan est radieux et je n'arrive pas à décrocher mon regard de lui. Je m'autorise à emporter le cliché avec moi pour le lui déposer à son chevet. Je suis persuadée qu'il sera heureux, à son réveil, de voir ces sourires. La photo en poche, je continue les investigations. Il y a dans sa chambre un bureau sur lequel se trouve une pile de papiers. Parmi des croquis, des prises de notes et des documents sur la peinture, je trouve, enfin, le saint Graal : une carte d'identité. Sa carte d'identité. Nathan Eberry, né le onze février mille neuf cent quatre-vingt-neuf à Biarritz… Je te tiens.

Je balaie la pièce d'un dernier regard et ne trouve aucun autre lien avec son passé. Seule la photo que j'ai emportée rappelle sa famille ; autrement, son ancienne vie a disparu. Je descends retrouver Iris, nous pouvons nous en aller. Je n'en trouverai pas plus.

– Iris, on y va.

– Elle est jolie, cette maison de super-héros. J'espère qu'il me donnera l'un de ses dessins.

– On lui demandera.

Je sors de la maison et me félicite de n'y avoir passé que vingt-cinq minutes sur les trente autorisées par le patron de la boutique. Il s'allume une cigarette et son regard se perd vers l'horizon.

– Je vous remercie du fond du cœur pour votre aide.

– Vous avez trouvé ce que vous cherchiez ?

– Je crois bien, oui. Merci encore.

– Avec plaisir, madame Morel. Quand vous retrouverez Nathan, est-ce que vous pourriez lui faire passer un message ?

– Oui, je vous écoute.

– Dites-lui que j'attends toujours son loyer de décembre.

Mon regard noir le fait esquisser un sourire maladroit et il tente de se rattraper :

– C'était une blague. Dites-lui qu'il ne s'inquiète surtout pas. C'est un bon gars.

En arrivant à la maison, Iris me propose de manger rapidement pour pouvoir regarder un dessin animé.

– Moi aussi, Maman, je veux profiter des vacances.

Je prépare une assiette de pâtes au fromage et, une fois le repas servi, Iris le dévore en un rien de temps. Je suis épuisée et m'écroule sur le canapé sans prendre le temps de ranger la vaisselle ni de nettoyer. Iris se charge de lancer le dessin animé, et mes yeux se ferment avant la fin du générique.

25

Je suis réveillée par les cris d'Iris. Je ne sais pas combien de temps j'ai dormi, mais une chose est sûre, je n'ai aucune envie de me lever du canapé.

– Papa est là !

Elle court à l'entrée et saute sur son père qui franchit la porte. Pour éviter de le croiser, comme il l'a demandé, je me lève du canapé et monte à l'étage prendre une douche et me préparer pour l'hôpital. Je sais que, une fois redescendue, il se sera enfermé dans son bureau. Ma prédiction est bonne. Du bas des escaliers, je vois Iris de nouveau sur le canapé, devant la télévision. Je m'approche d'elle et lui dépose un baiser sur la tempe.

– J'y vais, ma chérie, à demain.

Ma vie familiale a volé en éclats. Valentin est rentré et pourtant, c'est comme s'il était toujours absent. Ces jours loin de l'hôpital, mais pourtant si proches d'un patient, me poussent à considérer sérieusement mon changement de carrière. Quand tout sera terminé, je prendrai les bonnes décisions.

Le trajet me permet de faire le point sur mes recherches. Maintenant que je connais le nom de Nathan, je vais pouvoir facilement retrouver la trace de sa famille. Mais un dilemme s'impose à moi : Nathan est parti sans se retourner, et je ne veux pas prendre des décisions aussi importantes à sa place. Je sais au fond de moi qu'il serait bon qu'il soit entouré, mais la question est désormais la suivante : lui, le veut-il ?

*

À l'entrée réservée au personnel, Clémence m'accueille d'un signe de la main. Voir un visage ami me rassure.

– Enfin ! Tu es revenue. Je commençais à vraiment m'ennuyer.

Je lui fais une bise et trépigne d'impatience à l'idée d'entendre les nouveaux ragots, et surtout les nouvelles concernant Nathan.

– Alors ?

– Aucune amélioration. Il est stable, mais il ne se réveille pas. On ne sait pas s'il est encore trop faible pour se réveiller ou si c'est trop tard…

– Il doit se réveiller…

– Et toi ? Du nouveau ?

– Je… me suis retrouvée chez lui et j'ai… pris sa carte d'identité, fais-je d'une petite voix.

– T'aurais pu me le dire par message ! me sermonne-t-elle. T'abuses.

– Allez, je t'explique. Tu me feras la morale plus tard.

Tout en m'assurant que personne ne nous écoute, je lui raconte les événements des derniers jours dans les moindres détails. Clémence est captivée par mon récit. Elle se met à rire quand je décris la scène de théâtre et mes larmes de crocodile dans la boutique, et est absorbée par la description de la maison de Nathan. Elle ne m'interrompt pas une seule fois. Une fois le récit achevé, elle passe la main dans ses cheveux et semble réfléchir quelques instants. Elle prend une grande inspiration et… m'assaille de questions ! Elle est aussi curieuse que moi et veut tout savoir. Je la rassure sur le fait que je ne me mets aucunement en danger et que je reste discrète. J'avance pas à pas vers mon but, mais j'essaie de garder la tête sur les épaules. Après quelques minutes, elle reprend un air sérieux et me regarde droit dans les yeux.

– Il faudrait contacter sa famille, Adèle.

Elle a raison…

– Je ne sais pas… Il a fait le choix de les quitter. Il n'a plus envie de les voir.

– Nous ne sommes pas censées le savoir. L'hôpital doit toujours contacter la famille quand il le peut.

– Peut-être qu'il faudrait attendre d'en savoir plus sur ce qui lui est arrivé…

– Je suis désolée de te dire ça, mais nous n'avons pas le temps et tu le sais. Ses parents ont le droit de savoir que leur fils est dans un état grave. Il pourrait ne pas s'en sortir, Adèle ! Toi-même, tu ne fais que répéter qu'il ne devrait pas être seul. Tu dis vouloir aider les autres : c'est en contactant sa famille que tu peux aider Nathan. Tu t'es déjà investie plus que de raison, désormais, il faut laisser ta place.

Clémence vient de me planter un poignard en plein cœur. Pour moi, depuis le début, Nathan a des chances de s'en sortir, et je n'ai jamais vraiment envisagé qu'il ne survive pas. Je suis partagée entre les choix de Nathan et son besoin d'être entouré. Entre la déception qu'il pourrait ressentir à son réveil en voyant ses proches, mais sans Ava, et le soulagement des parents d'avoir des nouvelles de leur fils. Je ne sais plus quoi faire. Tout se mélange, mais rien ne s'emboîte.

– Je ne suis pas sûre qu'il veuille ça.

– Tu ne le connais pas, Adèle. Si tu étais à la place de ses parents, tu aimerais savoir. Imagine si Iris était dans cette situation. Tu voudrais absolument être la première au courant. Tu voudrais pouvoir lui dire au revoir.

– N'utilise pas ma fille comme argument !

À cet instant, je lui en veux d'avoir joué la carte Iris avec moi. Nathan n'est pas Iris, je dois me poser les bonnes questions. Mais le poids de cette responsabilité est bien trop lourd pour mes épaules : je ne veux rendre personne triste. Il a décidé de s'écarter de sa famille pour des raisons qui lui sont propres et je m'apprête à m'interposer contre son choix et sans son consentement. À bien y réfléchir, depuis plus d'une semaine, je n'ai pas pris en considération ses désirs une seule fois. Il ne veut pas qu'on s'intéresse à lui et c'est ce que j'ai pourtant fait. Mais je ne peux pas être seule dans cette épreuve. Qui de mieux placé que ses parents pour m'aider ? Je capitule :

– Je vais le faire.

– Enfin tu fais quelque chose de réfléchi ! Allez, on rentre. On va y arriver. Raconte-moi encore une fois comment tu as réussi à rentrer chez Nathan, madame Bond. C'est donc vers une carrière de détective privée que tu te tournes ?

– Arrête de te moquer !

Avec son sens de l'humour inégalable, elle essaie de détendre une atmosphère devenue oppressante pour nous deux. Plus nous avançons dans les couloirs de l'hôpital, plus nos discussions se font légères. Je la quitte devant les ascenseurs, le sourire aux lèvres. Il est temps pour elle de rejoindre ses patients, et pour moi de retrouver mon poste d'observation pour prendre connaissance de mon planning de la nuit et des tâches à effectuer.

Chapitre 25

Quand j'arrive près de mon bureau, Léa m'attend déjà de pied ferme.

– Bonjour, cheffe, tout s'est bien déroulé en votre absence.

– Léa, je t'ai dit de me tutoyer, alors s'il te plaît, fais-le ! Qu'est-ce qu'on a ce soir ?

– Deux traumas. Le premier étage est presque vide, mais on a de nouvelles admissions qui devraient arriver dans les prochaines heures : il y a eu un éboulement sur la départementale en provenance de Capbreton. Ça vient de passer aux infos.

Je porte ma main à ma bouche. Clémence ne m'a rien dit. Combien de personnes ont succombé dans l'éboulement ? La nuit risque d'être longue… Je voulais m'accorder un peu de temps pour rendre visite à Nathan et pour contacter sa famille, mais tout ça devra attendre. Je me déteste d'avoir pensé à mon petit bonheur alors que des personnes sont en train de mourir à quelques kilomètres de nous. Mais déjà, mon égoïsme laisse place à une réelle inquiétude pour les victimes. Je n'ai jamais réussi à garder mes distances avec les catastrophes de grande ampleur : ma sensibilité a longtemps été un frein. Depuis quelques années, j'ai appris à vivre avec et à l'accepter. Il y a des jours difficiles où le sort de certains individus me plonge dans une tristesse infinie, et d'autres où j'arrive à relativiser. Je me bats entre ces deux penchants pour équilibrer ma vie. Pourtant, au vu de ces derniers jours, j'ai atteint ma limite.

– Léa, on aura besoin de combien de personnes pour la prise en charge de ce soir ?

– On va avoir besoin de toutes les mains disponibles. Pour l'instant, c'est plutôt calme et je peux gérer avec les autres infirmiers.

– Est-ce que les pompiers t'ont dit quand ils allaient…

Je n'ai pas le temps de terminer ma question qu'une voix nasillarde nous interrompt. Le résident des chirurgiens, docteur Duval, se dresse devant moi.

– Cheffe Morel ! Vous avez cinq minutes pour réunir une équipe d'infirmiers. Je les prends avec mon équipe de chirurgiens : on se rend directement sur place pour aider. En attendant, il va falloir préparer les urgences pour notre retour.

– Excusez-moi, docteur Duval, je viens seulement d'arriver : est-ce que vous auriez plus d'informations à me communiquer ?

– Il y a des dizaines de blessés suite à l'éboulement et on doit se rendre sur place. Ce sont les seules informations qui me sont parvenues. Dépêchez-vous de réunir une équipe.

Ce n'est pas la première fois que je suis confrontée à des situations urgentes comme celle-ci. Au cours des attentats qui ont frappé Paris, les hôpitaux ont dû s'adapter. Nous avons perdu énormément de patients et les gardes ont été des plus difficiles physiquement et mentalement. Je ne m'en suis pas totalement remise et je ne suis pas sûre de réussir à surpasser tout cela un jour. Depuis, chaque année à la même date, une bougie brûle dans l'hôpital où j'exerçais.

Aujourd'hui, j'agis comme lors des attentats : méthodiquement et minutieusement. J'essaie d'évaluer les besoins des victimes. Coulée de boue et éboulement riment avec risque d'étouffements, de brûlures, d'ensevelissement… Je constitue mentalement l'équipe la plus adéquate à envoyer et les appelle de suite. En à peine cinq minutes, ils quittent l'hôpital, me laissant seule avec Léa et quelques réservistes. Nous nous occuperons des admissions, des premières urgences ainsi que de la mise en place du service pour le retour de l'équipe de terrain.

Après leur départ, j'allume la chaîne d'informations locale pour en savoir plus sur l'étendue des dégâts. La scène est impressionnante. Un nuage épais de terre flotte dans l'air, et des voitures détruites ou retournées encombrent la route. L'indécence habituelle des journalistes se fraie un chemin jusqu'aux blessés couverts de sang et de terre. Des passants témoignent. L'une des falaises qui borde la départementale s'est écroulée, ne laissant aucune chance à certains automobilistes, rapidement bloqués dans les décombres. À mon poste, je me sens impuissante ; j'attends avec impatience le retour de mes collègues, pour me plonger enfin dans l'action. Puis mes pensées se tournent vers Nathan – encore. Je n'ai plus qu'une envie : retrouver ses parents pour qu'ils puissent revoir leur fils. Il serait trop cruel de les en empêcher alors que j'en ai le pouvoir.

Je profite de l'assurance nouvelle de Léa : elle a pris la place que je souhaitais au sein de l'hôpital et commence à s'imposer doucement en tant que leader. J'ai besoin d'une pause pour remettre mes idées en place et être à la hauteur de mon poste de cheffe.

– Léa, je vais avoir besoin de ton aide. Tu peux gérer le service pour quelques minutes ?

Les yeux de Léa pétillent d'excitation et de fierté.

– Bien sûr, Adèle. Tout est sous contrôle aux urgences donc pour le moment, ça va, je gère. Je vais commencer à installer les brancards et à récupérer plus de médicaments et des poches de sang.

– Super, merci. Je reviens très vite.

Des patients auront bientôt besoin de moi : je n'ai pas une minute à perdre. Je me précipite aux toilettes pour me passer un coup d'eau sur le visage. Depuis mon arrivée, je suis obsédée par la discussion que j'ai eue avec Clémence. Tant que je n'aurai pas contacté la famille de Nathan, je serai déconcentrée. « Pas plus de cinq minutes, Adèle. Tu es au travail. Sois la cheffe que tu as toujours voulu être. »

Installée devant mon ordinateur, je tape « Nathan + Eberry » dans la barre du moteur de recherche. Tout est plus simple maintenant. En quelques clics, je tombe sur le site de l'entreprise familiale de *consulting* et je n'ai plus aucun doute : ce sont bien eux. Je reconnais les parents que j'ai vus sur la photo de famille. La page « Contact » du site ne donne accès qu'à un formulaire automatique. Je réfléchis un instant à la manière dont je dois annoncer la nouvelle. J'imagine des phrases toutes faites, des formules de politesse qui pourraient les rassurer tout en les alertant. Finalement, j'opte pour la concision : il me faut aller droit au but. Je le fais pour Nathan.

Name : Adèle Morel
E-mail : a.morel@gmail.fr
Subject : Nathan

Message :

Madame et Monsieur Eberry,

Je m'appelle Adèle, je suis infirmière à l'hôpital de Bayonne. J'ai remué ciel et terre pour pouvoir vous retrouver et vous donner des nouvelles de votre fils. Il y a sept jours, nous avons retrouvé Nathan, inconscient, dans la rue. Il a été emmené d'urgence dans notre hôpital. Nous avons dû l'opérer suite à une blessure à l'abdomen. Tout s'est bien passé. Il est stable et nous attendons désormais qu'il se réveille. Je me permets de vous écrire, car je pense qu'à votre place j'aurais aimé savoir s'il était arrivé quelque chose à mon enfant. À son réveil, il aura besoin d'être entouré. J'espère vous voir le plus rapidement possible. En attendant, il est entre de bonnes mains.

Cordialement,

Adèle Morel

Je clique sur « envoyer » et n'arrive plus à détourner mon regard de l'écran. Je suis soulagée d'avoir suivi les conseils de Clémence. J'espère que leur réponse arrivera rapidement. Il a besoin d'eux. J'ai besoin de lui. Il n'est pas seulement le miracle du docteur Duval : il est aussi le mien. Cette histoire bouscule ma vie et m'ouvre de nouvelles possibilités. L'attente s'installe et vient tenir compagnie à l'inquiétude. Avant de retourner dans mon service, j'attrape le carnet de Nathan dans la poche de ma blouse et m'octroie une ultime pause. La nuit sera mouvementée et je vais avoir besoin de courage pour tout affronter.

Clé n° 10 : Prenez soin des autres. Vous n'êtes pas le seul à souffrir. En pensant aux autres, vous prendrez du recul.

15 août

Difficile pour moi de ne pas ressentir de la solitude en cette journée de l'Assomption sans ma famille. Aujourd'hui, la nostalgie prend le dessus sur la tristesse. Je me sens nostalgique du temps qui passe et du bonheur qu'ont été nos vies. J'aimerais pouvoir revenir en arrière pour changer certaines choses. C'est peut-être trop tard, sans doute que le mal a déjà été fait. Ton départ nous a fait du mal à tous et mon départ a dû être un coup de massue pour les parents. Il était inattendu, rapide... peut-être trop rapide. Je me souviens de ce jour. J'avais préparé mon coup depuis quelques semaines sans être trop sûr de franchir le cap. Mes affaires avaient été empaquetées : quelques vêtements, toiles, pinceaux, tubes de peinture et souvenirs. J'avais acheté mon billet d'avion et je n'avais pas oublié de prendre une assurance annulation... au cas où ! Ce « au cas où » s'est vite dissipé quand j'ai essayé de trouver ce qui me retenait ici. J'ai fermé la porte une dernière fois, j'ai glissé une lettre dans la boîte, et je suis parti sans me retourner. Mes derniers mots pour les parents, je ne les oublierai jamais…

« Maman, Papa,

Quand vous lirez cette lettre, je serai déjà à des milliers de kilomètres à chercher enfin la paix. Nous avons perdu l'un des quatre piliers de notre vie et je n'ai plus la force de continuer ici sans elle. Je ne peux plus faire semblant. J'ai besoin de partir et de me reconstruire. J'ai besoin d'air. Je ne peux plus. Ma décision est prise et je ne changerai pas d'avis.

Il est trop tard pour faire machine arrière. S'il vous plaît, ne cherchez pas à me contacter et ne cherchez pas à me retrouver. J'ai besoin d'être seul. N'oubliez jamais que je vous aime. Où que je sois, je vous aime.

Nathan »

« Il est trop tard pour faire machine arrière », c'était vrai. Plus rien ne pouvait m'arrêter. Je ne sais pas s'ils ont essayé de me retrouver. Ils n'avaient aucun moyen de le faire sans alerter les autorités, mais j'étais majeur et j'avais laissé une lettre : ce n'était pas une disparition. Il fallait que je parte. J'ai tout effacé derrière moi. J'ai tout supprimé, tout jeté et j'ai essayé de tout recommencer ici. J'ai préféré penser à moi, sans considérer une seule seconde la douleur qu'ils éprouveraient. J'ai été aveuglé par ma peine. J'ai été égoïste et je ne me le pardonnerai jamais. Comme un lâche, je leur ai tourné le dos. Parfois, je regrette ce geste et j'aimerais le leur dire. Les avoir abandonnés n'a pas été une décision facile et je sais que Maman a dû mourir de chagrin une deuxième fois. Ils ont perdu leurs deux enfants à quelques semaines d'intervalle. L'une à tout jamais, et l'autre brisé par la vie.

N.

26

Après avoir refermé le carnet, je pense aux précieux conseils de Clémence et je la remercie intérieurement. Nathan a voulu revenir en arrière. Il a juste craint la réaction de ses parents. Je suis attristée par ces lignes : il n'est pas seulement parti, il a fui. Il a abandonné sa vie pour tenter de retrouver un peu de liberté et, aujourd'hui, il est pris au piège dans une chambre d'hôpital. Ce n'est pas entre ces quatre murs qu'il trouvera ce qu'il est venu chercher.

Je secoue la tête et décide que ma pause est terminée. Il est l'heure de retrouver mon sérieux et mon sang-froid. Les urgences sont plongées dans un calme anormal depuis le départ de certains d'entre nous sur les lieux de l'éboulement. Toute l'équipe médicale est désormais dans l'attente. Les patients déjà présents sont stables et dans leur chambre. Les admissions sont vides : il a été demandé aux ambulanciers et pompiers de rapatrier les urgences vers d'autres hôpitaux de la région. L'attente est terrible ; elle nous ronge à petit feu. Léa est bloquée devant les chaînes d'information en continu. Elle arrête un instant de se ronger les ongles pour pointer l'écran :

– C'est horrible, Adèle, il y aurait déjà une dizaine de morts… Regarde, il y a notre équipe, là.

J'aperçois des visages connus en train de sortir des blessés des décombres. Les images sont glaçantes. En arrière-plan, je vois Duval s'agiter, comme pour donner des ordres. Les opérations dureront des heures, des jours.

– Tout est en place ?

– Oui, j'ai organisé les urgences pour que tout le matériel soit à portée de main et pour que nous ne perdions pas une minute. J'ai eu la banque de sang, ils ne vont pas tarder à arriver avec des poches.

– Eh bien on continue d'attendre. On ne peut rien faire de plus, ici.

Sentant le stress monter, je décide de m'adresser à toute l'équipe dans le hall :

– Écoutez-moi tous. La nuit va être longue et difficile. Si vous voulez prendre une pause, c'est maintenant. Dans moins de trente minutes, je veux voir tout le monde à son poste.

Les membres du personnel se dispersent alors et en profitent pour prendre un café ou faire une micro-sieste. Léa choisit de rester à l'accueil avec son thermos. Plus motivée que jamais, elle compte sur cette soirée pour m'impressionner.

De mon côté, j'avais décidé de me remettre à fond dans le travail, mais, malheureusement, je n'ai rien d'autre à faire que d'attendre. J'en profite pour rendre visite à Nathan. J'ai besoin de sa présence pour affronter la nuit. Par le hublot de la chambre 307, j'aperçois Clémence, assise sur un fauteuil. Je pénètre dans la chambre sans un bruit, comme pour ne pas perturber le sommeil d'un nouveau-né. Je m'installe sur l'accoudoir près de Clémence, et lui chuchote :

– Clémence, qu'est-ce que tu fais ici ? Pourquoi tu n'es pas avec Duval ?

– Tu peux parler plus fort, Morel ?

– Pourquoi tu n'es pas avec Duval ? répété-je un peu plus haut.

– Je surveille ton protégé. Duval m'a punie, car je lui ai tenu tête au bloc. Donc au revoir la chirurgie et rebonjour le baby-sitting, marmonne-t-elle.

– Comment tu le trouves ? dis-je en montrant Nathan.

– Ça ne bouge pas. Tu as contacté sa famille ?

– Oui, je l'ai fait…

Elle pose sa main sur la mienne et me dit d'une voix douce que je ne lui connais pas :

– C'est bien.

Pendant que je discute avec Clémence, je m'approche du lit de Nathan. Il dort toujours profondément. Je voudrais tellement entendre le son de sa voix, pour enfin chasser les cris de douleur qu'il a poussés le soir de la nouvelle année.

– Je te laisse cinq minutes, je vais me chercher un café.

Quand elle quitte la pièce, je prends place sur le fauteuil à côté du lit. J'ai l'impression, pour la première fois depuis longtemps, de faire quelque chose de bien et d'être enfin moi-même. Je veux ressentir cette sensation tous les jours. Je sors la photo que j'ai prise chez lui et la dépose sur la table de chevet.

– Bonjour, Nathan. C'est Adèle. J'ai bien avancé dans mes recherches. Petit à petit, ton puzzle se complète. J'ai apporté une photo de tes proches, elle est sur la petite table de nuit. Je sais que tu es parti pour ne pas être retrouvé, mais j'ai contacté ta famille. Tu en as besoin, je crois.

Tout à coup, je me lève et me mets à faire les cent pas dans la chambre, tout en parlant à haute voix. Je ne veux pas m'arrêter là dans mon enquête : je n'ai pas découvert le plus important. Après son identité, il me faut désormais comprendre comment il a pu se retrouver là. L'enquête va prendre un nouveau tournant, mais je suis décidée à percer tous les mystères qui l'entourent.

– Qui t'a fait ça ?

Clémence revient dans la chambre.

– Je vais retourner dans mon service. On va avoir besoin de toutes les mains disponibles, et surtout de toute notre concentration.

– Est-ce que tu vas bien ?

– Je suis triste pour Nathan. Je veux qu'il se réveille, dis-je d'une voix tremblante.

– Je suis là, me rassure-t-elle d'une caresse sur l'épaule. Je vais menacer ton protégé pour qu'il se réveille, sinon, il va voir ce qu'il va voir !

Je souris à Clémence et m'éclipse. Je quitte Nathan le cœur lourd et le cerveau en ébullition. La première partie du plan est terminée. À présent, la seconde partie doit se mettre en marche. Je veux savoir qui l'a mis dans cet état et quand je le découvrirai, j'irai voir la gendarmerie. Pour le moment, je préfère agir seule et me contenter de réunir les informations, pour les leur apporter sur un plateau. Par fierté, je voudrais aussi résoudre moi-même toute cette enquête. J'ai plongé tête la première dans un jeu immense qui me dépasse, et qui me pousse à me battre pour obtenir les bonnes informations. Avant de reprendre mon service, j'ouvre le carnet pour une dernière dose de force.

Clé n° 11 : Apprivoisez l'absence. Vous ne pourrez jamais oublier. Mais vous pouvez vivre avec et faire perdurer le lien.

4 septembre

Comme je te l'ai écrit, j'ai recommencé à peindre ces dernières semaines. Loin de mon style d'antan, mes tableaux sont plus graves et plus austères. Ils iraient très bien dans des chambres funéraires ou dans une morgue... Je t'entends rire d'ici, Ava. Pas de jugement, c'est un public comme un autre. Ne te moque pas de moi. Je deviens fou. Malgré tout, je suis heureux d'avoir couché sur la toile mes émotions. J'extériorise à ma façon. Même si mes peintures ne respirent pas l'allégresse, elles n'en restent pas moins belles, et un bon moyen de me remettre à niveau. J'ai réussi à en vendre deux cette semaine sur le stand d'Iban. J'ai vendu un paysage du rocher de la Vierge en plein orage, et un autre du port, avec l'océan déchaîné par la tempête en arrière-plan. Je me suis senti fier quand les clients ont tendu leurs billets à Iban. Une première victoire. Finalement, je ne suis pas un si mauvais artiste, et mes toiles ont réussi à toucher deux personnes. Iban m'a même confié qu'il n'en revenait pas. Il m'a expliqué qu'il avait mis beaucoup de temps avant de pouvoir « casser la croûte » grâce à son art. Il a posé sa main sur mon épaule en me murmurant de ne jamais oublier de rêver trop grand. S'il savait... Je suis très loin de pouvoir en vivre, mais je garde la tête haute. C'est le seul moyen pour moi de survivre.

Ivan est un homme bien. Il te plairait. Il a toujours le bon mot pour te remettre d'aplomb et, grâce à sa petite notoriété, je me fraie un chemin dans cette ville. D'ailleurs, j'ai réussi, grâce à lui, à obtenir le numéro d'un homme d'affaires qui, après quelques appels, s'est montré très intéressé par mon travail. Il est venu me rencontrer sur le port l'autre jour. Il m'a parlé quelques minutes, et j'ai senti de suite qu'il s'y connaissait en peinture contemporaine. Son homme de main a failli ruiner ma toile avec les cendres de sa cigarette. Tu aurais vu la tête de cet idiot quand son patron l'a engueulé comme un enfant devant tous les pêcheurs ! Après cette réprimande, il l'a envoyé se balader loin de mon œuvre et a continué de discuter avec moi. Il a complimenté mon travail et m'a soumis une proposition : le rachat d'une partie de mes tableaux si je réussis à mettre la main sur une toile précise. Au départ, je n'ai pas vu d'un très bon œil cette demande. Pourquoi moi ? Il est connu dans la région et moi, je ne suis personne. Il m'a expliqué que l'artiste à qui appartenait cette toile avait toujours refusé de faire affaire avec lui et qu'il fallait désormais employer de nouvelles ressources – en l'occurrence, sa notoriété était justement un frein. Il a ajouté qu'il avait fait cette proposition à plusieurs jeunes artistes, et que seul celui qui lui donnerait ce tableau se verrait récompensé. Son côté joueur m'a intrigué, mais m'a aussi donné envie, car la proposition était alléchante. Je l'ai d'abord envoyé sur les roses en lui disant que je n'étais pas marchand d'art, mais quand il a tendu une liasse de billets, je me suis adouci et lui ai répondu que je pouvais peut-être l'aider.

Défi accepté. Pour le moment, c'est le seul moyen à ma disposition pour me faire de l'argent et je ne vais pas cracher dessus. Je retrouve une sensation perdue depuis longtemps : l'adrénaline. Je crois que j'aime ça. Tu me manques, Ava.

N.

27

Les heures ont défilé à toute vitesse. Les mains pleines de sang, de boue et de sueur, je peux enfin regagner la salle de garde pour me changer et rentrer chez moi. Huit heures du matin ; ça fait quelques heures supplémentaires. La nuit m'a semblé durer une seconde, tant j'ai été prise dans le feu de l'action et dans l'urgence.

Tout s'est passé très vite. Trop vite. Nous avons anticipé comme nous le devions le retour de l'équipe de terrain, mais elle n'est arrivée qu'à cinq heures du matin, exténuée et abattue. Elle a passé une partie de la nuit, avec l'aide des différentes autorités présentes sur place, à tenter de sortir des décombres un maximum de victimes. Duval et son équipe de chirurgie ont dû opérer des patients directement sur place, dans des conditions extrêmes et avec un matériel restreint. Certaines victimes ont été sorties in extremis, quand d'autres ont succombé à leurs blessures. Suivie par des ambulances et des camions de pompiers, l'équipe de terrain est rentrée pleine de terre, de sang, de boue et d'égratignures. Tous avaient les yeux rougis par la fatigue et par le stress. L'opération que nous avons mise en place était risquée. Cependant, aucun membre du personnel n'a été blessé. Le bilan humain est très lourd, et la liste des victimes s'est allongée au fil de la nuit. Plus de trente personnes ont perdu la vie. Dans ce chaos, les patients arrivés à temps à l'hôpital ont été l'espoir auquel se raccrocher.

Ce dernier a été plongé dans une atmosphère apocalyptique. Nous ne distinguions plus le personnel des victimes : la boue est devenue notre unique maillot. Sauvé. Morte. Mort. Sauvée. De simples mots échangés entre nous pour libérer les bons lits quand arrivaient de nouveaux patients. Nous avons dû faire le tri entre les blessés légers et les blessés lourds. Des larmes silencieuses ont coulé au milieu des hurlements. Les urgences ont vite été pleines à craquer, et nous avons eu besoin du renfort de l'équipe de jour, qui a pris le relai bien en avance. Chaque membre du personnel a respecté les consignes et a effectué son travail de manière exemplaire. Un plan sans accroc, mais… À chaque nouveau mort, nous savons que nous avons échoué. Nous n'avons pas pu sauver tout le monde.

Je ferme les yeux pour chasser cette nuit de mon esprit. Je dois vite me changer pour retrouver Iris et la serrer fort contre moi. Dans la salle de garde, la chaîne d'informations est encore allumée. L'affaire fait les gros titres depuis la veille. Les mêmes images qui soulèvent le cœur passent en boucle. C'en est trop pour moi. Je cours le plus rapidement possible jusqu'à ma voiture, m'assieds derrière le volant et me mets à pleurer. Je suis à fleur de peau. J'ai besoin de lâcher ce trop-plein qui me bouffe jour après jour. Je viens de passer l'une des nuits les plus difficiles de ma carrière, à laquelle s'est ajoutée mon inquiétude pour Nathan, l'absence de ses parents, mon mariage qui a pris l'eau et toute ma vie que je remets en question. Le visage caché entre mes mains, j'entends soudain toquer au carreau. Je redresse lentement la tête. Clémence est là.

– Adèle, qu'est-ce qu'il se passe ?

– Je suis épuisée.

Je ne peux plus faire semblant. Je sanglote de plus belle, devant une Clémence hésitante. Elle ne sait pas comment réagir. Alors, prenant son ton autoritaire habituel, elle m'ordonne de changer de place.

Je migre difficilement sur le siège passager, tandis qu'elle ouvre ma portière et prend place sur le siège conducteur.

– Tu fais quoi, Clem' ?

– Je te ramène chez toi, ça ne se voit pas ?

– Tu n'es pas obligée de faire ça, comment tu vas rentrer, après ?

– Je ne suis pas obligée, mais c'est ce que font les amies. Tu passeras me prendre ce soir avant la garde de nuit et je récupérerai ma voiture à l'hôpital. Allez, maintenant, tu me laisses conduire.

Sur le trajet, le silence remplit l'habitacle. Elle aussi vient de vivre une nuit compliquée. Inutile d'en reparler entre nous : nous l'avons vécue.

Malgré la fatigue, mon cerveau est en ébullition. J'essaie de comprendre ce que je ressens pour Nathan. Je me pose des questions, car ce n'est pas naturel de m'être oubliée de la sorte pour un inconnu. Pourtant, l'évidence qui s'impose à moi me remplit de bonheur. La lumière s'est rallumée dans ma vie et me montre toutes les routes possibles. Je n'arrive pas à mettre de mot exact sur ce que je ressens pour Nathan ; c'est un mélange de sentiments incontrôlables et imperturbables à la fois. Une affection qui augmente au fil des jours et des pages qui se tournent. La tête collée contre la vitre de ma voiture, je laisse le paysage défiler devant moi en essayant de faire le vide. Arrivées dans ma rue, Clémence me secoue pour que je lui indique la bonne maison.

– Tu viens boire un café à l'intérieur ? proposé-je.

– Volontiers. Je me gare où ?

– Mets-toi là, dans l'allée.

Par manque de temps et d'occasions, Clémence et moi ne nous sommes jamais vues en dehors de l'hôpital. Toutes les fois où nous avons prévu une soirée, une urgence a pointé le bout de son nez. C'est la première fois que je considère quelqu'un comme une amie alors qu'elle n'est même pas entrée dans mon intimité.

– C'est pas mal, chez toi ! Ça paye bien d'être cheffe.

– Allez, viens, je vais te montrer mon endroit préféré.

Je pointe du doigt le hamac à l'extérieur. Avec un naturel déconcertant, Clémence s'y installe et s'allume une cigarette.

– Il faut absolument que tu organises des fêtes ici. Je me vois déjà dans ce hamac en bonne compagnie, un cocktail à la main.

– Tu t'y vois surtout embrasser une infirmière à ton goût ?

– Touché ! avoue-t-elle dans un rire.

Une fois sa cigarette finie, je lui fais faire le tour de la maison. Malgré la fatigue qui m'assaille, je veux qu'elle se sente bien accueillie. À peine la porte franchie, Clémence envoie ses premiers compliments sur l'intérieur. Elle aime la décoration et le style, ce qui m'inquiète, de la part de l'exubérante chirurgienne.

– C'est subtil, c'est raffiné, j'adore.

– Et moi, je déteste. Je trouve que ça manque de gaieté !

– Ben… tu n'as qu'à décorer à ton goût.

– Dis ça à mon mari.

– Même sur la déco ils nous font chier, maintenant ? Je les déteste.

– Sans blague ?

Nous nous mettons à rire tandis que Clémence continue d'explorer les recoins du salon en ne se gênant pas pour toucher chaque objet qu'elle voit. Elle prend une photo encadrée sur le buffet et me fait remarquer que j'étais une mariée sublime. Au même moment, j'entends des petits pas à l'étage. Iris a dû nous entendre rentrer et elle se précipite dans les escaliers. Elle arrive essoufflée dans le salon et me saute dans les bras.

– Voilà mon petit monstre. Iris.

– Bonjour, madame.

– Salut, Iris, je suis Clémence, une amie de ta maman.

– Toi aussi, tu le connais, le super-héros de Maman ?

Clémence grimace. Elle ne sait pas de quoi Iris lui parle. Je lui murmure que, le super-héros, c'est Nathan, et elle rentre immédiatement dans mon jeu, avec un grand sourire. Elles discutent alors de lui toutes les deux. Clémence loue les super-pouvoirs de Nathan qu'il a, selon elle, obtenu grâce aux tubes en plastique et à la machine respiratoire. Je souris en observant ma fille et mon amie se rapprocher. Pendant ce temps, je m'approche du bureau de Valentin. J'hésite avant d'entrer. Même s'il refuse que l'on se croise, je veux qu'il sache que j'ai une invitée et que, par respect, j'espère qu'il laissera notre dispute de côté pour donner une bonne image. Nous ne nous sommes pas reparlés depuis qu'il a quitté la maison. Je me faufile dans son bureau discrètement et je toussote pour signaler ma présence. Il lève finalement les yeux vers moi.

– Bonjour, Adèle. Tu as besoin de quelque chose ?

– Clémence est là. Elle m'a ramenée.

– Je vais aller la saluer puis je m'en vais à l'agence. Le repas d'Iris est prêt pour ce midi, elle a déjà pris son petit déjeuner.

– Tu as réfléchi ?

– Non, pas assez.

Bref et concis. Il continue de penser qu'il est préférable d'éviter tout contact. Il se lève, ramasse quelques affaires et sort se présenter à Clémence. L'échange ne dure que quelques instants. Quand j'entends la porte d'entrée claquer, je reprends mes esprits et rejoins les filles :

– On le prend, ce café ?

– Sans sucre !

Tandis que je prépare la tasse de Clémence, je la regarde jouer avec Iris. Le courant semble passer entre les deux et j'en suis la première satisfaite. Après avoir servi mon amie, je m'affale sur le canapé. Iris est partie jouer dans le jardin et Clémence s'installe à côté de moi.

– Quelle nuit ! Je suis morte, je n'en peux plus.

– M'en parle pas ! Duval m'a fait vivre un enfer, cette nuit. J'ai fait tout le travail des internes de première année parce que monsieur est vexé. J'aurais aimé aider sur l'éboulement. Si je n'étais pas ici chez moi, j'aurais déjà quitté cet hôpital de malheur…

– Moi, mon hôpital me manque. Mais Iris est heureuse ici, c'est le principal.

– Et toi, t'es heureuse ?

– Je ne sais pas. Je commence à me faire à cette vie près de l'eau.

– Au fait, tu m'as dit que c'était compliqué avec Valentin, qu'est-ce qu'il se passe exactement ?

– Longue histoire.

Je n'ai pas envie d'entrer dans les détails. Clémence respecte ma décision et s'engage dans une discussion plus légère. Une fois son café fini, elle me signale qu'il faut qu'elle rentre pour se reposer à son tour. Elle rassemble ses affaires et m'ordonne d'être devant chez elle à dix-sept heures pétantes. Je découvre alors qu'elle ne vit qu'à quelques minutes de chez moi.

– Je t'avais bien dit que nous n'étions pas loin. Mais tu ne voulais pas me croire !

– J'aurais dû. Tu aurais pu venir plus tôt ici et t'extasier d'un rien.

Clémence rit de bon cœur et me conseille de me reposer et de prendre soin de moi, avant de disparaître derrière la porte. Au vu de mon état, je suis son conseil à la lettre et vais profiter de ces quelques heures pour dormir. Iris me rejoint et se love contre moi. Pendant plus d'une trentaine de minutes, nous restons collées l'une à l'autre, sans un bruit. Elle rompt le silence en me signalant une envie pressante.

– Tu ne bouges pas, Maman, je reviens.

J'en profite pour prendre le carnet de Nathan dans mon sac : j'ai besoin de ma dose. Je tourne les pages et suis interpellée par l'une d'entre elles. Un simple numéro de téléphone, accompagné d'une inscription peu flatteuse.

0664587202 – Connard

Une nouvelle découverte qui me laisse perplexe. Que puis-je donc en faire ? Au même moment, Iris revient et me demande de me remettre sur le canapé pour regarder la télévision. La chaîne diffuse son nouveau dessin animé préféré : l'histoire de deux collégiens qui doivent sauver Paris. Je m'exécute et suis d'une moue interrogative les aventures de Marinette Dupain-Cheng et Adrien Agreste.

28

Après ce long repos, je me réveille un peu vaseuse en repensant à tous les événements de la veille. Je me sens assez reposée et je veux profiter du peu de temps qu'il me reste avant de repartir à l'hôpital pour avancer dans mon enquête. Je repense au numéro de téléphone que j'ai trouvé dans le carnet de Nathan et à l'inscription qui l'accompagnait. À qui est-elle destinée ? Si Nathan a des ennemis, la personne derrière ce numéro est peut-être l'un d'eux. Revenue au point mort, je dois explorer toutes les pistes qui s'offrent à moi. Après avoir vérifié qu'Iris allait bien et qu'elle n'avait pas été prise par ses jeux au point d'oublier de se nourrir, je réfléchis longuement affalée sur mon canapé. Je prends la décision d'appeler ce numéro. Trois sonneries plus tard, une voix grave se fait entendre au bout du fil :

– Martin Lezquiel, directeur de Dicéo, bonjour, à qui ai-je l'honneur ?

C'est un numéro professionnel ; il va falloir adapter mon discours.

– Bonjour, euh…

– Je vous entends très mal, qui est à l'appareil ?

Je suis surprise et perturbée par l'assurance que je perçois chez mon interlocuteur. Il me faut trouver une idée très vite pour capter son attention.

– Joséphine Agreste, je suis une chercheuse d'art. On m'a dit que vous étiez collectionneur et que vous aviez de bons contacts sur la région basque. Est-ce exact ?

Emprunter une identité sortie tout droit d'un dessin animé est une grande première pour moi, et je ne suis pas sûre de son efficacité.

– Vous avez de la chance, j'ai un peu de temps devant moi. Je suis effectivement un très bon amateur d'art. Nous pourrions peut-être en parler de vive voix, pour que je puisse mettre un visage sur cette jolie voix ?

J'ai besoin d'une échappatoire, et vite. Cet homme ne m'attire pas la sympathie, et je n'ai aucune envie de le rencontrer. Je passe sur cette tentative ridicule de rapprochement et me reconcentre.

– Inutile de vous déranger. J'ai surtout entendu parler d'un jeune peintre fantastique.

– Ah oui ? Et quel est son nom ?

– Nathan Eberry. Auriez-vous son contact ?

À l'autre bout du fil, Martin Lezquiel émet un râle bruyant. Sans le vouloir, je viens de mettre en colère cet homme. Désormais, il faut qu'il se radoucisse, pour que je comprenne ce changement d'attitude et ce rejet quand j'ai évoqué Nathan. Il me répond après quelques secondes de silence :

– Ne me parlez pas de lui. Un peintre, vous dites ? Ce n'est qu'un escroc. Si vous souhaitez parler « art », ce n'est sûrement pas avec ce type de personne. Je connais d'autres artistes bien plus talentueux que lui.

Je reste interdite. Que veut-il dire ? Je dois laisser quelques secondes passer avant de pouvoir répondre. J'ai ferré le poisson et ne veux pas le laisser filer.

– Je ne saisis pas… On m'en a pourtant dit beaucoup de bien.

– Eh bien on vous raconte des salades et vous avez l'air de plonger dedans la tête la première ! Croyez-moi, cet homme est un vulgaire escroc.

C'est plutôt lui qui tombe dans mon panneau ; visiblement, il prend tout le monde de haut et ne se méfie de personne. C'est le plus inquiétant. La tournure de la conversation a rapidement changé, le ton aussi. Mon interlocuteur est passé de sûr de lui à nerveux : je n'ai plus aucun doute. Les deux hommes se connaissent et, visiblement, Martin Lezquiel avait une dent contre Nathan.

– Je suis dans l'incompréhension, monsieur Lezquiel. Je m'étais fait une idée bien précise de lui et ce que vous me dites ne me rassure pas. Qu'a-t-il pu faire pour vous énerver autant ?

– Vous êtes de la police ?

– Pardon, je suis très curieuse et surtout déçue. Je m'étais fait une joie de découvrir ce peintre. Vous m'en avez ôté l'envie.

– Je vous taquine, madame Agreste. C'est arrangé, de mon côté. La prochaine fois, il y pensera à deux fois avant de vouloir m'arnaquer.

– Ah…

– Si vous le voulez, nous pouvons nous rencontrer. Je vous donnerai le contact d'artistes plus doués et qualifiés que ce charlatan.

– Bien, je vous rappelle très vite.

À peine le téléphone raccroché, je suis décidée à ne jamais le rappeler. Cet homme m'a fait peur. Son ton menaçant envers Nathan et la facilité qu'il a eue à se confier m'ont effrayée. Aucune personne saine d'esprit n'aurait à demi confessé à une inconnue avoir donné une bonne leçon à un homme. Il doit posséder toutes les protections possibles et imaginables pour avoir pu en arriver là. Nathan s'est mis en danger et Lezquiel lui en a fait payer le prix fort. Mais une question persiste : pourquoi a-t-il été si transparent avec moi ? Pourquoi se fier à une inconnue ?

– Maman, qui c'était au téléphone ? Pourquoi tu as dit que tu t'appelais comme dans mon dessin animé ? demande Iris derrière moi.

– Parfois, les grandes personnes s'amusent entre elles, dis-je en lui caressant la tête.

– Donc tu joues à cache-cache avec le monsieur ?

– Voilà, c'est aussi simple que ça. Allez, va un peu dans ta chambre.

Rien n'est simple. Rien n'est rassurant à ce moment précis. Je n'ai aucune preuve concrète que Lezquiel soit vraiment responsable de l'agression de Nathan. Il a presque avoué, mais en sera-t-il de même si les choses vont plus loin ? Sa parole contre la mienne ; et je doute d'être prise au sérieux.

Après quelques recherches, je trouve une multitude d'articles sur Martin Lezquiel. Riche homme d'affaires, il a su conquérir le cœur des Biarrots en investissant des sommes astronomiques dans la construction de structures pour dynamiser la ville. Il n'aime pas la discrétion et son nom apparaît très souvent dans la presse locale – pour louer son activité ou à la suite de scandales lors de soirées arrosées. Il n'est pas très clean et pourtant, il est respecté et apprécié par les habitants pour avoir mis sa fortune à disposition de la ville. En fouillant encore plus loin, je comprends la place importante qu'il a prise au sein de la culture biarrote. Il aime les peintures et en a acheté beaucoup pour la ville. Il a même projeté l'ouverture d'une antenne du Louvre. Sur chaque photo de lui se trouve un tableau, une sculpture ou un autre objet d'art. Il n'a aucune limite financière. Je me demande comment et pourquoi Nathan a suscité son intérêt.

Je sens que je suis sur le point de dénouer toute cette histoire et de mettre à la bonne place chaque pièce de ce puzzle. Si Lezquiel est coupable, je veux le coincer. « C'est arrangé, de mon côté. »… Et aujourd'hui, Nathan se retrouve entre la vie et la mort, seul dans cette chambre d'hôpital. J'ai peur de ce que cet homme est encore capable de faire. Je dois aider Nathan et lui rendre justice. La première chose à faire est de collecter des preuves contre Lezquiel pour être sûre de son implication. En plus d'avoir, selon moi, presque avoué avoir fait usage de violence sur Nathan, il l'a aussi accusé d'être un arnaqueur. Je ne veux pas y croire ; je ne veux pas m'être trompée. Impossible… Il doit y avoir des circonstances atténuantes. Hagarde, je consulte mes e-mails. Toujours aucune nouvelle de sa famille. J'ai commencé seule, je finirai seule.

*

Clé n° 12 : Votre colère vous empêche d'avancer. Elle doit être maîtrisée et vaine. Plus vous serez en colère, plus vous vous enfermerez dans votre souffrance. « La colère mène à la haine, la haine mène à la souffrance. » George Lucas

20 septembre

Le temps passe à une vitesse folle, la colère et la tristesse ne s'estompent pas. Parfois, j'ai même l'impression qu'elles me font avancer alors qu'elles me bouffent de l'intérieur. Comme l'horloge de la vie ne s'arrête pas et continue de tourner, je me décide enfin à essayer. J'essaie de reprendre une vie à peu près normale, entouré d'êtres humains un peu plus normaux. Je me répète ce mantra pour peut-être maîtriser cette colère et cette tristesse. À défaut de réparer les blessures passées, j'essaie de créer une nouvelle vie. Ici, je me réinvente chaque jour. Malheureusement, cette nouvelle vie est en train de me coûter cher. Je me suis mis dans le pétrin, Ava. Tout seul.

Au début du mois, je t'avais parlé de mon riche homme d'affaires rencontré sur le port, Martin Lezquiel. Cet homme d'affaires puissant avec une grande passion pour l'art. Eh bien... je n'aurais jamais dû accepter sa proposition. Elle était alléchante, pourtant : quelques milliers d'euros à disposition immédiatement pour trouver un tableau. L'argent m'a forcément fait de l'œil et, au vu de ma situation financière, je n'ai pas eu d'autres choix que d'accepter. Je n'avais pas mesuré la rareté de la toile qu'il voulait et encore moins la difficulté du métier. Ces dernières semaines, j'ai entrepris un périple entre Hendaye et Bayonne pour mettre la main sur ce tableau. Il est très joli : c'est un voilier d'Edward Reningueau, l'Écossais. Une toile basique de prime abord. Mais si on se concentre dessus, on comprend qu'elle renferme de lourds secrets de fabrication et de techniques que les plus grands artistes peuvent envier à Reningueau. Un voilier multicolore voguant sur une eau trouble. Un dégradé de couleurs parfait, mais en même temps semblable à une photo. Lumineux à certains endroits, obscur à d'autres. En contemplant cette œuvre, je suis allé du bonheur à la peur en passant par la mélancolie teintée de nostalgie. C'est un homme fortuné de Bayonne qui la possède. Après plusieurs coups de téléphone et autant de tentatives d'entrevues... il m'a complètement envoyé balader. Il m'a dit qu'il était inutile d'insister et que cette toile était pour lui inestimable. L'homme qui voudrait la vendre serait, selon lui, stupide. Je trouve qu'il n'a pas tort. La tâche est trop ardue, mais je ne sais pas comment le dire à Lezquiel. Il n'est pas du genre à apprécier qu'on lui dise non...

J'aurais vraiment eu besoin de toi, là. Tu aurais su trouver les mots et tu m'aurais dit des semaines auparavant de ne jamais m'engager avec ce genre de types. Tu avais trop souvent raison. Comment est-ce que je peux faire, sans tes mises en garde ?

N.

29

Je referme le carnet de Nathan, médusée par la tournure que prennent les événements, désillusionnée par l'appel de Lezquiel et l'attrait de Nathan pour les situations inconfortables. J'ai du mal à croire qu'il ne soit qu'un simple arnaqueur comme veut me le faire croire Lezquiel. Je refuse de m'être donnée à corps perdu pour un escroc. S'il n'a pas réussi à mettre la main sur la toile, cela ne fait pas de lui un criminel. Je découvrirai tôt ou tard la vérité. Je le sens au plus profond de moi : j'approche du but.

Sur les aiguilles de la pendule du salon, le temps défile et pourtant, autour de moi, rien ne change. Valentin vient de rentrer de l'agence sans m'adresser un mot. Avec toutes les révélations sur Nathan, j'ai peur de me tromper dans mes choix. J'en viens même à me demander si je prends la bonne décision concernant mon mariage. Ne me suis-je pas trop emballée en remettant toute ma vie en question après un simple regard ? Ce déclic n'est-il pas le fruit de mon imagination ? Peut-être que, quand Nathan se réveillera, cette bulle dans laquelle je me suis enfermée explosera. J'aurai alors tout perdu. Je regarde Valentin. J'essaie de lire en lui comme à l'époque où nous étions heureux. Je veux savoir si tout est réellement terminé. Mais plus je le regarde, plus la vérité me frappe. Il m'échappe un peu plus chaque jour, et je ne peux rien y changer. Je ne ressens qu'un vide entre nous. Cette fois, je ne peux pas me cacher derrière Nathan, ce que je ressens est bien réel.

Au moment où j'entre dans la voiture pour me rendre à l'hôpital, j'éclate en sanglots. Depuis huit jours, je suis allée au bout de moi-même. J'ai l'impression d'avoir atteint un point de non-retour. Ma double vie m'épuise et je perds le contrôle. Mais je ne peux pas craquer complètement. J'essuie les larmes sur mon visage et me mets en route vers chez Clémence. En arrivant, j'admire la résidence ultra moderne dans laquelle elle vit. Les serrures à clé ont été troquées contre des poignées à badge numérique, les interphones sont équipés de caméras et le gardien d'immeuble a été remplacé par une entreprise de sécurité à distance. Une fois Clémence prévenue et quelques hits radio plus tard, je la vois sortir de sa résidence. En même temps, on ne peut pas la rater. Elle est toujours vêtue de tenues plus extravagantes les unes que les autres. Pour elle, une veste bariolée composée de quatre matériaux différents est une veste à la pointe de la mode. Souvent, un jean déchiré à la coupe *boyfriend* met ses longues jambes en avant. Ses belles boucles blondes sont presque toujours cachées sous un bonnet ou une calotte, et quand elle se décide à enlever son couvre-chef, l'effet coiffé-décoiffé lui donne un côté animal sorti trop tôt de sa tanière. Elle ouvre la portière et s'installe à mes côtés. Les cernes profonds sous ses yeux accentuent cet effet, et lui donnent constamment l'air de manquer de sommeil.

– Merci d'être venue, ma biche. Comment ça va ?

– J'ai bien dormi ce matin et je me suis reposée cet après-midi. Ça m'a fait du bien.

– Et ton enquête ?

– J'ai trouvé un numéro dans son carnet. J'ai appelé et j'ai fait de belles découvertes.

– Ah oui ?

– J'ai appris que Nathan s'était mis dans des affaires artistiques plutôt louches… et que c'était probablement un arnaqueur.

– Raconte.

– Je n'ai aucune preuve et aucune certitude pour le moment. Je vais continuer de fouiller…

– Tu crois réellement que l'homme pour lequel tu fais tout ça est un escroc ?

– Je ne sais pas vraiment…

– Et outre Nathan, tes envies de changement se concrétisent ?

– Je ne sais pas où je vais, je dois encore réfléchir.

– Bon, tu me tiendras au courant de tes prochaines découvertes, mais surtout, sache que je suis là. Maintenant, il faut qu'on se concentre sur notre garde à venir.

– Tu as raison. J'espère que l'équipe de jour a réussi à tenir le service. Je ne suis pas d'humeur.

Le reste du trajet est consacré à notre nuit de la veille et à nos plaintes respectives. Clémence déverse sa colère sur Duval qui l'a punie en l'empêchant d'approcher de près ou de loin un bloc opératoire. De mon côté, je râle sur le rythme de nuit de ces derniers jours que je ne supporte plus. Je fais ensuite les louanges de mon ancienne vie où mes horaires de jour convenaient mieux à ma vie rangée de mère et d'épouse parfaite.

– Tu sais, Adèle, je repense à ton histoire avec Nathan, me dit soudain Clémence. C'est fou comme le destin influe sur nos vies.

– Tu crois à ces conneries ? Et le libre-arbitre, dans tout ça ?

– Tout de suite ! Ce ne sont pas des conneries. Selon moi, tout est écrit. Je te dis ça parce que c'est la seule explication que je trouve pour comprendre tout ce qu'il se passe dans la vie. Je ne vois pas ce que ça peut être d'autre.

– Tu crois vraiment que je ne peux pas changer ce qui m'arrive et que tout m'est imposé ?

– Non, pas du tout. Ce que je dis, c'est que tu peux subir ton destin ou le choisir.

– Dans ton destin, Nathan se réveille ?

– Très drôle.

– Depuis quand tu crois à ces conneries ?

– Tu ne sais pas tout de moi, Adèle. Et ce ne sont pas des conneries.

Perturbée par cette histoire de destin, je me trompe de sortie pour rejoindre l'hôpital. Tandis que je fais demi-tour, je continue de penser à ce que vient de dire Clémence et, rien n'y fait, je n'y crois pas. Je ne peux pas concevoir que notre vie soit contrôlée par une force supérieure et que nous ne puissions pas changer notre futur. Tout n'est pas écrit. Tout est changement et nous sommes seuls responsables de nos vies. Nous écrivons notre histoire. Je découvre une nouvelle facette de Clémence dont j'ignorais complètement l'existence. Une Clémence plus spirituelle et qui semble contrariée ; elle ne dit plus rien depuis quelques minutes et je me risque finalement à la taquiner :

– C'était le destin de me ramener hier ?

– T'es chiante, Adèle. Tu n'es pas obligée d'y croire, mais ne viens pas me pourrir mes croyances.

– Ça va, je t'embête. T'es vraiment vexée, là ?

À peine garée, Clémence sort de la voiture sans m'attendre et s'engouffre dans l'hôpital.

– C'est le destin de me faire la gueule ? hurlé-je dans le hall, devant tous les patients et le personnel présent. Tu es vraiment la personne la plus susceptible que je connaisse.

Elle se retourne et, sans pitié, m'offre son majeur comme réponse, accompagné d'un grand sourire. Au moins, c'est clair : elle ne m'en veut pas, mais est vexée que nous ne partagions pas le même avis. C'est aussi la force de notre amitié : nos différences nous rassemblent. Elle n'est pas comme toutes les femmes que j'ai pu rencontrer ; elle est unique en son genre. Je lui envoie un baiser à distance suivi d'un clin d'œil.

Avant de commencer le travail, je n'oublie pas mon « escroc » et me rends en chambre 307 pour le voir. Je l'aperçois derrière le hublot : toujours ce même air paisible sur son visage qui me ferait presque oublier ma colère de cet après-midi. Malgré la demande de Duval d'une surveillance rigoureuse, aucune infirmière n'est présente dans la chambre. Ce n'est pas la première fois et, si Duval l'apprend, la foudre s'abattra sur l'hôpital. Je m'avance délicatement vers Nathan et prends place sur le fauteuil à côté de lui. J'examine chacune de ses respirations mécaniques. J'observe la douceur émanant de son visage qui me conforte dans ma certitude : il n'est pas un escroc de pacotille. Je ne veux – peux – pas me tromper.

– Salut, Nathan, c'est Adèle. Je suis toujours là. Je suis toujours en train de t'attendre. Il faut que tu te réveilles… J'ai parlé avec Lezquiel. C'est lui qui t'a fait ça ?

À la place de la réponse que j'attends, un long bruit de respiration se déclenche. Puis un silence total. J'espère le voir ouvrir les yeux, ou bien bouger n'importe quelle partie de son corps. J'ai besoin de me raccrocher à quelque chose de vrai. Après quelques instants, déçue, je poursuis mon monologue :

– Je m'acharne depuis huit jours et je suis fatiguée. Je ne sais pas pourquoi j'en suis là, mais j'ai besoin que tu te réveilles, Nathan. Des gens tiennent à toi. Tu n'es pas tout seul.

Le respirateur artificiel continue de provoquer des petits soufflements suivis de silences. Je ferme les yeux et imagine le souffle de Nathan. Puis je me permets de lui prendre délicatement la main.

– Tu n'es pas juste un escroc, pas vrai ? Lezquiel se trompe à ton sujet… Ce que tu écris dans ton carnet me le prouve.

Je serre sa main pour qu'il sache que je suis là. Son regard m'a ôté toute lucidité.

– Je ne sais vraiment pas pourquoi je suis là, Nathan, ni pourquoi je m'obstine… Après tout, peut-être que ça ressemble à ça, le destin…

Merci, Clémence…

*

Clé n° 13 : Ne vous laissez pas tomber. N'abandonnez pas. Vous ne devez pas vous perdre vous-même.

15 octobre

Que suis-je devenu ?

Le piège se referme peu à peu sur moi. Ce n'est plus dans le pétrin que je me suis mis, mais littéralement dans la merde, Ava.

Je n'ai pas voulu m'avouer vaincu trop vite et j'ai persisté pour obtenir ce maudit tableau. Comme tu peux t'en douter, l'échec a été total. Quand j'ai dû annoncer la nouvelle à Lezquiel, je l'ai vu si menaçant que j'ai menti. J'ai raconté un tas d'histoires autour du tableau en mélangeant le vrai et le faux et je lui ai assuré qu'il le recevrait dans un mois... J'ai menti pour me protéger. Je suis effrayé par cet homme. Qu'est-ce que j'ai fait ? Je ne suis pas en possession de la toile et je ne le serai jamais. Alors, il y a quelque temps, au fond du trou, j'ai eu une idée – pas forcément la meilleure que j'aie eue, mais c'est la seule que j'aie trouvée : reproduire le tableau. J'ai commencé à acheter des tubes de peinture avec l'argent de Lezquiel pour lui faire une pâle copie de ce voilier...

Je me déteste, Ava. J'abomine cette personne que je suis devenue. Après avoir été faible, complètement brisé, voilà maintenant que je suis sur le point de devenir un escroc. Que dirais-tu si tu étais encore là ? Qu'est-ce que tu penserais de tout ça ? J'ai honte. J'ai honte d'être tout ce que je déteste. Je sais que tu es déçue, mais je n'ai pas d'autre choix. J'espère que tu pourras comprendre ce geste. Mon adversaire est trop fort et trop menaçant. J'ai juste tenté de sauver les meubles.

Il me reste un mois pour reproduire à l'identique le tableau d'Edward Reningueau. J'ai commencé à étudier chaque millimètre du tableau, les techniques utilisées, les couleurs ajoutées, celles transformées, les matériaux, les pinceaux, le cadre, la toile, son grammage, sa taille... Tout est en train d'être examiné au peigne fin, mais je n'ai pas un centième du génie et du talent de Reningueau. Je dois le faire, je n'ai vraiment plus d'autres options.

J'espère réussir à finir à temps et, surtout, j'espère que Lezquiel ne se rendra pas compte de l'entourloupe... C'est perdu d'avance, mais il faut bien tout tenter avant de s'avouer vaincu.

Je finirai peut-être en petits morceaux dans un vide-ordures quand il verra l'arnaque que je lui transmettrai. Je serai peut-être obligé de déménager, encore une fois, et de changer complètement d'identité. Peut-être même qu'il retrouvera la trace des parents et qu'il se vengera. Mon histoire ressemble maintenant davantage à un bon thriller des années quatre-vingt-dix qu'à un roman « feel-good » sur un homme qui tente de se reconstruire. Je suis dans une galère bien trop grande... Peut-être que ce sont les dernières phrases de ce carnet thérapeutique, qui sait ? Peut-être que nous serons bientôt réunis ? Finalement, n'est-ce pas cela que je recherche inlassablement depuis des mois ? N'ayant aucun courage, je préfère laisser mon sort aux mains d'un inconnu...

À Edward Reninqueau, Martin Lezquiel et ses hommes de main. Santé !

N.

30

Le carnet serré contre moi, je quitte la chambre de Nathan. Les couloirs de l'hôpital sont froids et vides, mais mon cœur reprend des couleurs. Nathan n'est pas un escroc, il n'a pas eu le choix ; je ne m'étais donc pas trompée à son sujet. Il s'est lancé dans une bataille trop grande pour lui et qui pourrait aujourd'hui lui coûter la vie. Je commence aussi à me dire que je vais dans la bonne direction et que je dois suivre mon instinct. Il faut que j'en parle avec Clémence. Je la cherche désespérément à travers les hublots des différentes salles ; sans succès. Il ne me reste qu'un endroit à fouiller : je me rends dans les escaliers de service. Dans le mille ! Je la trouve assise sur les marches, un café dans la main, une cigarette dans l'autre. Une épaisse fumée grise se propage sur le palier.

– Tu sais qu'il est interdit de fumer ici ?

Clémence se retourne, gênée d'avoir été prise en flagrant délit. Elle n'écrase pas sa cigarette pour autant et continue de tirer dessus. Elle n'a pas répondu à ma question et semble avoir la tête ailleurs.

– Tu fais quoi ?

– Je décompresse de Duval. Je choisis de ne pas subir mon destin.

Elle me fait un clin d'œil et je comprends qu'elle se moque de moi. Je m'assois à côté d'elle et tire une latte sur sa cigarette – au diable le cancer des poumons, j'ai besoin de décompresser aussi et, apparemment, c'est un bon moyen. Je regrette mon geste au moment où la fumée tente de se frayer un chemin dans ma gorge. Mon œsophage me brûle, un goût atroce se répand dans ma bouche et, par-dessus tout, je n'arrive plus à respirer normalement, tant la toux est forte. Encore une mauvaise idée !

– C'est vraiment dégueulasse, ce truc.

Je lui tends sa cigarette et, une fois son sésame en main, elle prend le temps d'essuyer le bout du filtre avec une moue de dégoût.

– Je n'ai pas la gale… dis-je, gênée.

– Je sais. Mais les filtres imbibés de salive, ce n'est pas ma tasse de thé.

– C'était ma deuxième fois… Sois indulgente. Je suis vaccinée maintenant ; votre truc, c'est la pire chose qui existe sur terre.

– Tu m'expliqueras donc pourquoi tu as pris ma clope pour la mettre dans ta bouche et tirer dessus comme une fumeuse de longue date ?

– Ben, vous, les fumeurs, vous dites tout le temps que ça vous détend. J'avais aussi envie de me détendre.

Clémence explose de rire. Il lui en faut peu et à moi aussi ; je la suis rapidement dans un gloussement. Ce n'est pas d'une cigarette dont j'avais besoin pour déstresser, mais d'une Clémence !

– Tu as vu ton Nathan ?

– « Mon » Nathan, comme tu dis, est juste un escroc du dimanche qui s'est mis dans la merde pour impressionner un homme d'affaires biarrot, dis-je, amère.

– Raconte. J'ai cinq minutes devant moi et je veux tout savoir.

Clémence s'est tournée vers moi, l'œil flamboyant. Si je lui donnais des popcorns, je suis persuadée qu'elle s'imaginerait au cinéma.

Elle est captivée, attentive et réceptive. Je lui raconte le numéro de téléphone de Lezquiel sur le carnet, puis l'appel et mon coup de bluff pour parvenir à mes fins. Elle acquiesce d'un signe de tête à chacune de mes phrases. Mais à l'évocation du nom de Lezquiel, son regard change. Elle semble presque craintive.

– Tu sais que Lezquiel est très apprécié à Biarritz ? fait-elle à la fin de mon récit.

– Oui, j'ai lu ça sur Internet. Je ne comprendrai jamais la fascination des gens pour de tels hommes.

– Il a mis en place pas mal de choses pour la ville. Pour une fois que quelqu'un se bouge… Bon, après, je te l'accorde, c'est un sacré connard. Ça se voit à cent kilomètres.

– Je suis persuadée qu'il a quelque chose à voir avec l'état de Nathan…

– Et tu veux faire quoi ?

Je me suis déjà posé la question une centaine de fois depuis la fin de mon appel avec Lezquiel. Il faut que je réunisse assez de preuves pour le coincer au plus vite. Il faut démêler le vrai du faux. S'il est coupable, il paiera. La solution est là, devant moi, et je finis enfin par l'accepter :

– Rencontrer Lezquiel. Ça pourrait être un bon début.

– Adèle, tu avais promis de ne pas te mettre en danger. Tu n'es pas flic.

– J'ai quand même plus d'un tour dans mon sac, reconnais-le…

– Tu es une femme qui se met en danger. Je crois qu'il est temps pour toi de passer le flambeau.

Sur ce point, Clémence a raison. Je ne suis ni flic, ni gendarme, ni toute autre personne d'autorité. Je ne ferais sûrement pas le poids face à ce Martin Lezquiel, et je n'ai aucune envie de finir dans le même état que Nathan. Pourtant, je me suis tellement investie que je ne veux pas être tenue éloignée de ma propre enquête. Je veux aller jusqu'au bout. Je dois donc être plus maligne que lui. Je dois le piéger.

– Tu ne sais pas le nombre de choses qu'on peut révéler quand on est en colère et qu'on veut ruiner la vie de quelqu'un…

– Dis-moi ce que tu as derrière la tête, madame Bond. Si c'est trop dangereux, je me chargerai moi-même d'appeler les flics.

– Je vais plutôt te dire qui est devant toi. Je te présente Joséphine Agreste, marchande d'art depuis dix ans. Experte en toiles rares.

– Tu délires… Tu vas trop loin…

– Ça a fonctionné au téléphone. Pourquoi pas en face à face ? Il me faudrait à peine trente minutes pour qu'il me raconte ce qu'il a fait à Nathan. Quand les gens sont en colère, ils parlent. S'il a envoyé Nathan à l'hôpital, il serait prêt à tout pour ternir sa réputation. J'en mets ma main à couper.

– Si c'est lui qui a fait ça à Nathan, il est dangereux. Et là, tu veux te jeter dans la gueule du loup.

– Et moi, je suis maligne. Il a l'air de se croire au-dessus des lois, autant le prendre à son propre piège, non ?

Clémence reste dubitative. Elle prend sa tête entre ses mains, se masse les tempes et ferme les yeux quelques instants. Son silence me fait douter.

– Bon, O.K., lâche-t-elle enfin. Tu as peut-être raison. Ça pourrait marcher. Ça fonctionne bien dans les films… pourquoi pas.

Mais est-ce que tu as réfléchi à un plan solide ? Ne te mets pas en danger pour rien, Adèle. Il faut absolument que tu sois sûre de toi.

– Le risque zéro n'existe pas. Et puis, ce n'est pas pour rien, c'est pour Nathan… Il ne mérite sans doute pas ce qui lui est arrivé.

– Mais tu ne le connais même pas ! Pense à Iris. S'il a été capable de faire du mal à Nathan, imagine ce qu'il pourrait te faire si jamais il sent que tu le mènes en bateau. À toi ou à ta famille.

– Ça suffit, Clémence ! Soit tu es avec moi, soit tu es contre moi, mais ne m'empêche pas d'essayer d'aider un homme qui a été battu presque à mort.

Je sens la colère monter. Jusque-là, Clémence a fait preuve de compréhension, mais elle est en train de faire volte-face. Je ne veux pas baisser les bras. Au téléphone, j'ai réussi à avoir des informations sans même les demander et je suis persuadée que cela pourrait fonctionner dans la réalité. Comme à mon habitude, au lieu d'écouter les arguments de Clémence, je surréagis et me braque. Elle paie ma colère contre Lezquiel et contre le monde entier. Bien trop préoccupée par ma quête de vérité, je ne vois plus le danger.

– Je ne veux pas qu'un criminel puisse s'en sortir aussi facilement. Homme d'affaires ou pas, je veux qu'il paie.

Clémence sent qu'il est inutile d'insister. Quoi qu'elle dise, je ne l'écouterai pas et elle le sait. En évoquant Lezquiel, ma colère n'a fait que grandir. Je ne connais pas Nathan, mais ce lien qui nous unit est indescriptible. Moi-même, j'ai encore du mal à le comprendre. Les bras croisés, je tourne le dos à Clémence et essaie de calmer ma respiration. Derrière moi, elle se lève et prend ma main. Je peux toujours compter sur elle. Même si Lezquiel est un homme de pouvoir, elle ne se défilera pas.

– Je suis désolée, mais tu m'as mêlée à cette histoire et je ne peux pas te laisser faire n'importe quoi. Je te soutiens, mais je m'inquiète. Je ne veux pas que tu puisses faire quelque chose que tu regretteras et, surtout, je ne veux pas me reprocher toute ma vie de ne pas avoir essayé de te raisonner.

– Tu m'as dit que tu étais avec moi. Pourquoi tu fais machine arrière maintenant ?

– Parce que je ne veux pas qu'il t'arrive quelque chose. Lezquiel est puissant ici. Si c'est lui qui a fait ça, regarde l'état de Nathan. Ce n'est pas assez gros pour te décourager ?

– Non. Nathan a besoin que justice soit faite.

– Mais putain, Adèle ! Tu n'es pas flic, tu n'es pas Batman. Arrête de délirer !

Je m'agrippe à la balustrade en haut de l'escalier et souffle un grand coup. Clémence a raison. Je ne dois pas foncer tête baissée.

– Je vais me préparer pour être prête à le rencontrer, murmuré-je enfin.

– Tu n'en feras qu'à ta tête de toute façon. Mais rappelle-toi ce qu'on a dit, Adèle. Si ça tourne mal, tu appelles la gendarmerie. Tu l'as promis. Tu as intérêt à respecter tes promesses. O.K ?

– Promis…

Je prends Clémence dans mes bras, comme pour la remercier de continuer à être présente malgré la folie des derniers jours. Nous quittons les escaliers et repartons chacune dans un sens opposé. Il est temps pour moi de commencer ma garde à l'hôpital, et il est surtout temps de réfléchir à un plan pour coincer Lezquiel.

31

J'entre dans les vestiaires pour me changer. Les heures sont passées à toute vitesse et je peux enfin rentrer à la maison. En déboutonnant ma blouse, je repense à cette garde. Je commence à comprendre pourquoi j'ai choisi ce métier plutôt qu'un autre, mais je comprends aussi que je ne vais pas pouvoir rester indéfiniment. La nuit a été dure, mais nous avons sauvé des vies. J'ai effectué un massage cardiaque sur l'air de *Stayin' Alive* des Bee Gees et, au cours du refrain, l'homme s'est mis à respirer et la chaleur l'a envahi. Une vie en musique. Cette nuit, cet homme a été le premier d'une longue série de sauvetages. Parfois sur le fil, manquant presque de troquer les brancards contre des corbillards. C'est l'incertitude de sauver tout le monde qui me pousse à réfléchir à d'autres choix de carrière. Néanmoins, je suis fière de moi et de mon équipe. Léa m'a encore une fois impressionnée et je l'ai chaudement félicitée. L'hôpital de Bayonne est réputé pour faire des miracles, et c'est bien ce qu'il s'est passé cette nuit : une succession de miracles.

Cependant, la mort plane toujours en chambre 307. Le miracle attend toujours d'éclater. Avant de rentrer chez moi, je décide de m'y rendre. Ma visite ne dure que quelques minutes durant lesquelles j'observe Nathan dormir. Sa présence silencieuse m'aide à me recentrer. Après cette courte entrevue, je regagne ma voiture. Sur la route, je n'ai qu'une chose en tête : le plan que je vais mettre en place pour soutirer les aveux de Lezquiel. J'ai envoyé un message à Clémence pour lui en faire part. Rien n'est encore sûr, mais je me sens prête. Je vais y aller au culot, et dès aujourd'hui. Je n'ai jamais ressenti une telle adrénaline, et les cent trente kilomètres heure au compteur sur la départementale peuvent le confirmer. J'ai l'impression d'être plongée dans une nouvelle dimension.

En entrant chez moi, je remarque qu'il y règne un silence étrange. Puis mes pensées se remettent en ordre : j'ai complètement oublié la rentrée des classes d'Iris. Les vacances d'hiver sont terminées et le Post-it de Valentin me le confirme.

– Qu'est-ce que je peux être stupide…

Pour ne pas passer pour la mauvaise mère qui a oublié, j'envoie un message à Valentin pour l'informer que j'irai chercher Iris à seize heures à la sortie de l'école. Le rythme infernal reprend de plus belle et je ne veux pas attendre mes deux prochains jours de repos pour voir ma fille. Mais avant tout, il me faut reprendre quelques forces pour mettre en place le plan millimétré que j'ai concocté.

*

Un peu de répit, la douceur des draps, les yeux encore fermés ; j'ai fait une pause dans le temps. Une pause nécessaire mais à durée limitée. Je file à la douche pour me réveiller et être prête à affronter le magnat des affaires. Face à lui, je jouerai le tout pour le tout. En sortant de la douche, mon choix se porte sur un tailleur gris, un chemisier blanc en soie et une paire d'escarpins à semelles rouges que m'a offerte Valentin pour mon anniversaire. Je laisse mon chemisier légèrement entrouvert pour avoir une carte supplémentaire à jouer avec Lezquiel. Le tout pour le tout. En me regardant dans la glace, je vois une nouvelle Adèle. Depuis des mois, je ne me suis plus sentie belle. Je prends le temps de me poudrer un peu le visage : un léger fond de teint, un trait de khôl, du mascara et un rouge à lèvres taupe adapté à mon teint. Après quarante-cinq minutes de préparation minutieuse, je suis enfin prête à l'affronter.

Lezquiel ne vit pas très loin de chez moi. Il a acheté le dernier étage d'un immeuble au bord de la Grande Plage. Je décide de m'y rendre à pied malgré le froid et les talons. C'est le moment, c'est aujourd'hui. C'est maintenant que tout prend fin. Mon enquête a assez duré. Je suis épuisée et impatiente de retrouver une vie normale.

*

Je lève la tête face à l'imposant immeuble en front de mer, haut de plus d'une dizaine d'étages. Prête à en découdre, je vérifie la batterie de mon téléphone : elle est pleine et ne risque pas de lâcher en plein milieu du rendez-vous. Je règle l'application d'enregistrement et la déclenche immédiatement pour être sûre de ne rien manquer. Je glisse mon téléphone dans la poche intérieure de ma veste, en prenant soin de ne pas étouffer le micro – mon plan ne tient qu'à lui. Mon texte est gravé dans mon esprit : je vais pousser Lezquiel à m'avouer l'agression de Nathan.

J'entre dans le grand hall marbré de l'immeuble. Deux agents de sécurité sont postés de part et d'autre de l'entrée. Je ne sais pas si mon look y est pour quelque chose, mais ils me saluent d'un air affable et me laissent passer sans me fouiller. Les murs sont couverts de tableaux, nul doute que Lezquiel y est pour quelque chose. Une petite forêt artificielle a été installée à l'entrée, masquant presque le bureau central derrière lequel cinq hôtesses s'agitent pour répondre à des coups de fil ou informer les arrivants. Lezquiel habite l'un des hôtels les plus prisés de Biarritz et, à cette période de l'année, l'établissement est l'un des rares à ne pas désemplir. La clientèle de l'hôtel est triée sur le volet : fortunée et chic. Je m'y sens à l'aise. Depuis que je côtoie Valentin, j'ai eu plusieurs occasions de me rendre à des réceptions de familles fortunées pour l'aider dans la vente d'appartements hors de prix. Me voir à son bras rassurait toujours les clients et montrait la fidélité de Valentin. Je ne comprends rien aux affaires immobilières mais, apparemment, une silhouette féminine est toujours appréciée. Si je n'ai jamais rien dit de cette masculinité toxique, je n'en pense pas moins. Je suis devenue le jouet immobilier de Valentin, son trophée, son appât… et je me suis laissée faire. Aujourd'hui, en regardant autour de moi, je me rends compte que c'est moi qui mènerai la danse. D'un pas assuré, je me dirige vers l'une des hôtesses en pleine conversation téléphonique.

– *Si, faccio la riservazione. Una camera matrimoniale per due persone, tre notte, mezza pensione. Abbiamo una camera al penultimo piano con vista mare. Perfetto. Buona giornata*[9].

L'hôtesse raccroche et inscrit sa nouvelle réservation sur l'ordinateur. L'hôtel est réputé pour accueillir des touristes des quatre coins du monde. Toutes les nationalités se mélangent et, dans le hall, une cacophonie de langues résonne. Enfin, la femme lève les yeux vers moi et me fait un grand sourire laissant apparaître la blancheur parfaite de toutes ses dents.

– Bonjour, madame, que puis-je faire pour vous ?

– Bonjour. J'ai rendez-vous avec monsieur Lezquiel.

– Vous êtes ?

– Agreste. Joséphine Agreste.

L'hôtesse – Julianne, d'après le badge qu'elle porte à la poitrine – se met à chercher dans l'agenda de Lezquiel le rendez-vous.

9. – Oui, je prends note de votre réservation. Une chambre double pour deux personnes, trois nuits, en demi-pension. Nous avons une chambre à l'avant-dernier étage avec vue sur la mer. Parfait. Bonne journée.

– Je suis désolée, je ne vous trouve pas sur sa liste de rendez-vous…

– Pouvez-vous revérifier ?

– Je vais l'appeler pour confirmer avec lui. Je vous invite à patienter sur les canapés, juste ici.

Julianne me montre les canapés en cuir disposés en L en face de l'accueil. Bien entendu, elle ne trouve pas notre rendez-vous. J'ai menti à l'hôtesse et j'espère entrer en contact avec lui sans avoir à passer par la prise de rendez-vous. L'homme d'affaires n'a que peu de créneaux et moi, je n'ai pas le temps. Nathan n'a pas le temps. Je prends place sur le canapé et continue de répéter inlassablement mon texte. À force de le réciter, je finirai peut-être par le rendre convaincant. Une attente interminable s'installe alors. J'espère que Lezquiel se souviendra de notre appel et qu'il n'a pas changé d'avis. Je sens la chaleur monter en moi. Je ne sais pas où je vais et, pourtant, je suis convaincue que c'est la bonne direction. Après une dizaine de minutes, je le vois sortir de l'ascenseur de gauche que je croyais en panne. Il s'agit en fait de son ascenseur personnel. Les clients de l'hôtel empruntent celui de droite et tout le monde a l'air de s'y retrouver. Je le reconnais immédiatement : les cheveux grisonnants, le teint de peau hâlé aux UV, une coupe de cheveux à la Donald Trump Junior et des verres teintés. Il a enfilé un costume blanc cassé en lin avec une cravate rouge qui m'agresse la rétine. D'un physique, j'arrive souvent à me faire une idée plutôt fidèle de la personne, et en l'occurrence, ça n'est pas positif. Il se dirige à l'accueil et laisse glisser ses doigts sur le bureau. Julianne, armée de son plus grand sourire, lui indique ma présence d'un signe de tête. Lezquiel s'avance vers moi. De près, il paraît plus vieux que sur les photos. Il me dévisage et je sens son regard de prédateur se poser sur moi. Je ne suis plus le chasseur : je suis devenue la proie.

– Madame Agreste. Je ne pensais pas vous voir si vite après notre appel. Que faites-vous ici ?

– Vous aviez raison. Il est plus facile de discuter en face-à-face que par téléphone. J'ai tenté ma chance…

– Venez donc dans mon bureau, on y sera plus au calme. Vous avez de la chance, un de mes collaborateurs m'a fait faux bond. J'ai un peu de temps à vous accorder.

À son regard, je sais qu'il me trouve à son goût et je ne me gênerai pas pour en jouer. Le tout pour le tout. Au fond de moi, j'ai l'estomac noué, la peau moite et la gorge serrée.

Quand il me laisse monter en premier dans l'ascenseur, je sens son regard se poser sur mes fesses. J'ai la désagréable impression qu'il n'a pas vu de femme depuis des années et que cette simple vision l'excite. J'ai envie de vomir tant l'angoisse monte en moi. Je commence à regretter de ne pas avoir écouté Clémence. Heureusement, nous sommes rapidement emmenés au dernier étage de l'immeuble. Traditionnel et vicieux, il me laisse sortir en premier et m'offre la visite des lieux. Une quantité inimaginable de portes plus ou moins fermées se dresse devant moi, et des tableaux divers recouvrent l'intégralité des murs. Tout a été pensé par un architecte d'intérieur pour accueillir un maximum d'œuvres d'art, me dit-il. Au fond du couloir, la plus grande porte, toute dorée, mène à son bureau. Il m'invite à entrer et je suis immédiatement subjuguée par la vue imprenable sur l'océan qui s'offre à moi.

– Oui, je sais… fait-il avec un sourire en coin. J'ai la plus belle vue de Biarritz, madame Agreste.

Essaierait-il de me charmer ou de m'impressionner pour me mettre dans son lit ? Il est loin d'imaginer ce qui l'attend… En tout cas, je ne peux que lui donner raison : la vue est à couper le souffle.

– C'est magnifique, admets-je.

Je suis comme envoûtée par l'océan qui se déchaîne face à moi. Le regard perdu vers l'horizon, je m'installe sur l'un des fauteuils en forme d'œuf. Je prends soin de ne pas faire bouger mon téléphone portable dans ma poche intérieure – j'ai mis un temps fou à trouver la position parfaite pour le micro, ce n'est pas pour tout faire échouer aussi vite. L'atmosphère est chaleureuse. Lezquiel semble serein et je me détends rapidement. Il prend place en face de moi et croise ses deux mains.

– Alors, madame Agreste. Que voulez-vous savoir ?

Je m'apprête à entrer en scène. J'ai préparé mon texte. L'épisode aux *Enfants terribles* m'a rassurée sur mes talents d'actrice.

– Appelez-moi Joséphine, c'est plus simple, commencé-je d'une voix assurée. Comme je vous le disais hier, je suis marchande d'art et je me trouve très intéressée par les œuvres de ce Nathan. Mais au vu de ce que vous m'avez raconté, je suis un peu méfiante. De plus, ce jeune homme est introuvable…

Tout en rentrant dans la peau de mon personnage, je m'impressionne par la facilité que je me découvre de jouer la comédie et de mentir. N'est-ce pas devenu mon quotidien ? Madame Agreste semble réelle et observe avec attention la gestuelle de Lezquiel. J'essaie de m'adapter à mon hôte en reproduisant partiellement son attitude.

– Vous savez, il existe une multitude de talents bruts dans la région, répond-il. Vous devriez vous attarder sur eux.

– C'est ce Nathan que je veux. Je suis fascinée.

L'exercice est facile. Je me sens à l'aise. Je regarde Lezquiel, qui continue de poser ses yeux là où j'ai laissé ma peau nue. Plus je l'observe, plus le dégoût m'envahit. Il a dû jouer ce rôle des centaines de fois pour mettre des femmes dans son lit. A-t-il toujours profité de son statut pour arriver à ses fins ? Très vite et de façon incompréhensible, il se répand en confessions qui me laissent perplexes :

– Vous savez, vous ne risquez pas de le retrouver de sitôt. Cet escroc a passé un mauvais quart d'heure. Pas assez cher pour les milliers d'euros qu'il m'a volés, ceci dit.

Il vient d'avouer. Je reste bouche bée face à cette confession. Étrangement, tout est plus simple que dans mon imagination. Je ne suis pas allée au bout de ma représentation. Je n'ai pas tout donné, et pourtant, il vient de prononcer les mots qui le condamnent. N'a-t-il peur de rien ? C'est trop simple pour être vrai.

– Vous êtes plutôt brut de décoffrage, tenté-je. Qu'avez-vous fait à ce jeune homme ?

– Allons donc, il se souviendra seulement qu'il ne faut pas se payer ma tête ! Je n'ai pas les mains pleines de sang, Joséphine. Mais vous connaissez ma réputation ici. Je refuse qu'un merdeux de trente ans se paie ma tête.

– Et si la police venait toquer à votre porte ?

Sans une once d'hésitation, Lezquiel répond simplement :

– La police ? C'est moi.

Uppercut en plein visage. Je suis désabusée par cette facilité à se croire au-dessus des lois. Il va payer. Je m'en fais la promesse silencieuse. Mais pour ça, j'ai besoin d'aveux concrets, j'ai besoin qu'il dévoile toute l'histoire – le tout sans éveiller ses soupçons. Son attitude a changé quand j'ai évoqué Nathan, il semblait furieux. Les hommes en colère se confient plus facilement. Je veux le pousser encore un peu…

– Je ne voudrais pas paraître insistante, mais qu'a-t-il pu bien vous faire pour vous inspirer autant de rancœur ?

– Ce qu'il a fait ? Il m'a arnaqué. Il s'est fait passer pour un marchand d'art et a prétendu pouvoir me trouver un tableau d'Edward Reningueau. Il me l'a ramené, mon tableau. Mais je me suis rendu compte, quelques semaines plus tard, qu'il s'était foutu de moi et que le tableau était une copie… J'insiste, mais vous perdez votre temps avec Nathan.

J'essaie de démêler le vrai du faux. Lezquiel est en colère, et il a tout intérêt à se placer en victime dans cette histoire. Je prends le recul nécessaire.

– Effectivement… Je comprends maintenant votre énervement.

– Si vous saviez. Je m'en suis rendu compte avant le réveillon, et je peux vous assurer que le problème était réglé avant la nouvelle année.

Il pousse un rire gras et tonitruant. Seule l'image de Nathan me retient de me lever pour le gifler. J'ai des demi-aveux dans mon téléphone, c'est probablement suffisant. Je prends le risque et préfère terminer le rendez-vous le plus rapidement possible.

– Je vais devoir me tourner vers d'autres peintres, alors.

– Vous faites bien. De toute façon, je ne suis pas sûr qu'il soit capable de peindre désormais.

Je ne suis plus qu'une bombe à retardement. Lezquiel n'éprouve aucun remords face à son geste. Il me faut trouver une échappatoire, avant que tout cela ne dégénère.

– Connaissez-vous un autre artiste qui pourrait m'intéresser ?

Lezquiel retire ses lunettes et se frotte les yeux. Il se sert un verre de whisky sans prendre la peine de m'en proposer. Après quelques secondes, son visage s'illumine.

– Iban, voilà un artiste qui pourrait vous plaire ! Il peint au rocher du Basta. Vous pouvez le trouver tous les jours là-bas. Dites-lui que vous venez de ma part, vous aurez une remise.

– Je n'y manquerai pas, soufflé-je. Je vais y aller. Je vous remercie pour tout.

– Laissez-moi vous raccompagner.

Lezquiel se lève en même temps que moi et me conduit à l'ascenseur. Au moment où j'entre dans la cabine, il me rattrape par la main :

– Attendez, Joséphine. Seriez-vous libre bientôt, pour dîner ?

– Je vous appelle, dis-je en retirant ma main.

Les portes de l'ascenseur se referment sur la mine déconfite du puissant homme d'affaires. Je pousse un soupir de soulagement : il ne s'est douté de rien. Il a beau être à la tête d'une entreprise de renommée mondiale, il n'en reste pas moins un idiot se fiant à une jeune femme qu'il ne connaît pas et qu'il rêve de posséder. En peu de temps, il a révélé être à l'origine de l'agression de Nathan, et il ne se soucie pas de ce qui pourrait lui arriver. Il n'en doute pas : la police, c'est lui. Après quelques minutes, le temps que la pression et l'adrénaline redescendent, je me rends compte de mon inconscience. Nathan m'a donné la force d'affronter Lezquiel, mais quelle en sera la finalité ? Dans le hall, les touristes affluent avant l'heure du déjeuner ; je les esquive de justesse jusqu'à la sortie. En quittant les lieux, j'envoie un message laconique mais rassurant à Clémence : « Tout est sous contrôle. J'ai l'enregistrement. »

Sur le chemin de la maison, je réécoute la conversation. Que vais-je pouvoir en faire ? Je devrais peut-être apporter mon enregistrement à la gendarmerie, mais je pense qu'il est préférable d'attendre le réveil de Nathan ; après tout, cet audio l'accuse également.

*

Seize heures sur ma montre ; je patiente devant la sortie de l'école. J'ai profité de mon temps de repos et me sens requinquée. Dès qu'elle me voit, Iris me saute dessus.

– Trop bien, Maman, t'es venue me chercher !

– Je voulais profiter de mon petit monstre avant de repartir au travail. Comment c'était, l'école ?

– Trop bien ! J'ai eu un 10/10 en lecture et j'ai même eu une vignette de félicitations.

Pendant que nous marchons, j'écoute Iris me raconter sa journée, ses nouvelles copines, son amoureux Marcus, ses devoirs, sa maîtresse. Une fois à la maison, elle continue, la bouche pleine de pain au chocolat.

– Respire, tu vas t'étouffer, Iris.

– Ché trop bon. Ché vu auchi les grands dans la cour. Ch'lé aime pas trop trop.

Iris monopolise toute la conversation. C'est léger, je me sens bien. Cette faille temporelle me fait oublier les derniers jours. J'aurais aimé que Nathan soit avec nous. Sa solitude et sa peine auraient été comblées par Iris. Ils auraient joué ensemble aux super-héros. Un sourire sur le visage, je me projette. Pourtant, rapidement, la réalité me rattrape. Nathan pourrait ne pas vouloir me connaître à son réveil, ou ne jamais se réveiller, ou… pire. Il pourrait se réveiller et être en colère contre moi d'avoir violé son intimité. Cette aventure m'a liée à lui et j'ai développé une réelle affection pour lui, mais qu'en sera-t-il pour lui quand il se réveillera ? Ma tristesse subite m'a fait perdre le fil et Iris me rappelle à l'ordre :

– Tu m'écoutes plus, Maman !

– Je fais que ça, t'écouter, ma chérie. Je t'écoute.

Je fais à nouveau le vide pour me consacrer à Iris. L'heure continue de tourner pendant que je l'aide à faire ses devoirs. Dans quelques minutes, Valentin arrivera. Il est toujours en réflexion mais, de mon côté, son absence à la maison ne fait que confirmer mes choix. Il n'y a plus de place pour lui. Même si cette rencontre avec Nathan a été furtive, tout ce qui l'entoure a été bénéfique : je ne me suis jamais sentie aussi vivante. Ce regard m'a fait prendre conscience de tout ce que je voulais entreprendre dans ma vie.

Quand Valentin passe le pas de la porte, il n'a pas un regard pour moi. Il prend Iris dans ses bras, la fait voler en l'air et la couvre de baisers. Je consulte ma montre ; il est l'heure de partir. J'embrasse Iris, imite Valentin – je l'ignore – et prends la direction de l'hôpital. Le point de non-retour a été atteint.

32

– On le perd, on est en train de le perdre, putain !

Dès mon arrivée à l'hôpital, les cris de Clémence me liquéfient. L'hôpital est si calme ce soir que ses paroles résonnent à travers le hall. En accourant à l'étage, je la vois à quatre pattes sur un brancard, les mains sur un torse. La sueur perle sur son front tandis qu'elle chantonne « *and we're stayin' alive, stayin' alive. Ah, ha, ha, ha, stayin' alive, stayin' alive* », la gorge serrée. En rythme, elle pratique un massage cardiaque sur…

– Nathan !

J'ai hurlé si fort son nom dans le couloir de l'hôpital que certains collègues se retournent, interloqués. Prise de panique, je ne sais plus quoi faire ni où me mettre. Je suis des yeux le brancard que des infirmiers emmènent au bloc opératoire.

– Bouge, Adèle, m'assène Clémence sèchement, je n'ai pas besoin de t'avoir dans les pattes.

Je vois dans son expression que la situation est grave. Je me tourne vers Léa, qui l'assiste :

– Tu peux me dire ce qu'il se passe ?

Ma voix déraille, j'arrive à peine à finir ma phrase. Léa, les yeux écarquillés, reste près du brancard, muette. J'ai besoin de réponses. Au diable le professionnel, je lève à nouveau la voix dans le couloir :

– Il est où Duval ?! Clémence, dis-moi ce qu'il se passe ! Il est où Duval ? Merde !

– Il n'est pas là, il n'est pas de garde, putain ! On vient de le biper, il sera là rapidement. Nathan vient de faire un arrêt. Sûrement une infection. On doit préparer le bloc et l'opérer le plus vite possible, sinon il va mourir. Pars, je t'en supplie ! Je ne peux pas te gérer, là, tout de suite. S'il te plaît, pars, Adèle !

– Sauve-le.

Deux mots. Deux mots prononcés si doucement que je ne suis pas sûre qu'elle ait pu les entendre. Deux mots lourds de sens qui, au moment où je les prononce, me poignardent le cœur. Ce qu'il se passe sous mes yeux, je ne l'ai même pas imaginé dans mes pires cauchemars. J'ai envie d'aider mais j'en suis incapable ; pétrifiée, seules des larmes peuvent couler. Je regarde Clémence s'éloigner. Je regarde Nathan comme si c'était la dernière fois. Que s'est-il passé avant mon arrivée ? Comment se fait-il que Clémence rejoigne le bloc pour opérer Nathan sans la présence de son supérieur ? Qui l'assistera ? Je suis perdue. Je dois me ressaisir et trouver la force nécessaire pour regagner mon service et faire comme si rien ne s'était passé. J'entends la voix de Léa qui m'interpelle au bout du couloir.

– Adèle, je dois vous transmettre un message.

Les yeux humides, j'essaie de faire bonne figure. Je ne peux pas m'effondrer sur mon lieu de travail. Léa se rapproche et m'explique alors :

– Clémence m'a chargée de vous dire que Nathan doit être opéré en urgence.

J'ai si peur. Cela ne peut pas se terminer ainsi. Nathan est un battant. Il doit continuer de se battre. Une chape de plomb s'installe au-dessus de moi. La tristesse que je ressens laisse place à une colère noire. Léa ne me communique aucune nouvelle information et je lui en veux, à tort.

– Elle vient de le dire ! Il se passe quoi, Léa ?

– L'opération n'est pas sans risque et l'arrêt cardiaque n'a pas arrangé l'état de Nathan. Ils doivent se charger de l'infection et prévenir des lésions au cœur. Elle va faire tout ce qu'elle peut.

C'en est trop, je sors complètement de mes gonds. Je ne m'arrêterai pas tant que je n'ai pas de réponse. Je suis à bout de nerfs, à bout de souffle.

– Arrête de me parler comme si j'étais une victime ! Quel bloc ? Où est Clémence ?

Léa panique et finit par cracher le morceau :

– C'est le bloc 2…

Je perds mon sang-froid. Je ne suis plus maîtresse de moi. Dans mon esprit aveuglé par la tristesse, je ne peux pas rester impuissante plus longtemps. Je suis en train de faire une grave erreur, mais j'y vais à fond. Armée d'un masque médical stérile, j'entrouvre la porte du bloc. Duval est arrivé en urgence et Clémence l'assiste. Je ne vois pas ce qu'il se passe dans le champ stérile, mais mon pouls s'accélère. Les machines cliquetantes indiquent que le cœur de Nathan est reparti et que son pouls est régulier. L'arrêt a été pris en charge à temps. Au moment où Clémence lève la tête pour contrôler les constantes de Nathan, elle m'aperçoit. Son regard noir me pétrifie.

– Adèle Morel, sortez de ce bloc tout de suite. Nous sommes en pleine opération et nous avons besoin de nous concentrer.

Duval a tourné la tête et me regarde. Clémence continue de me toiser, de la foudre au fond des yeux. Je sais qu'elle va m'en vouloir d'avoir été aussi vulnérable. Je me sens mal à l'aise et je me mets à bafouiller :

– Oui… euh, je vous laisse.

Le personnel autour de Clémence me regarde, gêné par la situation. Avant de sortir, je l'implore du regard et de fines larmes coulent sur mes joues. En refermant la porte du bloc, je me rends compte de la gravité de la situation et, surtout, je m'en veux d'être allée si loin. Clémence ne pardonnera jamais mon manque de professionnalisme. J'ai dépassé toutes les limites. Je trouve Léa, adossée contre le mur, le visage fermé. Elle est la première à qui je dois des excuses.

– Je suis désolée de t'avoir parlé ainsi, Léa…

Elle ne répond pas et renvoie d'une main les excuses que je viens de lui présenter. Elle entre dans le bloc, et me laisse seule dans le couloir. J'ai lu la peur dans ses yeux, ainsi que la colère. Je l'ai humiliée en la prenant de haut et je m'en veux d'avoir passé mes nerfs sur elle.

Je me rends en salle de garde. Je ne veux pas faire semblant, mais je n'ai d'autres choix que d'enfiler ma blouse et m'occuper des patients qui ont besoin de moi. Je prends quelques secondes pour regarder mon reflet dans le miroir. Depuis combien de temps n'ai-je pas dormi correctement ? J'ai les traits tirés, la peau gonflée, les yeux rougis et les cheveux ébouriffés. Je ne me reconnais pas : j'ai pris dix ans en quelques semaines. Je ferme les yeux et fais remonter les quelques larmes qui veulent encore couler, puis me passe un coup d'eau sur le visage. Après une profonde inspiration, je regagne mon service et fais abstraction de ce qu'il vient de se passer. Je n'ai pas le choix, je dois assumer. Les gens parlent et ils ne feront pas d'exception avec moi ; je crois même qu'ils ajouteront leurs grains de sel. C'est ainsi. Le titre de cheffe va avec une certaine exemplarité. Aujourd'hui, j'ai échoué et je le paierai. Je me sers un café pour reprendre des forces, et l'avale d'une traite.

Tu ne peux rien faire de plus, Adèle. Réveille-toi. Il est entre de bonnes mains.

Comme un automate, je m'installe au poste d'observation. Dans ma tête, l'image de Nathan au bloc s'impose à nouveau, avec violence. J'essaie de la chasser de mon esprit. Faire face, lutter et ne plus rien ressentir. Tant bien que mal, j'accueille les nouveaux patients, j'administre les premiers soins aux arrivants et délègue la plupart des cas aux autres infirmiers. Je m'enferme peu à peu dans une bulle de travail, pour éviter de trop penser et pour me protéger. Au fil des heures, je reprends petit à petit le contrôle de mes émotions et la maîtrise de moi-même. Je gère mon service, et ça, personne ne pourra me le reprocher. Mais au bout de quelques heures, la bulle dans laquelle je me suis installée éclate.

Au milieu de la nuit, j'aperçois Clémence dans le hall de l'hôpital, toujours en tenue chirurgicale. Elle regarde rapidement dans ma direction et me fait un signe discret de la main en m'indiquant les escaliers de service. L'angoisse me tord le ventre, mais j'attends qu'elle prenne son café au distributeur puis qu'elle s'engouffre dans la cage d'escaliers pour la suivre. J'ai tellement attendu. Dès que j'entre à sa suite, le silence et le froid me coupent le souffle. Je lis la déception sur son visage. Je vais passer un mauvais quart d'heure, mais la seule chose qui m'importe est de savoir Nathan vivant. Au bout de quelques instants, elle se redresse et me regarde de toute sa hauteur. C'est le même regard noir qu'au bloc opératoire, mais ses mains tremblent maintenant de colère.

– Ne me refais plus jamais ça Adèle, plus jamais, assène-t-elle. Quand je t'ordonne de sortir du bloc, tu sors du bloc. Tu as complètement vrillé.

Elle détache chaque syllabe, comme pour canaliser sa colère dans les mots.

– Mais…

– Quand on te donne un ordre, tu l'exécutes. C'est comme ça, ici. Si tu n'es pas contente des directives de l'hôpital, tu te casses.

– Clémence, laisse-moi…

– Non ! Il n'y a pas de Clémence qui tienne ! Je prends des risques pour toi et toi, tu me fais des coups comme ça ? C'est n'importe quoi. Je suis passée pour qui devant Duval ? Tu te rends compte des conséquences que ça peut avoir ? Alors oui, tu penses à ton patient, oui, tu es investie, mais là, c'est trop. Tu n'es pas toute seule !

– Vraiment, je…

– Comment tu as pu rentrer dans un bloc sans te poser de questions ? J'aurais pu faire une erreur. L'ensemble des personnes présentes aurait pu faire une erreur à cause de toi. Rien ne tourne rond chez toi.

Je ne peux pas répondre. Clémence est furieuse. Qu'importe ce qu'elle peut dire, j'attends simplement le verdict. Je veux juste qu'elle me parle de Nathan et qu'elle me soulage enfin.

– On l'a sauvé, finit-elle par lâcher.

Je laisse échapper un petit cri et lui saute dans les bras. Une fois contre elle, je me mets à pleurer. Je m'effondre littéralement. Je lâche tout et je respire de nouveau. Ils l'ont sauvé, pour la deuxième fois. Le « miracle Nathan » se poursuit. Je reprends espoir.

– Merci, merci, merci, Clémence.

– Il n'est pas sorti d'affaire, mais il est stable.

Je revis.

– Bon, je suis vraiment en colère contre toi, ajoute-t-elle, radoucie. Et rajoute à ça que Duval m'a virée de son service pour une durée indéterminée.

– Mais vous avez sauvé Nathan… Je ne comprends pas. Pourquoi est-ce qu'il te vire ?

– J'aurais dû l'attendre avant de faire quoi que ce soit. J'ai pris le risque de l'ouvrir et Duval est arrivé à ce moment précis. Il m'a incendiée en me disant que je n'étais pas assez expérimentée. Je pense avoir pris la bonne décision.

– Je suis désolée, Clémence.

– Je t'en veux vraiment.

– Je peux le voir ?

– Laisse-le se reposer. Tu iras le voir demain, d'accord ?

– On est déjà demain.

Clémence sourit. Elle me prend dans ses bras et je me confonds en excuses tout en pleurant un mélange de larmes de soulagement et de tristesse. Avant de sortir de notre cachette, elle me fait promettre de ne plus jamais remettre en cause son autorité. Je promets. L'incident d'hier soir n'a pas eu de conséquences sur notre amitié, et c'est le principal. Mais de retour dans le hall, nous trouvons Duval, qui attend Clémence de pied ferme.

– Je te laisse, l'enfer m'attend ! me glisse-t-elle.

Elle s'éloigne de moi pour rejoindre le résident de chirurgie. À leurs mines, l'échange semble cordial. Duval n'a pas l'air si furieux, et je le vois même tendre sa main à Clémence qui la lui serre. Ils repartent tous les deux à l'étage. Ce changement brusque d'attitude de Duval m'interpelle, mais je dois attendre notre prochaine pause pour que Clémence me raconte tout. En attendant, je me sens revigorée par toutes ces nouvelles. Elle a sauvé Nathan, et même si je ne peux pas encore le voir, je le sais sauf. Mais en dehors de Clémence, je dois aussi faire oublier mon comportement de la veille au personnel. La tâche risque d'être plus compliquée. Je me remets la tête dans le travail, tout en faisant abstraction des regards insistants de mes collègues, et montre à nouveau un comportement exemplaire. Les urgences désemplissent à vue d'œil tandis que je mets à jour les dossiers d'admission sur ma tablette.

Sur les coups de cinq heures, je sors de ma poche le carnet de Nathan. Je ne peux pas encore le voir, mais je peux toujours le lire. Adossée à mon fauteuil, je plonge dans ses écrits.

Clé n° 14 : Sachez dire adieu et lâcher prise.

5 novembre

Je pensais que la page du 15 octobre serait la dernière. Finalement, la vie en a décidé autrement. Enfin, Lezquiel en a décidé autrement. Ce n'étaient pas mes derniers mots. Je suis encore là, je ne t'ai pas encore rejointe. Pour combien de temps ? Depuis que j'ai donné le faux tableau à Lezquiel, j'ai l'impression de vivre comme s'il ne me restait plus beaucoup de temps devant moi. J'ai cette impression que je ne passerai pas l'année. Je ne suis pas l'homme le plus serein quand je t'écris ces mots. J'ai peur. Peur que tout s'arrête alors que je tente de reprendre ma vie en main. Quand est-ce que Lezquiel se rendra compte de l'entourloupe ? Si ce qu'on dit sur les êtres chers qui nous protègent est vrai… fais en sorte que Lezquiel ne comprenne jamais. Je ne veux plus vivre avec cette boule au ventre. Je n'ai pas su te protéger, mais toi, aide-moi.

Cette situation me rend si mélancolique et nostalgique du temps où tu étais encore là… Je repense sans cesse à tous les moments heureux que j'ai partagés avec toi. Un jour, tu m'avais fait jurer de ne jamais t'abandonner parce que tu avais peur des monstres sous le lit. J'étais resté toute la nuit à côté de toi à te raconter des histoires jusqu'à ce que tu t'endormes. Cette fois, c'est moi qui ai peur des monstres. Cette époque où tu étais encore si jeune et si insouciante me manque. Je me rappelle aussi cette fois où tu avais ramené ton premier petit copain à la maison. Je savais que tu ferais tourner des têtes et je n'ai jamais voulu l'admettre devant toi. Tu lui trouvais quoi, à ce Steve Belmont ? J'ai de nombreux souvenirs qui refont surface. Ce qui me hante, ce sont les souvenirs que nous aurions pu avoir dans le futur. Je m'en crée pour que tu sois à tout jamais là auprès de moi. J'invente une vie dans laquelle tu existes toujours. Je m'imagine à ton mariage avec le quarterback de l'université. Je me vois si fier de toi à ta remise des diplômes. J'imagine le jour où tu décrocherais ton premier travail, où tu aurais des enfants, où l'on se réunirait pour un dîner et se raconter nos vies. Je me rends bien compte qu'il faut que je te laisse partir. Toutes ces choses irrationnelles ne sont que le fruit de mon imagination et de ma peine.

Quand je retourne à la réalité – c'est compliqué –, je sais qu'il faut composer dans un monde où tu n'es plus et dans lequel tu ne seras plus jamais. Tout part tellement à la dérive... et je n'ai plus la force de ramer.

Je dois te laisser partir. Je dois te laisser partir. Je dois te laisser partir. Si je le répète trois fois, tu penses que ça fonctionnera enfin ?

N.

33

Tout est si flou. Nathan est paradoxal dans ses écrits : il a peur de rejoindre Ava, mais c'est aussi son souhait le plus cher. Cette lecture m'a profondément touchée et, d'une certaine manière, blessée. Depuis des jours, je me bats pour quelqu'un qui a déjà abandonné la partie. Je ne peux pas jouer un rôle dans sa vie alors qu'il a lui-même cessé d'exister. Je rajoute à l'équation ce qu'il a subi le 31 décembre : comment va-t-il supporter le choc de deux opérations en neuf jours ? Que puis-je faire de plus pour lui ?

Léa m'interrompt dans mes réflexions :

– Tout le service a été remis en ordre, on est dans le creux de la vague du matin, vous voulez un café, Adèle ?

– Il est quelle heure ?

– Presque six heures. On va encore faire des heures sup'.

Je ne peux pas refuser : le besoin de caféine se fait sentir, et je pourrais presque m'en poser une perfusion. La fatigue chronique que je traîne depuis que j'ai commencé à travailler dans le monde hospitalier se fait à nouveau ressentir. Derrière moi, le monde continue de tourner. Les premiers patients du matin sont en train d'arriver. Il ne nous reste que quelques minutes de répit avant que les urgences ne soient à nouveau bondées. Léa me tend un gobelet, hésitante. Après un regard insistant, elle se lance :

– Vous le connaissez, ce Nathan ?

Il faut mentir. Je n'ai pas le choix. Un mensonge de plus ou de moins…

– Oui. Je ne l'ai pas reconnu, à son arrivée. Il m'a fallu une visite de contrôle pour m'apercevoir qu'il s'agissait de lui…

– Ah, ça explique mieux votre comportement. Je suis désolée pour votre ami. J'espère qu'il va s'en sortir.

Léa n'est pas la seule à se poser des questions. Tout le service s'est transformé en véritable salon de thé, et chacun y va de son commentaire. Il m'a fallu une seule nuit pour détruire toute la réputation que j'ai tenté de bâtir depuis mon arrivée. Pour redorer mon blason, je vais devoir m'armer de patience. La seule chose que j'espère, c'est que la nouvelle ne s'est pas répandue jusqu'à la direction. Je sais également que faire preuve d'humanité est le cœur de notre métier. En faisant passer Nathan pour un ami, mon comportement pourrait être plus compréhensible. Léa n'a pas insisté davantage et m'a épargné des justifications que j'aurais jugées nécessaires à sa place. Le mensonge s'est révélé être une seconde peau ; pourtant, je dois me montrer prudente et ne pas me perdre dans tout ce que je raconte.

Du coin de l'œil, je vois Clémence se diriger vers moi. C'est suffisant pour que Léa décampe – elle la craint depuis son premier jour. Sourire aux lèvres, Clémence sifflote.

– Crache le morceau.

– Tu ne devineras jamais.

– Dis-moi, alors !

– Duval est venu tout à l'heure… Pour s'excuser. T'y crois, à ça ? C'est la meilleure de la journée. Enfin, après moi, bien sûr, fait-elle avec un petit sourire satisfait.

– Développe. Pourquoi il s'est excusé ?

– Pour m'avoir mise à l'écart ces derniers jours et pour m'avoir virée de son service sous le coup de la colère, hier. Il a dit que, si je n'avais pas été là, son miracle du 31 décembre, donc ton Nathan, ne serait plus des nôtres.

Clémence fanfaronne devant le bureau d'accueil, et se laisse même aller à quelques pas de danse approximatifs.

– C'est vraiment une superbe nouvelle ! m'exclamé-je. Je suis contente pour toi. Tu les méritais, ces excuses.

– Bon, Adèle, fait Clémence en reprenant un air grave. Il va falloir qu'on parle sérieusement. Les gens de l'hôpital se posent des questions. J'ai dit que Nathan était un de tes amis de longue date. Mais il faut que tu sois discrète.

– Je sais…

– Tu as eu des nouvelles des parents de Nathan ?

Les parents de Nathan… Je marque un temps d'arrêt.

– Je crois que je les ai oubliés…

– Oubliés ? Adèle, bordel ! Comment tu peux oublier une chose pareille ?

– Tu sais, avec tous les événements des derniers jours…

– Contacte-les à nouveau !

Avant même que je ne lui réponde, elle s'éloigne, guillerette à nouveau. Le tumulte des dernières heures a placé les parents de Nathan au second plan. Je vérifie immédiatement mes e-mails : aucun ne provient d'eux. Je dois reprendre les recherches et trouver un autre moyen de les contacter. En retournant sur leur site et en fouillant un peu plus que la fois précédente, je trouve une autre adresse e-mail. En moins de cinq minutes, le message est tapé sur mon téléphone. Les cartes ne sont plus entre mes mains.

De : a.morel@gmail.fr
À : Eberry_Co@gmail.com

Objet : Nathan

Madame et Monsieur Eberry,

Il y a quelques jours, je vous ai contactés au sujet de votre fils sur le site d'Eberry&Co. N'ayant eu aucune réponse de votre part, je me permets de vous faire parvenir à nouveau des nouvelles de Nathan. Cette nuit, il y a eu des complications et nous avons dû le réopérer. L'opération s'est très bien déroulée. Nathan est toujours endormi. Il a besoin d'être entouré. Je vous en prie, venez au plus vite à l'hôpital de Bayonne. Il a besoin de vous.

Cordialement,

Adèle Morel

J'ai envoyé le message sans me relire. Le temps ne joue pas en notre faveur ; il faut agir vite. Je ne cesse de repenser à Lezquiel. Je ne sais pas comment ni même si je veux me venger. Je pensais le faire chanter. J'ai besoin d'aide. J'ai besoin de l'avis du principal intéressé : Nathan.

Clé n° 15 : Renouez avec la réalité. Le monde continue de tourner. Vous êtes vivant.

17 novembre

Serais-je passé entre les mailles du filet ? Depuis quelques jours, je me sens de plus en plus détendu. Lezquiel est passé par surprise me voir sur le port. J'ai cru que c'était ma fin et, au lieu de ça, il m'a simplement félicité pour son nouveau tableau. Il m'a serré la main et m'a glissé dans l'oreille qu'il n'hésiterait pas à me recontacter pour de nouvelles missions. Il s'est fièrement vanté d'avoir séduit tous ses rendez-vous grâce à ce voilier. Quand il est parti, la boule au ventre qui s'était installée depuis des semaines s'est évaporée, comme par magie. Je ne suis pas fier d'avoir falsifié une œuvre, mais je me réjouis d'être encore là. Ne serait-ce pas le point de départ d'une nouvelle vie ? Mon heure n'a pas encore sonné et il est peut-être temps de l'intégrer dans mon cerveau. Je n'ai plus à me soucier du faux. Il est maintenant possédé et affiché. S'il se doutait de quelque chose, j'aurais déjà passé un mauvais moment. Dans quelques mois, il demandera sûrement un nouveau tableau, et cette mauvaise histoire sera enfin derrière moi.

Ce joyeux épilogue me donne envie de me remettre sur de bons rails. Je me suis enfermé pendant des semaines, délaissant Iban, les pêcheurs du café et Albert lui-même, à qui je me suis attaché. Je vais aller les voir et écouter leurs histoires. J'ai aussi envie de me concentrer sur ce que j'aime : la peinture. Je vais profiter de l'argent de

Lezquiel pour investir dans du nouveau matériel et dans de nouvelles toiles. Je vais peut-être saisir cette seconde chance. Il est temps d'avancer, enfin. Pas à pas. Une nouvelle vie s'offre à moi, je ne peux pas continuer à broyer du noir constamment. Je ne t'oublierai jamais. Mais je dois apprendre à penser à toi sans éprouver un gouffre au fond du cœur. Je vais me battre. Pour toi. Je vais reprendre ma vie en main. J'ai le droit à cette seconde chance. Je dois saisir l'opportunité. Maintenant. Je dois vivre ma vie et ne pas la gâcher. Tu ne voudrais pas ça pour moi.

N.

34

Les nouveaux écrits de Nathan sont plus rassurants que les précédents. Il a cessé de côtoyer la peur. Il a repris goût à la vie et aux choses qu'il aimait. Je connais la suite : la réalité l'a rattrapé… C'est certain, Lezquiel doit payer. Je ne sais pas comment, mais justice sera faite pour Nathan. Pleine d'une adrénaline nouvelle, je rejoins Clémence, postée devant le distributeur de boissons chaudes. J'ai envie de partager avec elle ma dernière lecture.

– J'ai contacté ses parents par e-mail, commencé-je. J'espère qu'ils vont le lire et qu'ils vont enfin répondre. Tu sais qu'il se croyait tiré d'affaire, Nathan, après le faux tableau donné à Lezquiel ?

– L'arroseur arrosé.

– Comme tu dis. Le problème, c'est que Lezquiel a juste récupéré un faux tableau et perdu des milliers d'euros. Nathan, lui, peut perdre la vie.

Clémence boit son café à petites lampées. Après quelques secondes, son regard change.

– J'ai une idée à te soumettre, Adèle.

– Décidément, aujourd'hui, c'est l'art du *teasing*. Je t'écoute.

– Ce n'est pas une idée à proprement parler. En fait, c'est plutôt un conseil. Un conseil que je t'avais déjà donné.

– Bon, Clémence, accouche !

– Si Lezquiel a été capable de battre presque à mort un homme, imagine ce qu'il peut commettre si jamais il apprend que tu n'es pas cette marchande d'art. Il pourrait chercher à se venger. Tu m'avais promis que si les choses tournaient mal, tu appellerais les flics. Je crois qu'il est temps.

– Je ne peux pas faire ça. Je mettrais Nathan dans le pétrin aussi, avec cette histoire de faux.

– Adèle, si Lezquiel apprend que tu es au courant, il peut chercher à finir ce qu'il a commencé. Alors cette histoire de tableau, on s'en tamponne un peu.

– Mais je pourrais avoir des ennuis, moi aussi, pour avoir caché des informations à la gendarmerie.

– Attends, premièrement, tu n'as rien caché : tu as trouvé toute seule et tu as mieux fait leur travail qu'eux. Deuxièmement… J'aurais dû insister plus tôt avec ce conseil.

– Tu es sûre que c'est la meilleure chose à faire ?

– Sûre et certaine. Cette histoire a assez duré. Tu ne peux plus affronter ça seule.

Étrangement, je me sens prête à écouter les conseils de Clémence. Cette enquête a assez duré et risque déjà de me coûter ma carrière. Désormais, je dois en référer aux autorités compétentes. Je ne peux plus jouer seule. Cette peur de perdre Nathan et d'avoir fait tout ça pour rien me pousse à accepter les conseils de Clémence. La place de Lezquiel se trouve derrière les barreaux, et seule la gendarmerie est capable de s'en charger. J'ai voulu jouer les héroïnes, mais je ne suis pas dans une série télévisée, ni dans un roman policier. C'est la vraie vie. Mes épaules ne sont pas assez larges pour supporter encore plus de pression. Un seul obstacle se dresse devant moi : l'histoire du faux. Et si la gendarmerie interpellait Nathan pour fraude, arnaque, contrefaçon… Je ne souhaite pas le faire tomber, et je n'ai pas envie de tomber avec lui. Quelques heures plus tôt, j'aurais sûrement envoyé Clémence sur les roses. Mais là, tout est différent.

– Adèle. C'est la meilleure chose à faire. À force de patienter, tu ne fais que reculer l'échéance. Tu sais comme moi que c'est la seule solution.

Tout se mélange dans ma tête. Je m'étais promis d'attendre le réveil de Nathan pour savoir ce que lui voulait, mais il faut se rendre à l'évidence : tout ça est bien trop lourd pour moi. Le jour se lève doucement et je ne peux m'empêcher de penser à cette nuit que nous venons de vivre. Pour la première fois, j'ai eu peur au point de commettre l'irréparable dans mon métier. Peur au point de finalement me résigner à appeler les gendarmes…

– J'appelle.

Le visage de Clémence s'emplit de fierté. D'un signe de la main très peu discret – les deux pouces vers l'avant derrière le poste d'observation –, elle me fait comprendre que j'ai raison et que ma décision est raisonnable.

Le téléphone à l'oreille, je patiente, les yeux de Clémence braqués sur moi. Au bout de quelques sonneries, une voix féminine décroche. Je la reconnais immédiatement.

– Gendarmerie de Biarritz, lieutenante Steinberg, que puis-je faire pour vous ?

C'est la personne que j'ai eue au téléphone le lendemain de l'agression de Nathan. Je respire un bon coup et me lance :

– J'ai des informations à vous apporter concernant une affaire en cours.

– Veuillez décliner votre identité, s'il vous plaît.

– Adèle Morel. M-O-R-E-L.

– Très bien, madame Morel. De quelle enquête s'agit-il ?

– L'affaire concernant un jeune homme transporté aux urgences de Bayonne le soir du Nouvel An.

La lieutenante marque un temps d'arrêt. Elle fait le rapprochement et me reconnaît à son tour.

– Vous nous avez déjà appelés, me semble-t-il.

– Oui, c'est exact.

Je commence à perdre patience. J'ai peur de faire machine arrière si la lieutenante ne récupère pas au plus vite mes informations.

– J'ai de nouvelles informations à vous apporter. Est-ce que je dois passer au poste ?

– Nous allons venir directement à l'hôpital. J'espère que vous ne nous faites pas perdre notre temps. Nous serons là le plus rapidement possible.

Sans que je puisse ajouter le moindre mot, la lieutenante Steinberg raccroche. Sa froideur n'a rien de rassurant. J'en viens même à m'interroger sur l'utilité de l'appel. Je vais devoir tout avouer et, au moment où je m'imagine leur raconter mon histoire, je me dis qu'il serait plus judicieux d'embellir les faits au maximum. Certaines vérités ne seront pas révélées, je m'en fais la promesse. Mentir, mais pour me protéger et protéger Nathan.

35

La garde de nuit est terminée depuis vingt minutes. Les équipes de soir ont laissé place aux équipes de jour. Depuis vingt minutes, j'attends inlassablement l'arrivée de la lieutenante Steinberg. Que signifie « le plus vite possible » chez les gendarmes ? Autour de moi, tout le monde vaque à ses occupations. J'ai l'impression que le temps s'est arrêté seulement sur le cadran de ma montre…

Tu ne peux plus reculer.

J'aurais voulu partager mes inquiétudes avec Clémence, mais elle dort sur les bancs métalliques de la salle d'attente. Affalée là, elle ressemble davantage à une patiente qu'aux clichés des chirurgiens que l'on aperçoit à la télévision. Rien n'a changé depuis mon arrivée : elle porte toujours son jean troué et ses baskets qui ont vécu plus longtemps qu'elle, au vu de l'usure des semelles. Ses cheveux sont lâchés et recouverts d'un bonnet. Elle dort encore profondément quand la cavalerie débarque, après une heure d'attente.

Une femme brune athlétique au visage fermé pénètre dans le hall de l'hôpital. La lieutenante Steinberg est telle que je me la suis représentée. Elle a ce visage dur qui n'inspire pas la sympathie et son uniforme semble être pour elle une seconde peau. Malgré les deux hommes qui l'accompagnent, légèrement en retrait, on ne voit qu'elle. Avant qu'elle ne se dirige vers l'accueil et n'affole les équipes de jour, je l'interpelle :

– Lieutenante Steinberg !

Elle se tourne, ses deux hommes aussi, et me dévisage. À mesure qu'elle s'approche, je me sens rapetisser. Je retourne en enfance et voit en elle ces brutes qui martyrisaient les autres à l'école. En arrivant à ma hauteur, elle demande à ses collègues de rester en retrait et de prendre des notes. Je suis subjuguée par la beauté froide de cette femme. Ses yeux sont bleu foncé, presque noirs. Les cheveux attachés en chignon, je parie sur une longueur de milieu de dos. La cicatrice qu'elle porte sur la joue lui donne un côté brisé et sexy. Elle dégage une autorité naturelle que j'envie.

– Madame Morel, j'imagine ?

– Appelez-moi Adèle.

– Très bien, madame Morel. On peut trouver un coin tranquille pour discuter ?

L'agacement se mêle à l'anxiété. En moins de cinq minutes, j'ai déjà envie de coller une gifle à cette Steinberg pour qu'elle se souvienne de moi. Je réveille Clémence en lui donnant un léger coup sur l'épaule. Elle grogne mais se lève et vacille, comme une étudiante en lendemain de cuite.

Par le biais de Clémence, j'ai préalablement informé mes supérieurs que des gendarmes allaient arriver à l'hôpital pour une affaire concernant l'un de nos patients. Le directeur a accepté de nous mettre une salle de réunion à disposition pour éviter d'ébruiter leur présence. Clémence l'a rassuré et il n'imagine pas dans quelles histoires j'ai mis le nez – sinon, je serais sûrement renvoyée sur-le-champ, sans avoir le temps de dire « bistouri ». Clémence est en charge du rapport pour la direction et, au vu du lien étroit qu'elle entretient avec le directeur, j'ai l'esprit plus tranquille à ce sujet. Les salles de conférence se trouvant dans l'aile ouest, nous devons traverser la totalité de l'hôpital. Accompagnées de trois agents des forces de l'ordre, Clémence et moi ne passons pas inaperçues. Trop tard pour se la jouer discret.

Tu peux toujours faire machine arrière, Adèle. C'est toi qui décides.

Pendant que nous marchons, différentes pensées me traversent l'esprit. Parler ? Oui, mais quelles limites dois-je me fixer ? Je dois faire abstraction du carnet. J'ai voulu jouer les détectives, mais je ne me suis pas renseignée sur les risques encourus pour dissimulation de preuves… entre autres. Clémence, elle aussi, risque gros pour avoir participé et aidé au bon déroulement de ma contre-enquête. Je ne suis qu'une idiote et une égoïste. Ne pas réfléchir aux conséquences de ses actes quand on est enfant, c'est pardonnable… mais à l'âge adulte ?

Ne parle pas du carnet. Ne parle pas de ce foutu carnet. Mens !

Nous pénétrons dans la salle, en silence. Les agents s'installent chacun dans un coin, et la lieutenante s'assied au centre, près de la table de réunion. Je me poste en face d'elle et Clémence s'installe à ma gauche. Nous y sommes. À l'image des mafieux que nous voyons se réunir dans les films, Clémence, la lieutenante, les deux agents et moi nous fixons sans un mot. La froideur de la scène me donne l'impression d'être sur le banc des accusés. Au bout de quelques instants, la lieutenante brise le silence et s'adresse à Clémence :

– J'imagine que vous êtes là pour des raisons liées à l'affaire ?

Moins de cinq secondes avant que la grenade n'explose. Clémence vient à peine de se réveiller et n'a pas encore totalement émergé. S'il y a bien un moment où il ne faut pas trop l'énerver, c'est au lever. Lorsque la lieutenante l'a interpellée, j'ai su immédiatement qu'elle ne se laisserait pas démonter. Le combat de coqs s'apprête à commencer. Elle se frotte les yeux, enlève son bonnet, le dépose délicatement sur la table, secoue sa chevelure et se lève de sa chaise. Je l'observe en retenant mon souffle. J'espère qu'elle ne va pas trop en faire et qu'elle va se rappeler à qui elle s'adresse.

– C'est mon patient dont il est question, et pour des raisons professionnelles et juridiques, je suis obligée d'assister à la petite sauterie organisée.

La lieutenante reste bouche bée, sidérée par l'aplomb de Clémence. Je décèle chez elle une certaine admiration, comme si, pour la première fois depuis très longtemps, quelqu'un avait osé lui tenir tête. Honteuse, je me tourne vers Clémence en lui faisant les gros yeux. Mais visiblement insatisfaite de son petit spectacle, Clémence en remet une couche en changeant de tactique et en se montrant douce comme un agneau. Elle plonge son regard dans les yeux de la lieutenante :

– Docteur Clémence Arluzea, nous sommes ravies de pouvoir apporter notre aide. N'est-ce pas, Adèle ?

Clémence se rassoit, fière d'elle : c'est le genre d'histoires qu'elle racontera en salle de garde éternellement. Étonnamment, son assurance a plu à la lieutenante, qui s'est détendue.

– Bien, maintenant que vous avez montré les crocs, on peut commencer, mesdames. Je me tourne vers vous, madame Morel. Vous avez déclaré avoir de nouvelles informations concernant notre enquête. Je vous écoute.

N'oublie pas Adèle : ne t'enfonce pas, protège-toi et protège-le.

– Je sais qui a fait du mal à Nathan.

– Vous connaissez le nom de famille de ce Nathan ? Les Biarrots ne sont pas bavards quand il s'agit de parler à la gendarmerie, et notre appel à témoins n'a pas dérogé à la règle.

– Nathan Eberry. Il est à Biarritz depuis moins d'un an. Je sais qui l'a agressé.

Tandis que les agents prennent des notes, la lieutenante attend patiemment mes explications, bras croisés, l'air suspicieux. Elle ne comprend pas comment j'ai obtenu toutes ces informations et pourquoi je n'ai pas parlé plus tôt ; je le vois.

– Comment pouvez-vous affirmer que vous connaissez l'identité de l'agresseur ? Avez-vous des preuves ?

– Non, enfin oui. J'ai un enregistrement qui le prouve.

J'appuie sur le bouton « play » de mon téléphone et la voix de Lezquiel retentit dans la pièce. Les trois gendarmes écoutent attentivement. La lieutenante fronce les sourcils.

– Qui est cet homme ? Comment avez-vous eu cet enregistrement ?

– C'est Martin Lezquiel. J'ai utilisé des méthodes peu orthodoxes pour l'enregistrer à son insu. Est-ce que je dois tout vous raconter ?

Clémence baille sans aucune discrétion et s'excuse rapidement quand les regards se tournent vers elle.

– Pour résumer, vous avez enregistré un homme sans son consentement, et ce même homme a avoué être mêlé à l'agression de monsieur Eberry… Il y a quelque chose que je ne comprends pas, madame Morel…

– Sérieusement ? s'insurge Clémence. Adèle vient de régler votre enquête parce que vous en êtes incapables et c'est elle, la suspecte, maintenant ?

– On ne vous a rien demandé, madame Arluzea.

– Ça ne tourne pas rond, chez vous.

– Cessez tout de suite ce petit jeu, ou je vous colle un rapport pour outrage !

Clémence boude comme une enfant que l'on vient de punir. Son attitude me détend : elle cherche à me défendre. Elle est toujours là. La lieutenante poursuit son interrogatoire :

– Sans connaître votre patient, comment êtes-vous remontée à Lezquiel ? Avec qui avez-vous parlé ? Comment avez-vous trouvé l'identité de monsieur Eberry ? Je m'interroge.

Je m'étais préparée à ce genre de questions. Je ne veux pas encore parler du carnet car je ne sais pas s'il pourrait constituer une réelle preuve.

– J'ai menti. Je connaissais la victime, j'ai eu du mal à le reconnaître le 31. Avec tout ce sang sur lui, je n'étais pas sûre.

Clémence lève la tête, surprise par ma révélation. Discrètement, je lui donne un coup de pied sous la table. Elle pousse un petit cri qui risque de faire tomber mon plan à l'eau. La lieutenante n'y prête pas attention et continue de me questionner :

– Comment ça, vous le connaissez ?

– Oui, je connais Nathan depuis quelques mois. Je ne vous l'ai pas dit, car j'avais peur qu'il ait des ennuis.

– Pourquoi est-ce que vous m'avez appelé pour me demander son nom ?

– Je ne l'ai pas reconnu tout de suite, je viens de vous le dire.

La lieutenante est plus concentrée que jamais. Elle n'est pas bête et me pousse dans mes réponses. Elle veut savoir.

– Très bien. Pourquoi aurait-il des problèmes ?

Je respire un bon coup pour marquer une pause avant de m'élancer et de vider mon sac. Je me mets alors à raconter l'histoire de Nathan telle que je la connais. Je ne mentionne pas le carnet et le remplace systématiquement par des longues conversations imaginaires que j'aurais eues avec Nathan pendant un an. Il est trop tôt pour que ce carnet tombe dans les mains de la gendarmerie. Nathan serait sûrement furieux d'apprendre que toutes ses pensées ont été lues par autant d'inconnus. J'avance l'avoir vu plusieurs fois durant les derniers mois et que, grâce à ces discussions, j'ai pu remonter jusqu'à Lezquiel. Je n'omets pas ma rencontre avec Albert, Iban et le patron des *Enfants terribles*. Poussée par cette envie de bien faire, je fais preuve d'honnêteté et j'explique également l'histoire du faux tableau. À la fin de mon histoire, je sens les regards fixés sur moi. J'espère avoir réussi à noyer le poisson. Je vois la lieutenante décontenancée par mes aveux ; une forme d'excitation brille dans ses yeux. Je viens de lui résoudre son enquête. Elle n'a plus qu'à vérifier mes informations. Elle reprend un air sérieux et croise les doigts devant son visage.

– Vous savez, madame Morel, que vous pourriez être accusée de complicité dans cette histoire de fraude ?

– Mais vous êtes sérieuse ? s'emporte Clémence. Elle vous aide et vous osez la menacer ?

– Madame Arluzea, je commence sérieusement à en avoir marre. Cessez de faire le pitbull et calmez-vous !

– C'est bon, c'est bon. Je ne dis plus rien.

– Madame Morel, reprenons. Vous savez que, si vous êtes accusée de complicité de recel et de contrefaçon, vous pouvez risquer une amende et une peine de prison ?

Je baisse la tête, honteuse. Je n'avais pas mesuré les risques. Je pense à Iris. J'ai un pincement au cœur en l'imaginant me rendre visite au parloir. Dans mes mensonges, j'essaie de sauver tout le monde et je m'en oublie presque. Je sais que je suis innocente, mais avec toutes les informations que j'apporte, je parais presque coupable. La lieutenante ne me laisse pas réfléchir plus longtemps et continue :

– Bon, je vais vous expliquer la procédure. Pour l'instant, nous allons enquêter sur Lezquiel. La suite se déroulera après le réveil de monsieur Eberry.

Elle demande alors à ses deux collègues de quitter la pièce et de l'attendre à la voiture. Une fois seules, elle me regarde droit dans les yeux.

– Madame Morel, je ne sais pas ce que vous nous cachez, mais je ferai tout pour le découvrir. Maintenant, vous venez de nous mâcher le travail et je ne peux pas vous le reprocher.

– Si Lezquiel porte plainte, j'irai tout de suite en prison ?

– Aucune mesure ne sera prise tant que monsieur Eberry ne sera pas réveillé. Par contre, je dois informer le procureur de la République des indices dont vous nous avez fait part. Ensuite, si monsieur Eberry porte plainte contre monsieur Lezquiel, une enquête sur les faux tableaux sera forcément ouverte. Monsieur Lezquiel cherchera à se défendre. Vous risquez d'être également poursuivie.

– Je ne comprends pas…

– Qu'est-ce que vous ne comprenez pas ?

– Comment peut-il s'en sortir alors qu'il a voulu tuer quelqu'un ?

La lieutenante commence à tourner les talons et, sur le seuil de la porte, me lance :

– C'est le jeu du serpent qui se mord la queue, madame Morel. Ni Lezquiel ni Eberry n'ont intérêt à porter plainte. La plainte porterait préjudice aux deux hommes.

– Mais si jamais Nathan ne porte pas plainte et que Lezquiel veut finir ce qu'il a commencé ?

– On va se revoir très vite. Restez à notre disposition.

Après avoir évité ma question, la lieutenante quitte la pièce. Clémence est restée muette pendant toute la scène. Je la sens en colère contre moi de ne pas avoir parlé du carnet.

– Un jour, tu m'expliqueras pourquoi tu as menti à la gendarmerie. Ce jour-là, tu auras intérêt à être très convaincante.

– Le carnet n'aurait pas aidé Nathan, et je ne voulais pas que la lieutenante l'ait entre les mains.

– Je ne garderai pas ton bambin quand tu seras en prison.

– Ce que tu peux être bête…

Je la prends dans mes bras pour la remercier. Je la serre si fort que j'ai peur de lui faire mal. Je veux qu'elle sente à quel point je suis reconnaissante.

– Tu m'étouffes, Adèle.

– Merci pour tout.

Avant de quitter la pièce, Clémence ajoute :

– Tu crois que toutes les lieutenantes de gendarmerie sont aussi sexy ?

– File !

Je referme la salle et suis Clémence de près. Jusqu'à la sortie, elle me fait part de son inquiétude. Je ne veux pas le lui montrer mais, moi aussi, je suis apeurée. Je ne cesse de penser aux conséquences de mes actes. J'en ai la nausée. Imaginer que je puisse finir en prison m'est insupportable. Mais pour le moment, ma priorité est de rentrer dormir. Il est temps de profiter de ces instants loin du tumulte. Mes derniers instants de liberté, peut-être.

36

Penser à Nathan et aux gendarmes a été ma seule activité depuis mon départ de l'hôpital. Chez moi, le calme règne. Iris est à l'école, Valentin ne vit plus ici et Nathan est toujours entre la vie et la mort. Je me sens seule et abandonnée. Je peux encore compter sur Clémence. Elle est toujours là, elle. Pour éviter de sombrer dans la déprime, je fonce sous la douche, comme si l'eau pouvait tout effacer. Durant trente minutes, le jet brûlant me réconforte et m'apaise. Encore humide, en tenue d'Ève, je me faufile sous les draps et ferme les yeux. Il ne reste plus que ça à faire. Dormir, avant de me réveiller de ce long cauchemar.

*

Dix minutes ? Une heure ? J'ai perdu tout repère temporel quand j'ouvre enfin les yeux. Les paupières collées, la tête dans un étau, il est certain que je n'ai pas assez dormi. Je me fais violence pour regarder l'heure sur mon téléphone. Quinze heures. J'ai donc bénéficié d'une réelle nuit de sommeil, mais la fatigue accumulée laisse le compteur de repos sur un bilan négatif. Je me lève, enfile les premiers habits qui me passent sous la main et descends me faire couler une tasse de café. Mes sens se mettent en éveil au moment où les premières gouttes de café traversent mon œsophage.

En revenant ce matin, je n'ai pas prêté attention à l'enveloppe posée sur la table du salon. Du haut de ma chaise, je peux voir qu'elle m'est adressée. Quand je reconnais l'écriture de Valentin, je bondis sur l'enveloppe et l'ouvre minutieusement. Au fil des lignes, des larmes se mettent à couler sur mes joues. Puis la lettre glisse naturellement de mes mains pour finir sa chute sur le parquet.

Adèle,

Il est tard quand je t'écris cette lettre. J'ai pris le temps de réfléchir à ces dernières années et j'en suis arrivé au constat que je ne pouvais plus faire semblant. La flamme de notre amour s'est éteinte malgré nos tentatives pour la raviver. Je ne veux pas regretter et je préfère conserver en moi les souvenirs heureux que nous avons partagés et ne pas continuer une histoire achevée qui nous détruirait à petit feu. Ma décision est prise. Je veux demander le divorce et te rendre ta liberté. Iris est le fruit d'un amour sincère et je ne veux pas prendre le risque de lui faire du mal. Avant que l'on se déchire, je préfère prendre le large. Tu auras toujours cette place spéciale dans mon cœur.

Je pars quelques jours. Je t'embrasse,

Valentin

Je me redresse pour m'adosser au comptoir. Cette lettre ne dit qu'une vérité que je n'ai pas voulu affronter. Nous avons retardé l'échéance, mais Valentin a eu le courage que je n'ai pas eu pour mettre un terme à notre relation. J'ai fermé les yeux pendant des mois, en pensant qu'un jour peut-être tout reviendrait à la normale. Mais l'évidence saute aux yeux. Notre amour est terminé depuis longtemps. Nous nous sommes raccrochés à Iris – une illusion de bonheur. Aujourd'hui, cette lettre, malgré la douleur qu'elle me fait ressentir, m'offre la liberté.

Mais après la tristesse vient la colère. Que faire maintenant ? Valentin est parti « quelques jours », me laissant me débrouiller seule avec Iris. Il me met dans une situation délicate. Je saisis mon téléphone et lui envoie un message bouillant : « Valentin, t'es qu'un con ! Tu me laisses seule avec Iris. Comment je fais, moi ? » Envoyé. Je ne cherche pas à ce qu'il réponde. Je passe simplement mes nerfs sur cet égoïste de mari qui vient de demander le divorce.

Seize heures à ma montre : il est trop tard pour appeler une baby-sitter. Je sors en trombe de la maison et cours jusqu'à l'école pour récupérer ma fille. Pour la première fois depuis sa naissance, Iris passera une nuit à l'hôpital avec moi. Mes supérieurs ne m'en tiendront pas rigueur et comprendront sûrement l'urgence de la situation – du moins, je l'espère. Nous n'avons aucune famille ici, aucun ami proche à qui confier ma fille, à part Clémence, qui vit presque à l'hôpital. Pas le choix.

Iris sort de l'école le sourire aux lèvres. À la vue de sa salopette visiblement trop petite pour elle, de ses deux couettes asymétriques et de ses chaussures d'été en plein hiver, ma haine contre Valentin grandit encore un peu. Elle court dans ma direction.

– Maman, qu'est-ce que tu fais là ? Je croyais que Papa venait aujourd'hui.

– Surprise ! Papa est parti quelques jours pour le travail. Ce soir, tu viendras avec moi à l'hôpital.

– Mais je ne suis pas malade, moi.

– Non, Iris, tu resteras seulement pour la nuit parce que je ne peux pas te laisser seule à la maison. Tu comprends ?

– Je vais voir le super-héros ?

– Si tu es sage, oui.

Avant de partir pour l'hôpital, je passe prendre quelques affaires à la maison. Iris est amusée comme une veille de vacances et moi, je me sens coupable à l'idée qu'elle passe la nuit dans une salle de garde. Je déteste Valentin de tout mon être. Iris n'a pas sa place là où je l'emmène. Une fois le sac prêt, nous prenons la direction de l'hôpital. Dans la voiture, Iris est songeuse.

– Il rentre quand, Papa ?

– Dans quelques jours, mon cœur. En attendant, on va s'arranger, mais tu dois être très sage à l'hôpital. D'accord ?

– Je compte bien être sage pour pouvoir rencontrer le super-héros.

Jusqu'à notre arrivée, Iris me tanne avec Nathan. Elle me confie timidement qu'elle voudrait lui offrir le dessin qu'elle a fait de lui, mais qu'elle a peur qu'il ne le trouve pas à son goût.

– Tu penses qu'il m'apprendra à faire des dessins de super-héros comme lui ?

– Bien sûr. Quand il se réveillera, il te montrera même ses pouvoirs.

– Tu crois ? J'ai trop hâte de le voir.

Le dernier kilomètre est consacré à tous les pouvoirs qu'Iris veut posséder. J'aime cette innocence – je la lui envie. Elle est encore trop jeune pour souffrir de la brutalité du monde, trop jeune pour comprendre une peine de cœur ou un échec professionnel. Je veux la préserver au maximum de ce monde et l'entourer d'ondes positives. Mes peurs s'entremêlent : la séparation, la prison, peut-être… Tout est si brusque mais si réel. Je vais finir par me noyer dans cet océan de désastres.

37

En plein milieu du hall de l'hôpital, Iris a les yeux grands ouverts. Elle tourne successivement la tête de gauche à droite pour ne rien manquer du spectacle qui se joue devant elle : des adultes, partout, qui courent dans tous les sens. Je passe la majeure partie de mon temps dans cet l'hôpital et, pourtant, Iris n'y a jamais mis les pieds. Elle est du genre casse-cou, mais aucune de ses cascades ne l'a envoyée aux urgences. Je touche du bois pour que cela dure éternellement. Elle découvre ainsi pour la première fois ma deuxième maison. Après l'excitation, Iris se sent vite perdue. Je la prends par la main et lui fais visiter les lieux. Mon petit monstre sociable s'arrête quelques minutes pour discuter avec les infirmières.

– Elle est géniale, ta petite, Adèle. Ça fait un bien fou de rire !

En salle de garde, Iris se fond dans le décor. Léa la dévisage comme si elle n'avait jamais vu d'enfant auparavant, mais Iris n'y prête pas attention. Elle n'a qu'une chose en tête.

– Quand est-ce qu'on va voir le super-héros, Maman ?

– Maintenant !

Sur ces mots, nous nous dirigeons vers l'ascenseur pour rejoindre la chambre 307. À peine sortie, Iris est surexcitée. Je lui donne les dernières recommandations :

– Avant qu'on rentre, Iris, tu te souviens bien de ce que j'ai dit à propos de Nathan ?

– Oui. C'est un super-héros endormi. Je ne dois pas faire beaucoup de bruit et je ne dois pas le déranger. Mais je peux lui parler.

– Exactement ! Iris, nous ne restons que quelques minutes, d'accord ?

Iris est prête. Je mets tout en œuvre pour que l'image de Nathan sur un lit d'hôpital ne soit pas étrange pour elle. À l'intérieur, Clémence procure les soins quotidiens. Iris n'arrive pas à hauteur du hublot et elle tire ma main pour rentrer plus vite. Je fais un signe à Clémence pour lui signaler ma présence, et elle m'invite à entrer.

– T'es déjà là, toi ?

Elle baisse la tête et aperçoit Iris.

– T'es venue avec ton petit monstre. De mieux en mieux, dans cet hôpital.

Iris tape dans la main tendue de Clémence, qui sourit. Mais à la vue de Nathan, elle reste muette et l'observe minutieusement. Elle s'approche du lit. Dans les yeux de ma fille, cet homme étendu sur un lit est un super-héros. C'est un rêve qui devient réalité pour elle, et je ne suis pas prête à la ramener dans une réalité privée de magie. Je rejoins Clémence au fond de la pièce ; elle me fusille du regard.

– Adèle, que fait Iris à l'hôpital ?

– Elle va rester à l'hôpital cette nuit. Je n'avais pas d'autre choix.

– Qu'est-ce qu'il s'est passé ?

– Valentin est parti. Quelques jours… Je n'ai pas le choix, Clémence.

– Je m'en occupe.

– Comment ça ?

Chapitre 37

– Laisse-moi faire.

Clémence pose sa main sur mon bras comme pour me réconforter. Je m'approche d'Iris, qui n'est plus qu'à quelques centimètres de Nathan. Elle observe. J'aimerais comprendre ce qu'elle a dans la tête, mais je me tais et j'observe à mon tour. Clémence prend sa tablette et donne un premier cours de médecine à Iris :

– Jour 10, patient Super-Nathan stable depuis son opération. Pouls régulier, bonne température. Docteur Iris, que me conseillez-vous de faire ?

Iris décroche pour la première fois les yeux de Nathan pour répondre à Clémence :

– Je pense que Super-Nathan a besoin de se reposer et de boire de la soupe de super-héros pour retrouver ses pouvoirs.

Clémence fait semblant de noter les conseils de ma fille.

– Maman, tu es sûre qu'il m'entend ? Bonjour, Nathan, moi je suis Iris. I-r-i-s. Ma maman m'a dit que tu avais des pouvoirs avec ton carnet. J'aimerais beaucoup être comme toi quand je serai grande. Tu vas bientôt te réveiller, c'est ce qu'elle m'a dit.

Après quelques minutes, je rappelle à Iris que nous devons partir.

– Iris, on y va maintenant.

– Déjà ?

– Oui, je dois aller travailler.

Elle pose sa main sur le front de Nathan avec délicatesse et lui chuchote quelques mots à l'oreille. Je la vois sourire et c'est le principal. Nous rejoignons toutes les trois la salle de garde ; Clémence prend sa première pause et moi, je m'apprête à commencer la garde. J'installe Iris sur l'une des tables de la salle avec quelques crayons de couleur et du papier. Je vais venir la voir toutes les demi-heures pour m'assurer qu'elle se sente bien.

– Si tu es fatiguée, tu peux te mettre dans l'un des canapés. D'accord, ma chérie ?

Clémence me donne un bip non utilisé, que je transmets à Iris.

– Si tu as un problème, Iris, tu appuies sur ce bouton. Ce n'est pas un jouet, c'est juste en cas de problème, d'accord ?

Iris regarde le bip. Elle le lève fièrement en l'air, comme un trophée. Ce soir, elle fait partie des grandes personnes. Du poste d'observation, j'aurai constamment un œil sur elle, ce qui me rassure un peu.

38

– Tu as eu des nouvelles de la lieutenante ?

– Rien depuis hier. Je pense qu'ils doivent interroger Lezquiel.

– Tu me tiens au courant. Au fait, j'ai prévenu le directeur pour Iris.

– Tu as quoi ?

– J'ai utilisé mon pouvoir auprès de Jean-Philippe. C'est tout.

Je reste perplexe. Que diable a fait Clémence… Jean-Philippe n'est pas n'importe qui. Pour Clémence, il est juste Jean-Philippe, son parrain ; pour moi, il est mon patron, le directeur de l'hôpital de Bayonne. Il l'a vue naître, l'a vue grandir, il a été son mentor et son ange gardien. Clémence exècre qu'on puisse penser qu'elle a été pistonnée et qu'elle a réussi grâce à sa famille et n'étale donc pas ce lien au grand jour. Il est son soutien et son appui, mais seulement en cas d'extrême urgence. Aujourd'hui, je suis l'urgence. Jean-Philippe a confiance en elle et elle sait qu'elle peut compter sur lui. Je ne sais pas comment la remercier. Je suis à la fois reconnaissante de son implication et anxieuse que le directeur soit au courant. Clémence a pris les devants, là où j'en aurais été incapable.

– Rassure-toi, Adèle. Je n'ai pas tout raconté, mais je lui en ai assez dit pour qu'il accepte qu'Iris soit ici. Il ne faut juste pas que la situation persiste dans le futur.

– Merci, Clémence.

– C'est normal. Si je peux aider, je le fais. Au moins, je sais que tu es tranquille et qu'il ne te posera aucune question.

– Tu déchires.

– Merci le parrain, surtout, fait-elle en empruntant la voix d'une mafieuse italienne.

Clémence partie, je me mets au travail. Je ne dois pas me faire remarquer davantage. Comme à chaque début de garde, je règle certaines tâches administratives que je préfère gérer seule. Léa s'affaire déjà aux urgences et maîtrise le service d'une main d'experte. Quel bonheur d'avoir une épaule sur laquelle se reposer en ces temps difficiles ! Je commence par trier les admissions de la journée, puis les nouveaux patients. Arrive ensuite le rangement des factures, des dossiers dématérialisés et enfin des ordonnances. Je suis efficace et concentrée. Depuis la venue des gendarmes, un poids s'est envolé de ma conscience. J'ai joué cartes sur table ; un saut dans l'inconnu. Quelle sera la suite ? Nous nous apprêtons à clore cette affaire et je suis terrorisée par l'attente. Attendre que Lezquiel soit coincé, attendre le sort que nous réserve la gendarmerie, attendre que Nathan se réveille, attendre que Valentin rentre pour tout réorganiser. Attendre, attendre, attendre. Je sens mon téléphone vibrer dans ma blouse. La notification m'annonce un nouvel e-mail. En voyant le nom Eberry s'afficher, mon cœur fait un bond. Les parents de Nathan m'ont enfin répondu.

Chapitre 38

De : Eberry_Co@gmail.com
À : a.morel@gmail.fr

Chère Adèle,

Mon mari et moi-même avons bien reçu vos e-mails. Merci de nous avoir prévenus. Nous prenons le premier avion. Nous serons à Biarritz demain. Merci à vous.

Laurence

Cinq phrases courtes. Simple et efficace : ils arrivent. Une vague de chaleur parcourt l'ensemble de mon corps. Demain, Nathan sera enfin soutenu et entouré. N'ai-je pas terminé ma mission ? Réunir sa famille pour qu'il ne soit pas seul… J'envoie immédiatement un message à Clémence pour la prévenir. Je veux qu'elle soit la première au courant. Je sens l'excitation monter peu à peu, mais je baisse la tête et me remets au travail – il ne faut rien laisser transparaître. Léa me fait signe de la rejoindre. Elle a besoin d'aide avec un nouveau patient. D'humeur joyeuse, je prends mon rôle d'instructrice au sérieux et lui montre quelques techniques qui lui serviront dans le futur. En peu de temps, Léa a progressé. Son attitude a changé, ses gestes sont fluides et elle s'adapte au système hospitalier. Je suis fière d'elle, mais aussi terriblement mal à l'aise depuis cette fameuse nuit où je l'ai humiliée dans les couloirs de l'hôpital. Elle m'a excusée d'un revers de la main et pourtant, je me sens toujours aussi coupable. Tandis que j'effectue une suture sur le front d'un patient – qui a trouvé amusant de se jeter contre sa table en verre –, Clémence débarque à toute vitesse dans la salle de consultation.

– J'ai reçu ton message. Prête à les rencontrer ?

Léa, les yeux rivés sur mon patient, laisse traîner ses oreilles et ne manque pas une miette de notre discussion. Trop occupée à recoudre mon patient et terriblement gênée, je grogne :

– Ne commence pas, Clémence.

– Je veux absolument être là. Tu sais ce qui est génial ?

– Tu vas me le dire.

– Étant donné que Duval m'a officiellement attribué Nathan comme patient, je serai présente lors de la rencontre et je ne vais pas en perdre une miette. Je veux te voir tenter d'expliquer comment tu as mis ta carrière et ta vie en jeu pour aider leur fils.

– T'es vraiment bête.

– Encore mieux : je veux te voir bégayer en expliquant que tu as remis toute ton existence en question parce que les yeux bleus de leur fils t'ont bouleversée.

– Je te déteste.

Clémence se met à rire et je la suis. Si elle a ce don de me faire rire dans n'importe quelle circonstance, elle a aussi celui de m'agacer quand il s'agit de Nathan. Il est le patient qui marquera ma carrière et qui probablement la scellera, je ne peux nier cette affection. D'un point de vue extérieur, tout peut paraître fou, mais il y a des rencontres qui impactent des vies et ma rencontre avec Nathan en fait partie. Grâce à lui, je sais ce qui est le mieux pour moi et ma fille. Je m'enferme dans ma bulle de travail. La suture effectuée est nette, la cicatrice ne se verra même pas. J'en suis fière.

– C'est magnifique, Adèle, fait Léa, impressionnée.

Clémence jette un coup d'œil à son tour et me félicite.

– Pas trop mal, tout ça. Vos formations ont été bénéfiques.

– Allez, Clémence ! Avoue que t'es impressionnée.

– D'accord. T'aurais vraiment dû faire carrière en plastique…

– Léa, je te laisse finir.

Je salue mon patient et prends Clémence à part.

– Duval ne s'occupe plus de Nathan ?

– Il garde un œil sur lui, mais Nathan est officiellement mon premier patient en solo. Alors, toi aussi, t'es impressionnée ?

– Je suis fière de toi.

Je suis tellement heureuse pour Clémence. Elle a su s'occuper de Nathan mieux que personne. Mais dans ce nuage de bonnes nouvelles, je sens l'excitation laisser place à l'anxiété. Je ne sais pas si je suis prête à les rencontrer. Ils demanderont des explications et je ne me sentirai pas capable de les leur donner. J'ai assez menti ces derniers jours, eux méritent la vérité.

39

Avant que les urgences ne soient submergées, je prends une première pause pour voir Iris. Dans la salle de garde, elle dessine au milieu de mes collègues qui se reposent. Au milieu du personnel qui va et vient dans le couloir. Au milieu d'un monde où elle ne devrait pas être. La culpabilité refait surface. J'ai l'impression d'être une mère indigne, incapable de s'occuper convenablement de sa fille. Je n'ai rien prévu à manger, ni même de lit pour qu'elle dorme. Dépourvue de bon sens, j'ai cru bien faire. Je hais Valentin encore plus en voyant ma fille dans cette salle de garde. Je dois trouver une solution pour les prochains jours.

– Tout va bien, mon cœur ?

Iris dessine son nouveau super-héros préféré – Nathan. Elle lève vers moi des yeux rougis par la fatigue et me fait un signe de la tête. L'amour d'une mère est viscéral. Iris ne va pas bien. Je le sens, je le sais, j'en suis persuadée.

– Iris, je vois bien que ça ne va pas. Tout à l'heure, tu étais super heureuse de voir Super-Nathan et là, tu es toute tristounette. Je te connais, ma fille…

– Bon, d'accord, ça ne va pas trop.

Je m'agenouille à côté d'elle. Je veux qu'elle se sente écoutée. Ma pause durera le temps qu'il faut. Le directeur, mes collègues et même les patients peuvent râler et me sanctionner ; je ne suis pas à une erreur près dans cet l'hôpital.

– Dis-moi ce qu'il se passe, mon petit monstre.

– J'ai peur que Super-Nathan ne se réveille pas. Je me sens triste.

– Moi aussi, j'ai peur, mais ça va aller. Il va se réveiller.

– Et je suis fatiguée, Maman, sanglote-t-elle. Il y a trop de bruit ici, je peux pas dormir.

– Je vais trouver une solution.

Je la prends dans mes bras et elle colle son corps chaud tout contre moi, à la manière d'un koala. La réalité me rattrape et je manque de m'effondrer. Iris n'a pas sa place ici et la visite dans la chambre de Nathan était inappropriée. Je n'ai pas mesuré l'effet que cela aurait sur elle. Bien sûr qu'elle est trop petite pour comprendre certaines choses ; j'ai manqué de discernement. J'échoue à merveille dans mon rôle de mère. Elle est fatiguée et je suis impuissante. Je réfléchis tout en essayant de la rassurer. Le personnel de l'hôpital est trop peu nombreux pour me permettre de manquer quelques jours de travail. Je maudis Valentin. J'allonge Iris sur l'un des canapés, lui embrasse le front et dépose une couverture sur elle.

– Tout va bien aller, petit monstre.

– Je t'aime, Maman.

À peine redressée, je sens une présence derrière moi. Clémence se tient debout, les bras croisés, le visage livide.

– Je peux te parler, Adèle ? murmure-t-elle.

– C'est grave ? Tu me fais peur.

Je dépose un nouveau bisou rempli de « ça va s'arranger » et de « je suis désolée que tu subisses ça » sur les joues rosies d'Iris, puis sors retrouver Clémence dans le hall.

– Tu sais que je suis ton amie, Adèle ? reprend-elle.

– Oui…

J'ai appuyé volontairement sur le « i », laissant ma phrase en suspens.

– Je n'aime pas utiliser mon lien avec Jean-Philippe mais, ces derniers jours, il a été plus que nécessaire. En accord avec lui et sans outrepasser mes droits, je prends donc les décisions qui me semblent justes et bonnes pour les équipes.

– Bon, Clémence, va droit au but.

– Prends ta fille et rentre chez toi. Reviens demain, en forme.

– Attends, Clémence, je ne lâcherai pas mon service parce que tu me le demandes.

– L'hôpital est calme ce soir. On va s'arranger sans toi. Prends Iris et ramène-la chez vous.

Ses mots me font l'effet d'une douche glacée. Elle me renvoie chez moi. C'est un ordre. Elle fait ça pour mon bien mais, à cet instant, je le prends comme une attaque personnelle. J'ai l'impression d'échouer. Pour la première fois de ma carrière, je suis mise à pied. Clémence a tenté de le déguiser par des mots doux et amicaux, mais la réalité est bien loin de tout ça : je suis renvoyée jusqu'au lendemain. Je suis prise au dépourvu et reste hébétée, pensant à une mauvaise blague. Clémence ajoute :

– Ce n'est pas une punition, Adèle. C'est pour toi.

Mes lèvres restent scellées tandis que la colère monte en moi. Je vis très mal le fait que Clémence puisse me donner des ordres. Ce soir, je subis l'étrange organisation familiale de cet hôpital. Je sens mes muscles se contracter les uns après les autres, et la chaleur envahir tout mon être. Je sais à cet instant que je ne vais pas pouvoir me contrôler. Je me sens attaquée, humiliée et fautive. Être renvoyée chez moi est trop dur à encaisser. La fatigue n'aide pas, je prends trop à cœur les mots de Clémence. Trop tard. Je ne peux pas m'arrêter. Les paroles vont sortir sans que je puisse tourner ma langue sept fois dans ma bouche. Parler avant de réfléchir.

– Madame a fait des études de chirurgie, donc madame se sent supérieure ?

– Adèle, ne commence pas, vraiment. Je fais ça pour ton bien.

– Qu'est-ce que tu y connais en bien-être, toi ? Fumer clope sur clope et picoler comme un trou tous les week-ends te donne le droit de parler de bien-être ?

J'explose. Je mélange tout. Je suis bête et vulnérable. Je dépasse les limites, encore une fois. Le personnel présent peut entendre toute la conversation, et je ne me gêne pas pour parler fort. Clémence reste stoïque, ce qui a le don de me faire sortir encore plus de mes gonds. Je vais le regretter, et elle en a conscience. Elle ne passe pas par quatre chemins et me répond :

– Rien ne me retient de t'en coller une, Adèle. Tu rentres immédiatement chez toi.

– Je te déteste. Toi et cet hôpital, je vous déteste.

– T'inquiète pas, avec ta nouvelle lubie de changer de vie, tu ne seras bientôt plus là.

– Clémence !

– Adèle, tu rentres chez toi, maintenant ! Je te jure que je me contrôle, mais ça ne va pas durer longtemps.

Clémence rentre dans la salle de garde. Elle prend Iris dans ses bras et lui dépose un bisou sur le nez. Elle lui explique qu'elle peut enfin rentrer chez elle. Iris s'illumine et son sourire me prouve que Clémence a pris la bonne décision. Mais je refuse d'avouer mes torts, pas maintenant : son approche était injuste. Iris me rejoint dans le hall et Clémence se dirige vers Léa. Je vois rouge. Iris dans les bras, je m'apprête à sortir quand Léa m'interpelle :

– Je vais bien m'occuper du service, Adèle. Ne vous en faites pas.

Je ne réponds pas et me dirige vers la sortie. Iris est presque endormie quand je la dépose sur le siège arrière et prends la route. Ce renvoi, même s'il n'est que d'une nuit, ne passe pas. Je me suis transformée en furie. J'ai été trop loin, encore une fois. La fois de trop. Je ne sais pas ce qu'il m'arrive.

40

Sept heures du matin. Je m'étire de tout mon long dans mon lit. Je n'ai pas fermé l'œil de la nuit, trop occupée à me repasser en boucle les événements de la veille. En onze jours, j'ai mis ma vie professionnelle et familiale en péril pour Nathan. Hier soir, j'ai ajouté à tout ce drame une dispute avec Clémence, ma seule alliée, ma seule amie, mon repère. Pour la première fois de ma carrière, j'ai été renvoyée d'un service sous prétexte que je ne pouvais pas tout gérer. Un renvoi administré par mon amie et qui me laisse un goût amer. Je n'arrive pas à oublier. Assise en tailleur sur mon lit, j'essaie de relativiser et de me faire entendre raison. Je n'ai pas été licenciée. Aucune faute grave n'a été commise. Rien ne sera inscrit sur mon dossier. Mais l'électrochoc a été brutal et me fait me poser des questions. Je suis partie si loin avec cette enquête… Pour un simple regard, je me suis donnée à corps perdu pour un inconnu. Qu'est-ce que je cherche à me prouver ?

Si j'en veux à Clémence de m'avoir éloignée de l'hôpital, j'ai pris du recul cette nuit et lui suis reconnaissante. Cette fatigue accumulée m'a fait perdre la raison. Je ne contrôle plus rien et elle m'a aidée à me remettre sur le bon chemin. Et je ne peux pas oublier le sourire d'Iris quand Clémence lui a annoncé qu'elle rentrait chez elle. Je repasse le film de la veille en boucle. À quel moment ai-je déraillé ? Je m'en suis voulu, cette nuit. Comment ai-je pu parler ainsi à Clémence ? Sur l'horloge, les minutes filent. Dans quelques instants, Iris se réveillera, me rejoindra dans ma chambre et sautera sur le lit. Dans quelques secondes, je me mettrai dans la peau d'une autre pour ne rien laisser transparaître. 5, 4, 3, 2, 1…

La porte de ma chambre s'entrouvre et l'ombre de ma petite fille se glisse dans l'entrebâillement. Sans bruit, Iris se faufile dans mon lit et me demande d'une toute petite voix :

– Tu dors ?

– Plus maintenant, petit monstre.

Elle s'installe contre moi, son corps encore tout chaud et endormi sur ma peau. Son souffle sur mon cou, ses petites mains agrippant mes bras et ses pieds froids sur mes cuisses m'envahissent de bonheur. Ses cheveux sentent le shampoing à la pomme et sa peau, la douce odeur des bébés. Je la serre fort contre moi, jusqu'à ce qu'elle murmure : « Tu me lâches, Maman, c'est bon, tu me serres trop fort. » Calmement, nous nous levons toutes les deux pour prendre le petit déjeuner. Iris s'installe sur le comptoir pendant que je lui prépare deux tranches de pain et un verre de jus d'orange pressé. À peine le déjeuner déposé dans son assiette, elle l'avale d'une traite. Elle boit tout aussi vite son jus, puis saute de sa chaise et se précipite à l'étage pour s'habiller. Un petit déjeuner rapide et silencieux. Ni elle ni moi n'avons envie de discuter ou de partager nos pensées.

Sur le trajet de l'école, mon téléphone n'arrête pas de vibrer. J'ai tant négligé ma fille que je ne m'y attarde pas. Les nouvelles attendront. Aujourd'hui, ma priorité est Iris. Un peu avant d'arriver devant son établissement scolaire, elle retrouve sa langue pour me poser des questions à propos de Nathan. Elle me fait enfin part de ce qui la tracasse : Nathan sera-t-il réveillé à temps pour venir à sa fête d'anniversaire ? De façon diplomate, je lui annonce qu'il sera peut-être occupé le 26 février… Mais qu'il fera sûrement tout pour venir.

Chapitre 40

– Tu lui donneras pour moi ?

Elle me tend un carton d'invitation qu'elle a pris soin de décorer. Je lui fais un dernier bisou avant qu'elle ne rejoigne ses camarades. Iris s'engouffre dans l'école et mon cœur se serre. Elle grandit si vite. Hier encore, elle n'était qu'un bébé. Je tourne les talons et, avant de rentrer, je décide de m'arrêter au square pour poursuivre ma lecture du carnet de Nathan.

Clé n° 16 : Vivre ne signifie pas l'avoir oubliée

2 décembre

Les fêtes approchent et je vais passer Noël tout seul au milieu de toiles et de pinceaux. N'y vois aucune tristesse ; je me sens bien en ce moment. Un sentiment de liberté me gagne peu à peu. Depuis les dernières pages, j'ai pris ma seconde chance en main et je ne lui laisse aucune possibilité de s'échapper. Je suis un nouvel homme. Enfin, je crois. Je commence à peindre de nouvelles toiles, moins sombres que les précédentes. Jean-Marc Rives écrivait que « la peinture est le reflet de l'âme », et aujourd'hui tout est plus clair et plus coloré. Quand j'observe mes nouvelles toiles, j'y vois le reflet de ma liberté. J'ai chassé cette épée de Damoclès au-dessus de ma tête pour laisser entrer plus de lumière.

J'ai retrouvé mes habitudes. Je peins de nouveau dans mes endroits habituels et je ne manque pas de rejoindre Iban dans la journée pour admirer son travail et le laisser évaluer le mien. Tous les soirs, je me rends au comptoir d'Albert. J'ai troqué mon éternel vin contre un chocolat bien chaud qui réchauffe le cœur. L'ambiance y est toujours joyeuse et festive, et les pêcheurs ne sont jamais avares d'histoires drôles. Mon visage triste laisse, le plus souvent, place à celui d'un homme heureux et passionné. Je prends soin de moi comme tu l'aurais voulu, Ava. La vie nous offre parfois des secondes chances et j'en ai obtenu une. Je ne la lâcherai jamais. Grâce à Lezquiel, je suis à l'abri financièrement, pour encore quelque temps. D'ici là, les affaires auront, je l'espère, décollé.

Tu me manques, je ne t'oublie pas.

N.

41

Après cette lecture optimiste, je me sens soulagée. Je dois prendre exemple sur lui et lancer une spirale vertueuse. Je dois des explications à Clémence : je n'ai pas une minute à perdre pour rattraper mes erreurs. Après m'être changée à toute vitesse, je prends le chemin de l'hôpital. Dans la voiture, j'essaie de préparer un bon argumentaire pour faire face à l'intraitable Clémence. L'abcès doit être crevé, des excuses doivent être présentées et, surtout, mon amitié avec elle doit être récupérée. Quand je repense à l'arrivée des parents de Nathan dans la matinée, le stress monte encore d'un cran. Tout va trop vite. Aujourd'hui sera une grande journée, une journée de retrouvailles et de pardon. Je me sens si faible… J'ai peur de craquer.

La pluie vient de faire son apparition sur la côte basque, et la noirceur du ciel ne présage rien de bon pour le reste de la journée. Comme pour éloigner le mauvais sort, je me répète des mantras positifs jusqu'à mon arrivée. Sur le parking, un mélange de pluie et de foudre s'abat sur le bitume. Au loin, Clémence, abritée sous le porche de l'entrée du personnel, fume son énième cigarette. Je cours me réfugier à ses côtés. Elle ne bouge pas d'un centimètre et ne me prête aucune attention. Je paie le prix fort de mon attitude : elle a jugé bon de me renvoyer chez moi et je lui ai hurlé dessus et manqué de respect sans même écouter ses arguments. Elle n'a pas seulement pensé à mon bien-être, mais également à celui d'Iris.

Comment ai-je pu être aussi stupide ? Mais aujourd'hui, comme par magie, cette colère s'est transformée en un amour véritable pour Clémence. J'ai besoin d'elle plus que jamais.

– Désolée…

Couverte par le bruit de la foudre, ma voix a déraillé. Je répète mes excuses pour être sûre qu'elle les entende. Clémence ne réagit pas. Je baisse les yeux au sol, coupable de la situation gênante dans laquelle nous nous trouvons.

– Clémence ?

À son nom, elle tourne la tête à l'opposé de moi, pour me montrer à quel point je suis devenue transparente pour elle. Elle tire une longue bouffée sur sa cigarette et, une seconde plus tard, elle recrache le nuage de fumée dans l'air. Au bout d'un moment, elle décide enfin de me regarder. Elle est méconnaissable. Les traits tirés, les yeux cernés et le sourire tourné vers le bas, elle ressemble à un emoji panda triste.

– Je m'excuse pour hier, j'ai réagi avec excès et je n'aurais pas dû être si blessante, tenté-je à nouveau.

Encore raté ! Clémence jette son mégot dans le cendrier, me tourne le dos et entre à l'intérieur du bâtiment. J'ai du pain sur la planche pour réussir à me faire pardonner. Je la suis à travers les couloirs et tente le tout pour le tout, pour la faire réagir. Faisant abstraction du personnel autour, je tente la chanson humoristique, qui n'a aucun effet, puis quelques blagues, qui ne décrochent aucun sourire. Enfin, je supplie. Il ne me reste que ça pour exister dans ses yeux. Alors que je ne m'y attendais plus, elle se tourne vers moi, s'approche et m'attrape par le col de ma chemise. Ses yeux ont viré du rouge au noir. Les personnes présentes nous regardent, inquiètes. Tout le monde connaît Clémence et sait qu'elle peut partir au quart de tour.

Son attitude menaçante installe un froid dans le hall ; plus personne ne bouge, ne respire. Moi, j'attends la sentence.

– Je t'avais fait promettre de ne plus jamais me parler sur ce ton, Adèle. Je suis déçue.

Elle lâche mon col. Je lui attrape la main, de peur qu'elle ne s'en aille. Même si sa réaction et ses premiers mots ne sont pas vraiment chaleureux, j'existe enfin.

– Je suis vraiment, vraiment désolée, Clémence. Je fais n'importe quoi en ce moment. Je n'ai pas du tout pensé que tu faisais ça pour mon bien.

– Mais merde, Adèle, je suis ton amie ! Je te l'ai assez prouvé en peu de temps. Je ne suis pas là pour te faire du mal, tu devrais le savoir.

– Je suis désolée…

– Tu as été trop loin.

Un soupir de déception. Après la tempête, Clémence s'adoucit. Sa voix est plus calme et plus claire. Au milieu de tout le personnel, notre scène a des airs de comédie romantique. Mais qu'importent les regards, je suis bien décidée à me faire pardonner. Clémence est devenue un pilier pour moi, et j'ai juste besoin qu'elle sache à quel point je m'en veux.

– Je passerai des heures à m'excuser s'il le faut, mais j'ai besoin de toi. Tout part en vrille dans ma vie, j'ai besoin de mon amie pour ne pas chavirer.

– Moi, j'ai besoin qu'on me respecte, Adèle.

– Pardon…

J'ai pris mon air le plus triste, et je sens que je commence à l'attendrir. Son visage s'illumine, une flamme dans ses yeux s'allume, brûlant faiblement au milieu de la colère et de la déception. Notre amitié a évolué si vite que je ne peux pas me résoudre à la perdre. Je lui fais les yeux doux.

– Comment veux-tu que je continue d'être fâchée contre toi quand tu me regardes avec cet air de chien battu ?

– Toi, tu ressembles à un panda.

Un sourire fend enfin son visage. Elle me tend sa main en signe de paix, mais je la repousse et lui saute dessus en la couvrant d'excuses.

– Je te pardonne, fait-elle. Mais la prochaine fois, ne compte pas sur moi pour revenir.

– J'ai vraiment abusé et je ferai tout pour me rattraper. Je suis désolée.

Clémence m'avait prévenue : elle ne supporte pas qu'on ne tienne pas ses promesses et peut sortir de ses gonds dès qu'elle le découvre. Elle prône la fidélité et le respect dans ses relations, et a déjà fait une croix sur des amitiés de longue date pour moins que ça. En à peine trois jours, j'ai transgressé toutes ses règles et pourtant, elle est toujours là. Je suis privilégiée et, comme Nathan, je compte saisir cette deuxième chance. Nous sommes dans le même bateau et je ne veux pas la voir quitter le navire.

Clémence m'entraîne vers le parking pour fumer à nouveau. Elle en a besoin et, pour une fois, je ne dis rien. Dehors, elle tire longuement sur sa cigarette, comme si elle respirait à nouveau. Elle plonge ses yeux dans les miens :

– Tu sais comment je suis. J'ai bien cru que j'allais t'encastrer, hier. Au fait, qu'est-ce que tu fous là ?

– Les parents de Nathan… ils devraient arriver. Je suis toujours renvoyée de mon service ?

– Tu n'es pas renvoyée, Adèle. Profites-en pour te reposer. C'est du repos que je t'offre.

Elle me fait un clin d'œil et nous regagnons toutes les deux la salle de garde. Je n'insisterai pas pour mon travail. J'ai besoin de repos, j'en suis consciente. Clémence me parle de Nathan et me donne les derniers bilans.

– La nuit s'est bien passée. L'opération ne l'a pas plus affaibli. C'est ce dont nous avions réellement peur. Pour le moment, aucun signe clinique d'un potentiel réveil, mais il va se battre, j'en suis persuadée.

Souvent, on m'a répété que la médecine était une science exacte et que les médecins étaient des héros. Aujourd'hui, j'en doute. J'ai tellement peur pour Nathan. Depuis maintenant onze jours, il est dans le coma. Quelles chances a-t-il de se réveiller ? Et dans quelles conditions ? Le processus de réveil, si réveil il y a, peut être extrêmement long. Nathan pourrait stationner dans un état végétatif avant de retrouver ses facultés mentales. Au fond, qu'en savons-nous ? Comment pouvons-nous être certains que son cerveau n'a pas de lésions plus lourdes ? Les échographies et les scanners sont plutôt rassurants, mais comment en être persuadé ? Onze jours à guetter le moindre signe. Onze jours qui sonnent comme une éternité. J'ai besoin de m'occuper l'esprit.

– Clémence ?

– Oui ?

– Est-ce que je pourrai reprendre mon service ce soir ?

– On verra, Adèle. Pour le moment, je veux que tu te concentres sur les parents de Nathan. Tu es celle qui connaît le mieux leur fils. Ils apprécieront entendre ta version de l'histoire.

– Tu as raison. Au fait, j'ai eu un message de la lieutenante ce matin, quand j'ai amené Iris à l'école.

– Alors ?

– Alors ils vont nous réinterroger quand les parents de Nathan seront présents.

Au moment où je finis ma phrase, deux personnes demandent à me voir à l'accueil. Aucun doute, ce sont bien eux.

42

Clémence sur mes talons, je m'avance pour rejoindre les parents de Nathan. Je profite des quelques mètres qui nous séparent pour les scruter de la tête aux pieds. Sa mère doit avoir la cinquantaine entamée, les cheveux bruns coupés court, une taille de guêpe dans un tailleur noir et une veste en velours côtelé grise – chic. Son père est plus grand qu'elle d'au moins deux têtes et plus vieux d'approximativement une dizaine d'années. Un visage rond, des cheveux poivre et sel en bataille, il est habillé plus *casual* : un jean, un T-shirt blanc et une veste de costume noir portée à l'épaule. Ils sont accoudés au bureau de l'accueil, et l'inquiétude se lit sur leur visage. Plus je m'approche d'eux, plus je sens mon cœur battre à toute vitesse dans ma poitrine ; je ne peux plus reculer.

– Madame et monsieur Eberry ? Bonjour, je suis Adèle Morel.

Les parents de Nathan me fixent de longues secondes. Ce voyage organisé à la dernière minute a marqué leurs yeux de cernes aussi prononcés que ceux de Clémence. Le père de Nathan reste à l'écart, tandis que la mère s'approche de moi et me tend sa main.

– Appelez-moi Laurence, ce sera plus simple. Voici Patrick, mon mari. Je vous remercie de nous avoir prévenus. Je me sens soulagée d'avoir enfin des nouvelles de Nathan. Comment va-t-il ? Pouvons-nous le voir ?

– Je vous présente Clémence Arluzea, c'est le médecin de votre fils, commencé-je.

Les parents de Nathan lui serrent la main, et je continue :

– Nous allons suivre le docteur Arluzea à l'étage pour que vous puissiez voir votre fils et qu'elle vous explique la situation.

Clémence explique qu'ils peuvent ressentir un choc en voyant leur fils dans cet état, mais elle fait tout pour les rassurer. En silence, les parents de Nathan nous suivent en chambre 307. L'atmosphère se fait lourde, et seuls les sanglots de Laurence résonnent dans les couloirs. Je suis soulagée de pouvoir compter sur Clémence dans cette situation. Je n'arrive pas à imaginer la douleur qu'ils peuvent éprouver : plus d'un an sans voir leur fils, et ils le retrouvent sur un lit d'hôpital. Comment gérer la situation ?

En entrant dans la pièce, Laurence et Patrick n'attendent pas les explications de Clémence et se précipitent au chevet de Nathan. Clémence et moi nous mettons en retrait au fond de la pièce. Laurence parle la première, et sa voix tremble d'émotion :

– Mon bébé, c'est Maman. Qu'est-ce qu'il t'est arrivé ?

Patrick pose sa main sur celle de son fils et s'effondre. Toute la peine qu'il a cherché à contenir s'évapore dans une mare de larmes. J'ai envie de disparaître face à cette scène. À défaut de pouvoir imaginer leur souffrance, j'essaie de partager leur joie de le retrouver. J'aurais voulu que Nathan se réveille pour accueillir ses parents Après quelques minutes, Clémence décide qu'il est temps de discuter du cas de son patient. Elle s'avance près du lit, tablette à la main.

– Je ne veux pas gâcher vos retrouvailles, commence-t-elle doucement. Je pense cependant qu'il est important pour vous de connaître l'état de santé général de Nathan.

Ils agitent la tête pour que Clémence poursuive son explication, sans détourner le regard de leur fils.

– Nathan a été transporté en urgence dans la nuit du 1er janvier. Il avait de multiples lésions internes et externes. La blessure la plus importante était celle à la rate. Nous avons dû l'opérer et la lui enlever. Son opération s'est bien déroulée, mais Nathan n'avait pas assez de force pour se réveiller.

Laurence a quitté son fils du regard et observe désormais Clémence, les yeux emplis de larmes.

– Il y a deux jours, nous avons dû réopérer Nathan en urgence. Les choses ont été prises en main à temps. Il est dans un état stable, mais il est toujours endormi.

– Est-ce qu'il va se réveiller ? demande le père.

– Votre fils est un battant, mais je ne peux pas vous promettre qu'il se réveillera. Je ne peux pas non plus affirmer qu'il n'aura aucune séquelle…

– Comment est-ce possible ? Comment est-ce qu'il s'est retrouvé ici ?

Laurence pleure à chaudes larmes et Patrick l'entoure de ses bras. Je vais devoir trouver la force nécessaire pour leur avouer l'histoire de leur fils. Je me racle la gorge ; c'est maintenant.

– Je vais laisser Adèle vous expliquer ce que vous devriez savoir.

Clémence s'installe à mes côtés. Il est temps de tout leur raconter. Sans filtre. Ils méritent mon honnêteté et ma sincérité.

– Par où commencer… Je… J'ai rencontré Nathan le soir du réveillon, quand il a été transporté à l'hôpital. Quand je l'ai vu, j'ai eu l'impression qu'il m'appelait à l'aide. Je suis venue le voir le lendemain et j'ai trouvé un carnet…

Tout au long de mes explications, je mets un point d'honneur à n'omettre aucun détail. Chaque action, chaque discussion et chaque journée passée à enquêter est passée au peigne fin, pour les aider à compléter le puzzle de la vie de leur fils. Leur parler du carnet a été naturel : ils ont le droit de savoir comment j'ai pu les retrouver, eux. Au moment où j'aborde le sujet épineux de Lezquiel, je les sens complètement déboussolés. Laurence continue de pleurer, tandis que Patrick bouillonne. Je leur parle aussi des mensonges aux gendarmes, puis, enfin, d'Ava. Leurs visages s'illuminent et leurs mains se joignent, unis dans le deuil. À la fin de mon récit, ma voix se met à trembler. C'est à mon tour de m'effondrer.

– J'ai tout fait pour découvrir qui avait fait ça à votre fils. Je voulais simplement l'aider. Je suis vraiment désolée… Vous savez, votre fils est le patient qui aura changé ma vie. Je dois avouer qu'il y a une part un peu égoïste, car plus je me démenais pour votre fils, plus je trouvais un sens à ma vie professionnelle. Je veux que votre fils s'en sorte et soit le premier d'une longue série.

Clémence me regarde en souriant. Elle comprend que ma décision est prise et que je vais poursuivre mes envies d'ailleurs. Laurence et Patrick me sourient et posent leurs mains sur mes épaules. Je me sens accompagnée et entourée par ces deux inconnus. Laurence me dit que je ne dois pas m'en faire et qu'ils ne diront rien à la gendarmerie. J'ai leur soutien. Je peux compter sur eux. Mon secret restera bien gardé.

– Puis-je voir son carnet ?

Laurence me prend de court. Je n'ai aucun droit de le garder, et la détresse sur son visage me pousse à le lui donner. Au moment de la passation, mon cœur fait un bond dans ma poitrine. L'histoire s'arrête donc là. Je passe le flambeau à quelqu'un d'autre. Je ne vais plus porter le poids de Nathan. Je ne suis personne pour lui et j'ai fait tout ce que j'avais à faire. Laurence le prend dans ses mains et, pendant de longues minutes, elle hume le vieux cuir à la recherche d'une odeur qu'elle reconnaîtrait entre mille – celle de son fils. Puis elle tâte la couverture, mais ne l'ouvre pas. Je reste perplexe. Patrick tient toujours la main de son fils et n'a pas pris la peine de regarder le carnet. Il encaisse silencieusement l'histoire.

– Vous ne le lisez pas ? osé-je finalement.

– Je ne vais pas le lire, et je vais surtout vous le rendre. Vous le remettrez à Nathan quand il se réveillera. Car oui, il se réveillera. Mon fils est un battant.

Laurence me tend le carnet. Je suis déboussolée : à quoi joue-t-elle ?

– Je me suis interdit de fouiller dans les affaires de mes enfants. Je ne vous en veux pas de l'avoir lu. Je vous en remercie même. Mais je préfère que vous gardiez ce carnet. C'est l'intimité de mon fils, pas la mienne. Patrick, tu es d'accord ?

Il acquiesce. Je reste bouche bée. Une flamme réchauffe mon ventre, je me sens infiniment heureuse d'être considérée. Elle a compris l'importance de ce carnet et me l'a simplement rendu, comme s'il m'appartenait. Je ne sais pas comment j'aurais réagi si Iris avait été à la place de Nathan. J'aurais voulu savoir, sans doute. Je donne un coup de coude à Clémence pour lui faire comprendre qu'ils méritent d'être un peu seuls.

– Nous allons vous laisser en famille. La gendarmerie voudra vous voir, ils viendront directement à l'hôpital. Je serai à vos côtés.

– Merci, Adèle. Merci pour tout.

Avant de partir, je regarde une dernière fois les parents de Nathan. Les larmes aux yeux et le sourire aux lèvres, ils sont collés à leur fils. Ils ont retrouvé la chair de leur chair, et l'espoir règne enfin dans cette chambre. Alors que la porte se referme derrière moi, Laurence me rattrape. Elle me glisse à l'oreille :

– Je ne vous en remercierai jamais assez. Je ne sais pas ce que vous cherchez à vous prouver ni même ce que vous ferez ensuite, mais vous êtes faite pour venir en aide aux autres. Merci pour votre dévouement.

– Je… Enfin, de rien.

Elle pose sa main sur mon épaule et plonge son regard dans le mien. Puis elle rejoint son mari et son fils. Clémence, qui n'a rien manqué de la scène, me regarde avec insistance.

– C'était émouvant, leurs retrouvailles.

– Je n'ose imaginer ce qu'ils ont dû ressentir.

– Tu es allée loin, Adèle, mais tu peux être fière de toi.

Clémence s'éloigne en sifflotant, tandis que j'erre dans les couloirs. Je n'ai pas encore eu l'autorisation de reprendre le travail, mais il est hors de question pour moi de quitter cet endroit. Ma place est ici, près d'eux. Je m'installe dans l'un des canapés de la salle de garde et sors le carnet de ma poche. J'ouvre la dernière page rédigée, datée du jour de son agression.

Clé n° 17 : Faites des projets. Un petit pas en avant vaudra toujours mieux que deux en arrière.

31 décembre

On y est ! La dernière journée de l'année. Dans quelques heures, tous les espoirs seront possibles. Mon année commencera sur le Rocher, au bord de l'océan. Je veux être seul à minuit, pour embrasser la nouvelle année qui se dressera devant moi, et je veux fermer un chapitre de mon histoire. Après, j'irai sûrement voir Albert pour trinquer aux champs des possibles. J'ai prévu de lui parler un peu de moi. Il sera content que je m'ouvre à lui. Cette année sera synonyme de changements. Après ça, je rentrerai en titubant jusqu'à chez moi, j'imagine. Mais avant tout, je veux faire le vide dans mes pensées. Je veux pouvoir penser à toi sans avoir le cœur serré. Je veux penser à l'avenir. Je veux me projeter. Je veux faire des plans. Je veux pouvoir peindre des toiles qui laisseront une trace dans ce monde. Je veux pouvoir aimer quelqu'un et vivre un amour véritable. Je veux pouvoir raconter ton histoire à tous ceux que je croiserai. Je veux te rendre vivante dans ma vie et vivre pour deux. Il est temps de tourner une nouvelle page et de m'offrir une vie heureuse. Il est temps de prendre de bonnes résolutions. Je ne t'oublie pas. Je ne veux simplement plus souffrir et subir ma vie. Je veux la vivre.

La page qui commence est pleine de bonheur ; c'est une page à ton image. Je veux que tu sois fière de moi. Tout ce que je fais, je le fais désormais pour nous. Cette année, je ne baisserai plus les bras à la moindre contrariété. Je vais me battre et continuer de t'écrire dès que le temps et l'envie me le permettront, pour continuer d'avoir un bout de toi, toujours avec moi. Ma première résolution, c'est de relire les clés que m'a données la thérapeute. Je pense avoir trouvé les bonnes portes. C'est le plus beau cadeau que je puisse te faire : vivre. Je ne suis pas un nouvel homme. Je suis simplement moi. Je ne veux plus me cacher.

En quelques mois, j'ai appris à quel point la vie était importante et que la mienne avait de la valeur. J'ai appris que, malgré la souffrance ressentie, une vie devait se vivre à 100 % sans aucune modération. Je ne dois plus laisser le mal gagner. Ma vie, mes choix. Je veux avancer sans porter le poids de la culpabilité. Cette épreuve m'aura grandi. J'aurai toujours ce trou béant dans la poitrine, mais je sais que je pourrai le combler au fil du temps. Je ne suis pas une cause perdue. Je mérite d'être heureux.

P.-S. : Une vie seul ne vaudra jamais une vie entouré des gens qu'on aime. Il est temps pour moi de renouer avec ceux qui ont fait que je suis là aujourd'hui.

Je t'aime jusqu'à Pluton, ma petite étoile.

N.

P.-S. 2 : Les projets sont là, première victoire.

P.-S. 3 : Tu peux être fière de moi, qu'importe où tu te trouves. Je sais que tu veilles sur moi comme j'aurais dû veiller sur toi.

43

Quand je referme le carnet, les larmes coulent le long de mes joues. Ses derniers mots ont été pour sa famille, et en particulier pour sa sœur. Ses émotions ont tant évolué au fil des pages ! En avril, quand il a commencé ce carnet, c'était un homme abattu. Il s'en voulait et en voulait au monde entier. Il n'avait plus aucune raison de vivre. Il avait perdu sa lumière. Huit mois plus tard, il a changé de visage et a décidé d'avancer. Il était prêt à tourner la page. En un instant, les hommes de main de Lezquiel ont brisé tous ses espoirs. Ils ont brisé sa vie alors même qu'il commençait à recoller les morceaux. J'essuie rapidement mes larmes pour rejoindre l'accueil de l'hôpital. Clémence se trouve devant le distributeur de boissons et attend son café.

– Il voulait vivre.

Elle ne m'a pas entendu arriver. Elle se tourne vers moi, m'ouvre ses bras ; j'y plonge en toute confiance. L'espace d'un instant, je lâche totalement prise pour me sentir légère. Le poids de mon âme coule dans mes larmes et je ne lutte plus. Je sais pourquoi j'ai fait tout ça. Nathan méritait qu'on s'intéresse à lui et qu'on l'aide comme je l'ai fait. Clémence me fait relever la tête.

– Je ne peux rien te promettre, Adèle, mais on va tout faire pour qu'il se réveille. Tu le sais ?

– Merci, soufflé-je.

– Tu feras quoi, après ? Tu as commencé à y réfléchir ?

– C'est vague… peut-être rejoindre un programme d'aide aux victimes. Je veux continuer de m'investir autant, mais je ne reproduirai pas certaines erreurs.

– Comme celle de t'être oubliée et d'avoir pris des risques ?

J'acquiesce timidement. Je n'ai plus aucune force pour me battre et lui tenir tête. Je suis épuisée par le rythme des derniers jours. Elle a raison, et cette prise de conscience me frappe de plein fouet.

Derrière nous, Léa s'approche et demande à me parler. Mes yeux sont rouges, mais je ne me cache pas. Une femme à l'accueil me demande : Clémence et moi reconnaissons tout de suite la silhouette de la lieutenante Steinberg, qui fait les cent pas dans le hall. Quand j'arrive à sa hauteur, elle me tend sa main froidement et serre la mienne avec force.

– Bonjour, madame Morel.

– Lieutenante.

Clémence et la lieutenante se jaugent quelques secondes avant de se serrer la main. L'atmosphère est électrique. La lieutenante nous explique qu'elle a été avertie de l'arrivée des parents plus tôt dans la matinée et qu'elle s'est libérée pour pouvoir discuter avec eux. Je l'invite à me suivre en salle de réunion, tandis que Clémence se charge d'informer les parents de Nathan.

Une fois les présentations faites, l'interrogatoire commence. Étrangement, la discussion ne sonne pas comme je l'avais imaginée. La lieutenante explique, dans un premier temps, comment la gendarmerie a mis en place son enquête. Clémence ne peut s'empêcher d'esquisser un sourire. La lieutenante la fusille du regard et poursuit en racontant l'entretien précédent et ma participation à cette affaire. Laurence et Patrick connaissent déjà l'histoire et pourtant, ils écoutent attentivement. Puis elle passe aux dernières nouvelles :

– Bien… Je vous rassure, je ne vais pas vous interroger. Je suis là seulement pour vous informer de la suite des événements. Vous devrez passer au poste dans quelques jours pour des questions de routine. Nous avons interrogé Lezquiel et il a nié en bloc. Nous avons bien l'enregistrement de madame Morel, mais il est inutilisable.

– Pardon ? fait Laurence.

– Comment ça ? reprend Patrick.

Clémence et moi restons silencieuses, abasourdies.

– Les choses sont compliquées. D'un point de vue juridique.

Les parents de Nathan écarquillent les yeux. La pression commence à monter.

– Comment ça, « compliquées » ? Expliquez-nous.

– Nathan ne peut actuellement pas porter plainte. La preuve obtenue par madame Morel n'est pas légalement utilisable. Comme je l'avais expliqué à madame Morel, Lezquiel ne va certainement pas se laisser faire et portera plainte à son tour. Nathan pourrait risquer alors jusqu'à trois ans de prison et quarante-cinq mille euros d'amende. Tout comme madame Morel, pour complicité et obstruction à une enquête de justice. Pour le moment, l'affaire est encore en interne. Nous n'avons pas alerté le procureur de la République étant donné les maigres preuves. Je vous assure que cette situation est plus que bénéfique pour votre fils, ainsi que pour madame Morel.

Les regards se tournent alors vers moi. Je n'ai pas mesuré la gravité de ce que j'ai fait. J'ai pensé agir de la meilleure des façons, mais aujourd'hui, je risque peut-être d'en payer les frais. La lieutenante continue :

– Si Nathan se réveille, vous devez avoir cette discussion avec lui : est-ce qu'il serait prêt à porter plainte, au risque de se retrouver lui aussi en prison ? Est-ce qu'il aura envie de se lancer dans de longues poursuites judiciaires ?

– Notre fils a été agressé, madame.

– Je sais, mais en attendant, Martin Lezquiel est un homme libre.

Les parents de Nathan virent au rouge. D'une seule voix, ils lâchent :

– Mais il a voulu tuer notre enfant !

– Qu'est-ce qui ne tourne pas rond dans ce pays ? Vous laissez des criminels dans les rues sans aucun état d'âme ?

– Je comprends votre frustration, répond la lieutenante. Mais si vous poursuivez Lezquiel, vous irez jusqu'au procès. Il sera défendu par les meilleurs avocats de la ville. Pour l'instant, nous avons lancé un protocole d'éloignement contre lui. Je suis désolée pour vous, vraiment… Je voudrais vous aider, mais à l'heure actuelle, nous ne pouvons rien faire de plus que cette mesure d'éloignement. J'ai les mains liées.

Depuis le début de l'entretien, la lieutenante montre une réelle compassion à l'égard des parents. Clémence, qui est restée silencieuse tout du long, remue le couteau dans la plaie et s'acharne contre la lieutenante.

– Attendez ! C'est tout ? Un homme est entre la vie et la mort à cause de Lezquiel, et c'est lui qui peut aller en prison ? C'est indécent.

– Madame Arluzea, je pense que ça suffit. Je vous ai assez prévenue. Je vais vous coller un outrage. J'essaie de vous aider. Je ne devrais même pas être là donc, s'il vous plaît, vous vous calmez.

Ni Laurence, ni Patrick, ni moi n'intervenons dans la querelle. Le combat entre les deux femmes est explosif et personne n'ose réagir. Après avoir évité de justesse un rapport, Clémence s'enfonce dans son fauteuil les bras croisés, l'air renfrogné.

– Pourquoi est-ce que vous êtes venue ? demandé-je finalement.

– Pour vous aider vous, madame Morel, ainsi que Nathan.

La lieutenante s'excuse de ne pas pouvoir faire plus et quitte la pièce, tout aussi décontenancée que nous. Pour la première fois, j'ai senti une pointe d'humanité chez elle. Les parents de Nathan quittent à leur tour la pièce pour rejoindre leur fils. Il ne reste que Clémence et moi.

44

Clémence ne décolère pas. Je ne sais pas si elle bouillonne contre la situation ou bien simplement contre la lieutenante, qui lui donne du fil à retordre. Elle fait le tour de la pièce en faisant des grands gestes.

– Comment c'est possible, ça ? Comment ils peuvent le laisser dehors ? Et puis, elle là, comment elle peut me mettre des coups de pression pareils ?

– Tu abuses, Clémence. Elle nous avait prévenues. Il faut se faire à l'idée. Arrête de faire l'enfant.

– Moi, une enfant ? Je te rappelle à cause de qui on en est là ?

– Oui, c'est bon, je sais. Maintenant on a compris, tu ne les aimes pas, mais ça suffit. Reconnais-le, elle s'est montrée bien plus compatissante que l'autre fois. J'ai envie de lui faire confiance.

– On ne va pas se laisser faire, crois-moi. Je connais du monde ici qui serait ravi de manifester.

– Clémence, laisse les choses se faire. Le plus important, c'est que Nathan se réveille. Le reste… on y pensera au moment venu.

Je cherche à apaiser les tensions. Je ne veux pas montrer à Clémence que, moi aussi, j'ai peur. Je suis terrifiée à l'idée de savoir Lezquiel libre. Malgré la mesure d'éloignement, il pourrait toujours m'atteindre s'il le désire. Il ne lui faudrait que très peu de temps pour me retrouver. Je réfléchis aux mots de la lieutenante. Deux options s'offriront à nous quand Nathan se réveillera : agir ou subir. Je vois les choses de cette manière. Si nous laissons Lezquiel libre, nous deviendrons des victimes. Si nous portons plainte, nous deviendrons des criminels, comme Lezquiel… Rien ne tourne rond. Rien n'est simple. Les aiguilles de ma montre affichent seize heures. Je laisse échapper un cri de surprise : je dois immédiatement aller chercher Iris à l'école.

– Je fais l'aller-retour pour chercher Iris, je reviens.

– Prends un jour de plus.

– Pas la peine, Clémence, je peux gérer. Merci.

– Pas le choix, ma belle.

Je quitte la pièce, amère. J'ai besoin d'air, je commence à étouffer. Sur le parking de l'hôpital, j'essaie de me calmer. La discussion avec la lieutenante Steinberg s'est soldée par une issue que je n'avais pas anticipée et qui est, pourtant, inévitable. Les mêmes questions me reviennent en tête, Pourquoi ai-je risqué ma vie et ma liberté ?

*

Assise sur les marches, Iris m'attend à la sortie de l'école. Sa maîtresse, bras croisés, n'a pas l'air contente d'avoir attendu dix minutes de plus avant de rentrer chez elle.

– Pardon, madame Richard. Pardon, pardon, pardon. J'ai eu un problème à l'hôpital.

– Dix minutes que nous patientons dans le froid.

– Il fallait rentrer, non ?

Ma remarque fait sourire Iris, mais agace la professeure. Elle descend les marches pendant que j'embrasse ma fille.

– J'espère que vous serez à l'heure demain.

– Oui, madame Richard. Je suis vraiment désolée. C'est compliqué en ce moment.

Madame Richard balaie mes excuses de la main. Je me contiens difficilement, prends Iris par la main et quitte les lieux.

– J'en ai marre, Maman. Tu es tout le temps à l'hôpital et jamais avec moi. Je veux Papa.

Iris se met à pleurer et je ne sais pas comment réagir. Je n'arrive plus à gérer ma vie comme je le devrais.

– Je te promets que tout va s'arranger, ma puce.

– Tu es une menteuse.

Iris me tire la langue ; je baisse la tête et continue à marcher. Elle boude jusqu'à ce que l'on soit dans la voiture. Je comprends sa peine et ne trouve rien d'autre à dire. Je l'ai complètement délaissée. Valentin n'est pas réapparu depuis la lettre qu'il m'a laissée. Je veux profiter de ce repos pour être avec elle. Alors que j'avais programmé de revenir à l'hôpital malgré l'insistance de Clémence, je fais demi-tour pour retrouver le chemin de ma maison.

– Iris, écoute-moi.

Iris met ses mains sur ses oreilles. Elle sait que ce genre de comportement m'agace au plus haut point mais j'essaie de faire preuve d'un peu de tolérance.

– Bon, je sais que tu m'entends. La situation va bientôt s'arranger pour Nathan. Maintenant, on rentre à la maison et on va profiter d'être toutes les deux pour jouer et nous reposer.

Quand j'évoque Nathan, Iris se calme et répond :

– Il va mieux ?

– Ses parents sont près de lui. Toutes les chances sont de son côté.

Chapitre 44

En rentrant, j'hésite à contacter Valentin pour qu'il rentre et s'occupe de sa fille. Je n'en peux plus. Hier a été catastrophique, et je ne peux pas continuer à vivre de cette façon. Mais par manque de courage, je me résigne à attendre. Reculer pour mieux sauter.

45

Le lendemain, la tristesse d'Iris est rapidement passée, laissant place à une joie communicative. Nous franchissons les portes de l'hôpital. Iris se balade dans les couloirs en chantonnant, tandis que ses mots résonnent encore en moi. Des mots qui ne sont que le reflet d'une vérité qui me dérange, mais que je dois accepter. Je souhaite désormais mettre un terme à cette histoire. Je veux que Nathan se réveille, qu'il retrouve une vie normale et que toutes ces enquêtes, ces entretiens et ces moments difficiles prennent fin. Je veux me recentrer sur moi et sur mon avenir. Je ne sais pas quelle force en moi me maintient encore éveillée.

– Adèle !

Clémence a crié derrière moi. Elle arrive tout essoufflée.

– La clope, c'est mal, répète après moi.

– Je… cours… depuis… le… parking…

Elle reprend difficilement son souffle, avant de poursuivre :

– J'ai parlé avec Jean-Philippe. Au vu de la situation actuelle, le comité de direction t'a accordé un congé payé d'une semaine.

– Mais ?

– Pas de scène aujourd'hui, Adèle. Tu en as besoin. Remets de l'ordre dans ta vie.

– Comment vous allez faire ?

– On va se débrouiller, comme toujours. Compte sur moi pour que ton service soit impeccable à ton retour.

– Merci…

Tout tombe à pic et je ne ferai pas de scène aujourd'hui. Elle a raison, j'ai besoin de repos. Avant de reprendre le cours de sa journée, Clémence dépose un baiser sur ma joue. Je lui suis tellement reconnaissante. Je vais pouvoir me reposer et reprendre mon souffle à mon tour. Iris ne tient plus en place depuis que je lui ai dit qu'elle allait rencontrer les parents d'un super-héros. Elle n'a qu'une seule envie : rencontrer Laurence et Patrick. Devant la porte de la chambre 307, elle attend mon autorisation avant d'entrer. La porte est entrouverte, et j'entends Laurence et Patrick en pleine discussion. Je ne veux pas les interrompre et je fais signe à Iris de ne pas faire de bruit. Instinctivement, je tends l'oreille.

– Patrick ? Tu penses quoi d'Adèle ?

Il ne répond pas tout de suite. Il semble chercher les mots appropriés. Il racle sa gorge, comme ému par la réponse qu'il s'apprête à donner.

– Elle a sauvé notre fils.

– Oui…

– Sans sa détermination, peut-être qu'il serait déjà mort. Elle lui a parlé tous les jours. Elle a tout fait pour nous retrouver.

– C'est une héroïne. Nathan l'apprécierait.

– Je dois avouer que cela m'a fait peur de voir une inconnue si investie pour Nathan, mais il faut aussi être reconnaissant pour tout ce qu'elle a fait. Tu te rends compte que, sans sa ténacité, nous ne l'aurions peut-être jamais retrouvé ?

– Tu penses qu'elle agit comme ça avec tous ses patients ?

– Je n'espère pas pour elle… j'ai l'impression que Nathan a été son faisceau de lumière et que, désormais, elle voit plus clair dans sa vie. Il y a des regards qui changent des vies, regarde-nous !

– Tu penses qu'elle est amoureuse de notre fils ? demande alors Laurence.

– Tu es toujours excessive, Laurence. Je pense qu'elle s'est prise d'affection, c'est tout. En tout cas, elle est tout ce que notre Nathan a toujours aimé.

– Tu te souviens de la fois où il est tombé amoureux d'une actrice et qu'il nous a bassinés pendant des mois pour voir tous les films où elle apparaissait ?

– Elle ressemble à Adèle, tiens !

Pour la première fois depuis onze jours, des rires fusent dans cette chambre. Derrière la porte, je souris en écoutant les compliments à mon égard. Iris, quant à elle, brûle d'impatience d'entrer. Je hoche la tête et toque à la porte. Iris passe devant moi et entre la première.

– Bonjour, je suis Iris, dit-elle avec cet aplomb que je lui connais.

Un peu gênée, je fais une rapide présentation :

– Voilà, je vous présente ma fille, Iris.

Les parents de Nathan l'accueillent à bras ouverts, comme si elle faisait partie de leur famille. Iris les salue poliment et se dirige vers le lit. Elle vérifie s'il va bien.

– T'as vu, Maman, la ligne elle est plus belle que la dernière fois.

Sur le scope, le tracé de son électrocardiogramme indique que les constantes de Nathan sont bonnes. Je crains un arrêt cardiaque tous les jours et je suis rassurée de donner raison à Iris cette fois-ci : son ECG est bien meilleur au fil des jours. Iris souffle quelque chose à l'oreille de Nathan et se tourne vers ses parents en souriant :

– J'espère qu'il se réveillera bientôt.

Émus, Laurence et Patrick lui rendent son sourire. Iris se lance alors dans un interrogatoire digne des grands enquêteurs. Elle demande ce que Nathan aime manger, faire, lire, regarder à la télévision, ainsi que sa position préférée pour dormir. Le couple semble amusé par le comportement de ma fille et lui répond avec entrain.

– Maman, viens voir ! Madame Laurence montre des photos de Nathan.

Je me redresse brusquement et rejoins le trio installé sur les fauteuils. Laurence fait défiler les photos sur son Smartphone. Avec un sourire niais au coin des lèvres, je le découvre bébé, à l'école, à la plage, dans la grange avec son père, en voiture, avec ses cousins, à sa remise de diplômes… Lui et seulement lui. Puis Laurence s'arrête sur une photo d'Ava et Nathan sur la plage. Ils semblent proches et complices. Ils reproduisent une figure d'acrosport et sourient pour la pose. Ce moment, que je devine suivi d'une belle chute sur le sable, a été capturé par Laurence juste avant le décès d'Ava. Elle n'essaie pas de cacher sa peine, et arrête le défilement. Je me lève pour couper court à cette séance de visionnage improvisée. Nous avons besoin de reposer nos cœurs et nos esprits.

– Iris, on va rentrer.

– Vous partez déjà ? demande Patrick.

– Je dois rentrer, je passais juste vous saluer. J'espère voir le père d'Iris ce soir.

Iris n'écoute pas un mot de la conversation. Laurence lui a glissé son téléphone entre les mains et elle continue à faire défiler les photos de Nathan. La situation est étrange et Laurence rajoute une pierre à l'édifice des bizarreries de ces derniers jours. Sans que je puisse l'anticiper, elle me propose de garder Iris. A-t-elle compris que ma situation maritale était au bord de l'explosion ? Elle ne pose aucune question, mais je suis persuadée que Laurence a laissé parler son sixième sens féminin et a compris. Par pudeur, je décline la proposition.

– C'est très gentil de proposer, mais Iris dort chez une amie d'école ce soir. Je me suis arrangée avec la maman. Ne vous en faites pas.

Je suis touchée par cette attention, mais je ne me vois pas laisser Iris à deux inconnus. Je n'ai pas bien agi ces derniers jours, mais je décide d'arrêter les mauvais choix pour le moment. La souffrance rapproche les êtres. Les parents de Nathan souffrent et je souffre avec eux. Avec cette étrange proposition et cette promiscuité qui se crée, je sais que, désormais, je compte pour eux. Sans nous le dire, nous sommes entrés dans nos vies respectives. Ils sont là pour moi comme je l'ai été pour leur fils. Une confiance mutuelle vient de s'installer. Je sors de la pièce et j'envoie un message à Valentin. Nous devons parler et nous organiser. Sa fille a besoin de lui.

46

Je traverse le hall de l'hôpital, attendant désespérément une réponse de Valentin. Sur le parking, Clémence m'interpelle.

– T'es encore en pause, toi ? dis-je.

– Adèle, elle est où, Iris ?

L'espace d'un instant, j'ai l'impression qu'Iris est sa fille. Elle est complètement affolée et court vers moi comme une dératée.

– Je viens de l'abandonner, j'ai envie de changer de vie.

Un vent de panique souffle. Elle se dresse devant moi, choquée par ma réponse. Cela ne lui ressemble pas, elle perd tous ses moyens. Les meilleures blagues étant les plus courtes, j'abrège ses souffrances.

– Clémence, tu ne m'as pas vraiment crue, quand même ?

Le visage pâle de Clémence reprend instantanément des couleurs. Ma blague est tombée à l'eau et elle me foudroie du regard :

– Tu es stupide, Adèle Morel. Vraiment bête. Où est-elle ?

– Elle est en salle de garde. Je voulais juste appeler Valentin sans qu'Iris ne puisse entendre. Je lui ai envoyé un message et il ne répond pas. Bref, je vais déposer Iris chez une amie et je vais rentrer.

– Tu m'as fichu une de ces peurs ! J'ai cru que t'étais sérieuse, moi.

J'explose de rire. La Clémence drôle et pleine d'humour me manque. Nos problèmes dérisoires et futiles d'avant cette histoire me manquent. Je donnerais n'importe quoi pour retrouver un peu de liberté et de calme. Je prends également conscience que ces jours sombres nous ont rapprochées.

– J'espère vraiment pouvoir voir Valentin. Pour une dernière explication.

Clémence se poste devant moi. Elle pose une main sur mon épaule.

– Je suis là si tu as besoin de quoi que ce soit. Tu me tiens au courant. Je peux faire quelque chose, en attendant ?

– Tu en as assez fait, Clémence. Merci… beaucoup.

Elle me prend dans ses bras, puis je retourne sur mes pas et récupère Iris. La nuit est tombée depuis quelques minutes et le vent se lève progressivement, annonçant une tempête imminente. Nous courons jusqu'à la voiture avant que la pluie ne commence à tomber. Je nous enferme à l'intérieur, le bouton du chauffage tourné au maximum. Avant de démarrer, mon téléphone vibre. L'écran affiche un message de Valentin :

« Je suis rentré en fin d'après-midi. Je t'attends. »

Sur le trajet du retour, une boule s'installe progressivement dans mon ventre. Depuis la lettre laissée dans le salon, quelque chose s'est éteint. J'y suis. J'arrive au carrefour de ma vie. Je vais devoir prendre des décisions pour savoir quels chemins emprunter. Je ne peux plus revenir en arrière. L'estomac au bord des lèvres, j'ai le sentiment d'étouffer. J'ai besoin d'air frais, je m'arrête et descends de la voiture.

Au bord de la départementale, courbée, la bouche ouverte prête à laisser sortir le surplus, les mains sur les genoux, mes angoisses reprennent leur liberté et ma dignité avec. Puis, adossée à ma voiture, j'essaie de contrôler ma respiration. Je dois reprendre mes esprits pour affronter une discussion qui risque de regorger de mots terribles tels que divorce, garde, Iris, amour, tristesse, abandon… Iris à l'arrière du véhicule, je me ressaisis aussitôt pour ne pas l'inquiéter et remonte dans la voiture. Je me tourne vers elle et lui fais un clin d'œil.

– Tout va bien, mon ange.

Après une demi-heure de route, je la dépose chez son amie. Je remercie chaleureusement Sandrine de garder Iris ce soir et je prends la direction de la maison. La soirée risque d'être longue.

*

Mon cerveau me crie de prendre la fuite. Depuis dix minutes, du fond de mon siège, j'aperçois l'ombre de Valentin s'agiter dans le salon. Je m'arme de courage, et me décide enfin à franchir la porte d'entrée. Il le faut. Je mérite des explications après la lettre, et surtout des excuses pour ces deux jours en enfer.

– Bah enfin ! siffle-t-il.

– T'as abandonné ta fille pendant deux jours. Tu pouvais bien attendre dix minutes.

Adèle 1 – Valentin 0. Je suis bien décidée à ne pas me laisser faire. Il ne bronche pas. Il pose son regard sur moi et s'excuse de m'avoir mis dans cette situation. Pour une fois, inutile de lever la voix, nous sommes d'accord. L'atmosphère tendue est redescendue.

– Où est Iris ? Est-ce que tu veux un verre de vin ? demande Valentin.

– Chez Sandrine et Tristan. Oui, merci.

Je m'installe dans le canapé en attendant mon verre. La soirée s'annonce longue et douloureuse. Il me rejoint, me tend ma boisson et se jette en arrière dans le fauteuil face à moi. Après une gorgée de vin, je romps le silence :

– Bon, Valentin, on y va. On discute ?

– Je t'ai tout dit dans ma lettre.

Je baisse la tête. Valentin est la seule personne à me connaître sur le bout des doigts. Inutile de lui cacher ma tristesse. De fines larmes coulent sur mes joues.

– Alors c'est fini ? Comme ça ?

La tristesse vient trouver une place aux côtés de l'épuisement. Ce n'est pas cette rupture qui me fait mal – je m'y suis préparée inconsciemment depuis quelque temps. Je suis simplement déçue qu'aucun de nous ne se batte pour notre relation. Je ne peux pas lutter contre mes envies de changement, mais mon ego aurait voulu que Valentin tente tout pour sauver notre couple. Le cœur a ses raisons qui m'échappent. Ce soir, j'aurais voulu qu'on se batte pour moi. Ce n'est pas le projet de Valentin. Il a aussi réfléchi de son côté, et sa décision est ferme et définitive.

– Je n'ai plus la force de continuer, avoue-t-il. Je pense qu'on se voile la face depuis pas mal de temps. Autant se quitter proprement, avant de se déchirer.

– Tu as raison…

– Tu m'en veux ?

– Si tu ne l'avais pas fait, je l'aurais fait tôt ou tard.

– Je dois te poser une question, Adèle.

– J'y répondrai.

– Tu as quelqu'un dans ta vie ? murmure-t-il.

– C'est compliqué… J'ai envie de changer. Un patient m'a fait comprendre que je n'étais pas à ma place dans ma vie. Je veux être épanouie, et aujourd'hui ce n'est pas le cas.

La situation est étrange. Je n'arrive pas à savoir ce que j'éprouve. Je pleure silencieusement tout en écoutant Valentin parler. Il m'explique avoir mûrement réfléchi cette décision. Il m'incite à parler et à dévoiler ce que je ressens. Pour la première fois depuis des mois, aucune colère dans nos échanges. Je lui fais part de cette histoire avec Nathan, de mes envies d'une carrière différente. Je lui dis que j'en suis encore à l'étape de réflexion, mais qu'un projet professionnel est en train de se créer dans ma tête. Il est à l'écoute et, étonnamment, il ne me juge pas et pense que j'ai raison. Je retrouve un ami que j'avais perdu depuis des années et, étrangement, je me sens bien. Je me sens prête à acter verbalement notre rupture. Mais dans l'équation, nous sommes trois.

– Et Iris ? demandé-je.

Valentin ne prend pas le temps de réfléchir :

– Elle a besoin de sa mère… Je ne veux pas la garde exclusive et, pour sa stabilité, je ne pense pas qu'une garde partagée soit vraiment une bonne idée.

Je ne suis pas étonnée de sa réponse. Je reconnais là le Valentin des débuts, qui m'a tant séduite. Le Valentin mature, intelligent, qui répand le bien autour de lui. Il occulte son bonheur pour penser à celui de sa fille. Malheureusement, tout n'est pas si facile.

– J'ai besoin que tu m'aides, Val. Je ne peux pas m'occuper d'Iris toute seule et mener mon projet en même temps.

– Jusqu'à ce que ta situation s'éclaircisse et se stabilise, je peux la garder quand tu en auras besoin.

– Si je vais jusqu'au bout de mes envies, qui ne sont pas encore totalement claires, je ne travaillerai plus de nuit. Tout sera plus simple.

– Adèle, ce n'est qu'une question de temps. Je sais que tu vas y arriver, qu'on va y arriver.

Je suis tellement touchée par ses mots. Je peux compter sur lui et c'est ce que je voulais entendre depuis des mois. Même si c'est trop tard, cet échange remplit mon cœur. Je vais pouvoir souffler et tout mettre à plat.

– Merci. On fait quoi, maintenant ?

– Je ne veux pas me prendre la tête avec cette histoire de divorce, Adèle. La situation est déjà compliquée, ne rajoutons pas nos deux caractères dedans et soyons respectueux l'un envers l'autre.

– C'est tout ce que je demande…

– Faisons au plus simple. Nous sommes mariés sous le régime de la séparation des biens… Je prends 80 %, tu prends 20 % ? C'est bon pour toi ? fait-il en me lançant un clin d'œil.

– T'es con, tu le sais ?

– C'est l'une des raisons de notre divorce !

– Comment arrives-tu à faire de l'humour maintenant ?

– On le savait, toi comme moi. Autant rendre les choses plus joyeuses, non ?

– Tu as raison…

– Laissons nos avocats rendre notre divorce le plus simple possible. J'ai été un con. J'ai laissé notre mariage partir à la dérive.

– Je n'ai pas été la meilleure épouse.

– Nous avons fait de notre mieux. Gardons le positif. Tu as de jolies choses qui t'attendent et je suis fier de toi.

Pendant que nous discutons des formalités de notre divorce à l'amiable, je m'évade en pensant à l'avenir d'Iris au milieu de tout ça. Souffrira-t-elle de la situation ? Valentin et moi venons de faire le pacte de ne pas nous déchirer. Tiendrons-nous parole ? N'y a-t-il aucune rancœur cachée qui ressortira dans quelques années ? J'ai épousé Valentin en grande partie pour son honnêteté infaillible… je ferme les yeux et chasse mes doutes. Je n'aurai pas les réponses ce soir, et je dois faire confiance aux choix que j'ai faits dans le passé. Iris est encore jeune et nous serons vigilants et suffisamment adultes pour que jamais elle n'en souffre. Elle est notre priorité, notre lien à nous. De façon impromptue, je demande à Valentin s'il sait comment annoncer cette nouvelle à Iris. Il répond qu'il faut arracher le sparadrap le plus tôt possible et tirer d'un coup sec. Elle aura mal un temps, mais sa jeunesse la sauvera. Pendant de longues heures, Valentin et moi discutons de l'avenir : avocats, rédaction de la convention, rendez-vous chez le notaire, mention du divorce par l'officier d'état-civil. Tant de procédures qui nous sont inconnues et qui, au bout de quelques semaines, officialiseront notre divorce. Nous nous faisons la promesse de ne jamais nous oublier et de ne jamais renier notre histoire. Il est près de 22 heures quand nous nous taisons enfin. Il prend ma main et me regarde dans les yeux.

– Fais-moi une dernière promesse.

– Laquelle ?

– Ne change jamais.

Alors, je le serre dans mes bras et lui murmure de rester aussi tel qu'il est. Dix ans plus tôt, je n'aurais jamais cru que cette soirée aurait pu avoir lieu et aujourd'hui, Valentin et moi nous séparons. C'est la fin d'une histoire et le début d'une autre. Plus aucune issue positive n'est possible pour nous ; la fin est là, devant nos yeux. Valentin aura toujours sa place dans ma vie et dans mon cœur : nous sommes liés par Iris et par des années de vie commune. Il a compté. Je l'ai aimé. Il a cette place spéciale que personne ne pourra lui enlever.

Valentin se lève et se dresse devant moi. Je n'avais plus le souvenir de cette carrure imposante. Il s'avance et prend ma tête entre ses mains. Il caresse mes cheveux et passe quelques mèches récalcitrantes derrière mon oreille. Puis il plonge son regard dans le mien et attend ma permission. Un signe de tête suffit ; mes mains agrippées à ses hanches qui le tirent vers moi lui hurlent de s'avancer. Il approche son visage du mien et j'approche mes lèvres des siennes. J'en ai envie autant que lui. Pendant quelques minutes, nous ne décollons pas nos lèvres. Je retrouve des sensations disparues. J'ai envie de lui, là, tout de suite. Je veux que nos corps ne forment qu'un, une dernière fois. Les gestes sont tendres. Il glisse sa main dans mon cou et me serre fort contre lui. Je parcours son torse de mes doigts, puis avec ma bouche. Il glisse ses mains dans mon dos, m'agrippe et me plaque contre lui, avant de m'asseoir sur le bar de la cuisine. La suite est inévitable. Les au revoir durent une bonne partie de la nuit et dans chaque pièce de la maison. Valentin et moi avons décidé de nous donner une dernière fois l'un à l'autre. Nous scellons notre amour passé, à tout jamais.

Au petit matin, Valentin a déserté la chambre. Je n'ai pas cherché à le retenir quand j'ai senti les draps bouger. J'ai entendu la porte d'entrée se refermer. Il a laissé un mot sur la table du salon, me disant que le point final avait été mis et qu'il serait toujours là pour moi. J'aime Valentin différemment maintenant. Mon cœur est plus léger, et il sera bientôt libre.

47

Depuis le réveil, je traîne en pyjama dans la maison. Je pensais profiter d'une longue nuit de repos avant de retourner à l'hôpital, mais la nuit avec Valentin a été courte et dynamique. Les parents de Nathan me sortent de cette lassitude matinale en me signalant qu'ils seront à l'hôpital dès l'ouverture des visites. Pas d'école pour mon petit monstre aujourd'hui, je me prépare rapidement pour la retrouver et partager ma journée avec elle. Après la soirée de la veille, je veux être présente au maximum. Une fois prête à partir, je jette un coup d'œil à la maison en me demandant s'il ne serait pas judicieux de la vendre pour tout recommencer. Un projet se rajoute à la longue liste des changements que je dois opérer. J'y verrai plus clair dans les prochaines semaines. Valentin peut garder la maison, après tout : c'est lui qui y a mis toute son énergie.

J'ai récupéré Iris et roulé rapidement vers l'hôpital. Le tableau des opérations indique que Clémence est au bloc. Je cours à l'étage retrouver les parents de Nathan et je demande à Laurence s'ils peuvent garder Iris quelques minutes le temps que je récupère des affaires dans mon casier. Iris est ravie de gagner quelques minutes auprès de son super-héros préféré.

Au bout d'une dizaine de minutes, je remonte et, sur le seuil de la chambre 307, j'assiste à une jolie scène : Iris est assise à côté de

Laurence, qui lui lit une histoire. Patrick est au chevet de son fils et lui tient la main.

– Maman !

Iris saute de sa chaise pour se jeter dans mes bras. Je la couvre de baisers, puis je m'adresse aux parents de Nathan.

– Tu as été sage et tu n'as pas trop embêté Laurence et Patrick ?

– Elle a été sage comme une image, répond Patrick.

Iris me sourit. Laurence s'approche de moi et pose sa main sur mon épaule.

– Si vous avez besoin de quoi que ce soit, nous sommes là. Après tout ce que vous avez fait pour notre fils…

Je pose ma main sur celle de Laurence. Patrick a les yeux rivés sur son fils. Il porte un fardeau bien trop lourd pour un seul homme.

Les parents de Nathan doivent se rendre à l'accueil pour des papiers administratifs. Quand ils quittent la pièce, je me retrouve seule avec Nathan, et j'ai l'impression de replonger quelques jours en arrière. Je m'approche du lit :

– Je pense que tu as assez dormi, Nathan. Il est temps de te réveiller.

Il m'entend et il va se réveiller, j'en suis persuadée. Pourtant, rien ne se produit. Ses constantes vitales sont normales, mais aucune activité particulière n'est à noter. Le temps passe et les chances qu'il sorte du coma s'amenuisent. Nous le savons tous, et personne n'ose le dire. Malgré tout, l'espoir est encore présent et nous tentons de le préserver du mieux que nous le pouvons. Ces moments que je partage avec Nathan sont comme suspendus dans le temps. Je suis dans ma bulle avec lui et j'ai l'impression qu'il est là, qu'il me regarde et qu'il me rend mes sourires. Soudain, mon téléphone sonne. Je regarde l'écran : c'est la lieutenante Steinberg qui fend ma bulle de bonheur.

– Lieutenante Steinberg à l'appareil, je ne vous dérange pas ?

– Vous m'accordez un instant, s'il vous plaît.

Comment dire à une lieutenante de gendarmerie qu'elle me dérange ? Après les différents entretiens, je ne prends pas le risque de lui raccrocher au nez. Je mets l'appel en attente et sors rapidement de la chambre. Dans le couloir, les parents de Nathan patientent. Je leur fais comprendre que l'appel est urgent en secouant le téléphone devant mon visage. Laurence rit à ma tentative de mime. Je pénètre dans la première chambre disponible et reprends l'appel.

– Bonjour, lieutenante Steinberg. Désolée pour l'attente. Que puis-je pour vous ?

La voix de la lieutenante est différente de l'ordinaire. Son ton autoritaire et sûr d'elle a laissé place à une voix tremblante et hésitante.

– J'ai bien réfléchi à ce que l'on s'est dit hier. Je peux paraître dure, mais j'ai un cœur et je suis humaine…

Suis-je dans une dimension parallèle ? Je n'ai aucune idée de ce qu'elle essaie de me dire. Ce changement d'attitude est pour le moins surprenant.

– … Je souhaiterais effacer votre nom du dossier. Si jamais Nathan souhaite porter plainte, Lezquiel le fera aussi et je ne veux pas que vous soyez mêlée à tout ça alors que vous avez voulu nous aider.

– Je ne comprends pas, lieutenante. Pourquoi est-ce que vous changez subitement d'avis ?

Au bout du fil, elle pousse un long soupir.

– Parce qu'à votre place j'aurais fait pareil.

Cette fois, c'est moi qui souffle. Qu'est-il en train de se passer ? La lieutenante n'est pas au courant de la vérité. Elle ne sait pas pour le carnet et est persuadée que je connais Nathan. Je ne peux pas lui révéler, pas maintenant, pas après ce qu'elle vient de me dire.

– Merci…

– Adèle, vous n'avez peut-être pas sauvé la vie de cet homme, mais vous vous êtes battue pour la justice et je serais la pire des lieutenantes si je vous condamnais.

– Je ne sais vraiment pas quoi vous dire à part merci !

La fin de la conversation est consacrée à la façon dont mon nom sera enlevé du dossier. La lieutenante m'explique qu'il s'effacera comme par magie, et que ce ne sera pas la première fois qu'un témoignage disparaîtra d'un dossier. Je vais disparaître à la manière de Keyser Söze dans *Usual Suspects*[10]. Mon nom n'étant pas prononcé au cours de l'entretien, la preuve ne m'incrimine pas. Elle me dit également qu'elle est prête à faire fuiter l'enregistrement à un journaliste. Je ne comprends pas tout. Je n'entends pas la fin des explications. Je me répète inlassablement que je suis libre et que je ne suis plus mêlée de près ou de loin à l'affaire Lezquiel. Cette contre-enquête ne me portera pas préjudice et servira à la gendarmerie. Même si cela me semble surréaliste, je veux croire à cette bonne étoile et j'ai besoin de laisser des choses positives entrer dans ma vie. Comme le dirait si bien Clémence, c'est une affaire de destin.

– Tout va bien, Adèle ?

Je sors de la chambre vide et je croise Laurence. Je ne laisse rien transparaître. Je dois aller partager ma joie avec celle qui m'accompagne depuis le début.

---

10. *Usual Suspects* est un film américain réalisé par Bryan Singer et sorti en 1995.

– Tout va bien.

– J'allais m'acheter à grignoter. Vous voulez que je vous prenne quelque chose ?

– Non merci, ça ira. Je cherche Clémence. Vous ne l'avez pas vue ce matin ?

– Non, et pourtant, nous sommes arrivés très tôt.

– Elle était au bloc. Je vais aller voir en salle de garde si elle a terminé. Je peux, encore, vous laisser Iris ?

– Mais oui, quelle question !

48

Bloc opératoire numéro 2 : Clémence Arluzea – Cholécystectomie

Je patiente en salle de garde depuis une demi-heure. J'attends que Clémence sorte du bloc pour lui faire part de cette troublante discussion avec la lieutenante Steinberg. Il n'y a qu'avec elle que je veux la partager. Elle seule peut comprendre la folie de ces derniers jours. Du fond de mon fauteuil, j'observe la vie de l'hôpital : les infirmières vont et viennent, les résidents en chirurgie aboient sur leurs internes, les internes se pavanent quand leurs chefs ne sont plus là et Léa reste l'ovni du service. Elle est concentrée sur chacune de ses actions et maîtrise de plus en plus son travail. Elle s'approche de moi pour me saluer.

– Bonjour, Adèle.

Je lui fais immédiatement part de mes observations positives la concernant. Elle doit prendre conscience de son potentiel et ne pas relâcher ses efforts. Elle est ravie et me promet de continuer sur cette voie. Quelques minutes plus tard, je sens une présence derrière mon dos.

– Dis-moi tout.

– Comment tu sais que je t'attendais ?

– Adèle, je commence à te connaître. Tu veux qu'on aille dans un endroit plus calme ?

– Allez, je te suis.

Clémence et moi nous rendons dans l'une des rares salles de consultation encore libres. Je prends place sur le lit d'appoint. Clémence reste debout face à moi, appuyée sur un bureau.

– Les vingt-quatre heures les plus bizarres de ma vie…

– Plus bizarres que les douze derniers jours ?

Nos rires s'échappent de la salle. Clémence a ce pouvoir-là : mettre à l'aise les gens en toute situation.

– J'ai vu Valentin hier. Nous nous sommes dit au revoir…

– Tu te sens comment ?

– Vide. Dix ans de ma vie viennent de partir en fumée.

– Tu ne devrais pas le voir de cette façon. Dis-toi que tu refermes juste un livre et que tu t'apprêtes à en ouvrir un nouveau. Celui des dix dernières années restera sur l'étagère. Tu pourras toujours le feuilleter si tu en as besoin.

– Je vais le laisser sur l'étagère… Mais c'est étrange, cette sensation. Je ne suis pas triste que ce soit terminé. Je crois que j'ai juste peur de la suite.

– Vois ça comme une chance de recommencer, Adèle.

– Et si Nathan ne se réveille pas ? Et si toutes mes envies étaient basées sur une illusion ? Et si j'avais fait tout ça pour rien ?

Clémence essaie de me rassurer comme elle le peut et pourtant, l'angoisse ne cesse de grandir en moi. Après ce rapide état des lieux de ma vie sentimentale et professionnelle, il faut que je lui dise le plus important :

– J'ai aussi eu un appel de Steinberg…

– Elle veut toujours me coller un rapport ?

– Mon nom va être rayé du dossier d'enquête. Je suis en quelque sorte… une femme libre.

– Oh, putain ! Sérieux ? Mais comment ça se fait ?

– Je ne sais pas. Elle dit qu'à ma place elle aurait fait comme moi… Mais je ne sais pas vraiment pourquoi elle prend tant de risques. Je commence à bien l'aimer, cette lieutenante.

– À qui le dis-tu.

– Clémence…

Elle se jette dans mes bras pour me faire taire. Il faut être aveugle pour ne pas voir l'effet que la lieutenante a sur elle. Notre étreinte dure de longues minutes, durant lesquelles un certain soulagement m'envahit.

– On va fêter ça dès que possible, me glisse Clémence.

– On fêtera ça avec Nathan. Il est en quelque sorte responsable de tout ce merdier, dis-je en riant.

Tout commence à rentrer dans l'ordre. Tout, sauf Nathan. Clémence me prend par le bras et m'emmène en chambre 307.

– Elle est ici, ta place. Finis ce que tu as commencé, ton aide est encore la bienvenue.

Dans la chambre, Iris s'est endormie sur une chaise. Laurence et Patrick sont au chevet de Nathan. Je n'entends pas ce qu'ils racontent, mais des sourires se dessinent sur leurs visages. Clémence me tient la main et ouvre la porte.

– Bonjour, je viens faire une petite visite de contrôle.

Pendant que Clémence fait des tests et vérifie toutes les analyses de Nathan, je prends Iris dans mes bras. Elle dort profondément. Laurence me chuchote :

– Vous voulez qu'on la garde cette nuit pour que vous passiez une soirée rien qu'à vous ?

Cette nouvelle attention me touche, mais j'ai bien réfléchi. Je veux être avec ma fille, je veux qu'elle soit avec moi et qu'elle sache que je ne l'abandonnerai jamais. Je ne me sens pas le cœur à rentrer chez nous. Je décide de prendre une chambre d'hôtel à deux pas de l'hôpital pour ne pas être trop loin de Laurence et Patrick. Iris sera ravie.

– Non, ne vous en faites pas, je vais prendre une chambre dans votre hôtel. Je n'ai pas la force de rentrer et encore moins sans ma fille.

Elle me sourit et me remercie d'être là. Elle se tourne ensuite vers Clémence pour la questionner de nouveau sur l'état de santé de son fils. L'attente devient insupportable et le couple a besoin de se raccrocher au diagnostic. Clémence essaie de garder un ton plein d'espoir dans chacune de ses réponses. Elle aussi s'est attachée à Nathan et à cette drôle de famille que nous formons depuis quelques jours.

– Je comprends vos doutes et vos peurs. Nathan est hors de danger. Désormais, nous attendons uniquement qu'il ait assez de force pour se réveiller.

Je suis Clémence dans le couloir, Iris toujours dans mes bras.

– Je vais à l'hôtel. Je n'ai pas envie de rentrer chez moi.

– Tu as raison. Appelle-moi si ça ne va pas. Je rentre chez moi, je reviens demain matin. N'oublie pas les croissants.

Iris se réveille et est excitée à l'idée de dormir dans un hôtel.

– Oui, trop bien, maman ! Je vais faire comme les grands.

Le sourire aux lèvres, Clémence, Iris et moi quittons l'hôpital. Je n'ai qu'à traverser la rue pour rejoindre l'hôtel.

49

L'horloge de mon téléphone affiche sept heures, le 13 janvier. Malgré la fatigue, je n'ai pas fermé l'œil de la nuit, encore une fois. Il m'a été impossible de trouver le sommeil, contrairement à Nathan qui, lui, est en veille depuis treize jours. Iris dort à poings fermés à mes côtés et je n'ose pas bouger, de peur de la réveiller. J'ai discuté une bonne partie de la nuit par messages avec Clémence. Elle m'a engueulée à distance pour lui avoir gâché sa nuit et je me suis confondue en excuses. Cette nuit, ce n'est pas l'inquiétude qui m'a empêchée de dormir, mais bien l'excitation d'une nouvelle vie qui se profile. Les yeux encore clos, Iris se tourne vers moi et me demande :

– On ne dort plus, Maman ?

– Si, tu peux dormir encore, ma puce.

Elle prend ma main et la serre dans la sienne. En quelques minutes, elle se rendort, me laissant de nouveau seule avec mes pensées. Iris n'ira pas à l'école aujourd'hui. Je veux qu'elle reste avec moi et j'ai besoin de sa présence. Je décolle ma main de celle d'Iris et file sous la douche. Le jet d'eau froide réveille mon corps fatigué. L'hiver est enfin tombé sur la côte basque et j'enfile un gros sweat en laine et un jean. Assise sur le fauteuil de la chambre d'hôtel, je contemple le carnet de Nathan. J'ai envie d'y écrire un mot, de laisser ma patte, mais je ne voudrais pas le bousculer à son réveil. Je prends un stylo, du papier à lettre, m'installe confortablement et commence à écrire.

Nathan,

Je suis entrée dans ton intimité, autant aller au bout des choses en ajoutant quelques lignes à ce carnet. Bien qu'il soit le tien, j'ai désormais l'impression de me l'être approprié. J'ai vibré pendant des jours, comme cela ne m'était jamais arrivé auparavant. Que reste-t-il de tout ça ? Une femme assise dans un fauteuil d'hôtel, qui écrit à son patient ce qu'elle n'osera jamais lui avouer.

La vérité est pourtant simple : tu as changé ma vie. Avant que tu ne franchisses les portes de l'hôpital sur ce brancard, je perdais peu à peu le contrôle. J'étais perdue dans mon mariage, perdue dans ma vie professionnelle. Tu t'es présenté à moi comme une évidence. Ton appel à l'aide a résonné au fond de moi et m'a donné la force d'affronter mes peurs et de me battre pour ce que je voulais. Tu as été une boussole au moment où j'en avais le plus besoin. Je veux venir en aide aux autres comme je l'ai fait avec toi. Je ne savais rien de toi et j'ai appris à te découvrir dans l'intimité de tes écrits. J'espère continuer à te découvrir quand tu te réveilleras.

Je veux prendre le risque.

Adèle

Ça y est, je lui ai tout avoué. J'espère qu'un jour il lira ces mots. Je glisse la lettre dans le carnet, le referme et le serre fort contre moi. Il est le lien indéfectible qui m'unit à Nathan.

À neuf heures et demie, je réveille Iris doucement. La grasse matinée a assez duré et il est temps de nous rendre à l'hôpital. Valentin l'a appelée avant qu'elle ne s'endorme. Avec toutes ces personnes qui l'entourent, Iris semble au comble du bonheur. Avant de s'habiller, elle s'installe au bureau de la chambre d'hôtel.

– Je vais faire un dessin à Super-Nathan pour qu'il l'accroche dans sa chambre.

– C'est bien, mon cœur, je suis sûre que ça va lui plaire.

Après une demi-heure de dessin, nous traversons enfin la rue qui nous sépare de l'hôpital. De loin, j'aperçois Clémence qui gare sa grosse berline noire. Je l'appelle, tandis qu'Iris court dans sa direction. Malgré la pluie, Clémence s'est cachée sous des lunettes de soleil et a ajouté, au-dessus de son bonnet, la capuche de son sweat. À cent mètres, j'arrive à sentir sa mauvaise humeur. J'y suis pour quelque chose, à n'en pas douter.

– Salut, p'tit monstre.

Clémence porte Iris et la met sur ses épaules. Puis elle se tourne vers moi, sa voix rauque de fumeuse à peine audible :

– Les messages de dépressive à 4 heures du matin, plus jamais. Je suis pas psy.

Je lui fais une bise en lui promettant un double expresso pour me faire pardonner. Elle grogne tout en acceptant volontiers ma proposition.

– On dirait un vrai petit couple, me fait remarquer Clémence.

Je prends sa main pour la glisser dans la mienne.

– Là, on dirait un vrai petit couple.

Nous continuons à blaguer et, en franchissant les portes de l'hôpital, nous sommes prises d'un fou rire incontrôlable. Certaines des infirmières de jour nous regardent de travers, ce qui a le don de nous faire repartir de plus belle.

– Les filles, nous sommes dans un hôpital, nous lance l'une de nos collègues à l'accueil. Tenez-vous bien !

Clémence dépose Iris sur le sol. Je détourne le regard, de peur de me remettre à rire. Je ne lui laisse que cinq secondes avant d'être cinglante ; l'infirmière paiera les frais de sa mauvaise humeur légendaire.

– Oh, Christine, on ne fait rien de mal, détends-toi un peu. Tu crois que les patients préfèrent nous voir pleurer et faire la gueule ?

Sans attendre de réponse, nous nous dirigeons toutes les trois en chambre 307. Clémence doit faire une rapide visite de contrôle. Dans la chambre, nous saluons les parents de Nathan, arrivés dès l'ouverture des visites.

– Vous avez bien dormi, Adèle ? Et toi, ma petite puce ?

– Très bien, Laurence. Désolée d'arriver si tard, Iris a eu du mal à se réveiller.

Iris baisse la tête, honteuse. Laurence la rassure en lui expliquant que Nathan aussi raffole des grasses matinées depuis qu'il est enfant. Elle tend à Iris une sucette qu'elle a prise pour elle à la machine du hall d'accueil. Patrick, toujours aussi discret, observe méticuleusement les moindres faits et gestes de Clémence sur son fils et l'interroge sur chacune des actions qu'elle effectue. Au bout d'une dizaine de minutes, Clémence se tourne vers nous :

– Rien à signaler, excepté le tracé de l'ECG qui s'améliore de jour en jour. Il reprend des forces. Je vous laisse en famille.

Les parents de Nathan s'approchent du lit ; j'en fais autant. Nous regardons tous les trois le visage de Nathan. Il est serein, lumineux et paisible. Sa mère le complimente et son père rappelle un souvenir. Je n'ai pas besoin de parler. Je préfère les écouter et rester silencieuse. Patrick se lève de sa chaise.

– Je vais me chercher un café. Vous en voulez un ? Iris, tu veux un chocolat ?

– Je t'accompagne, chéri.

– Je peux venir avec vous ? Maman, je peux aller prendre un chocolat ?

J'acquiesce avec plaisir et Iris suit le couple à l'extérieur de la chambre. Seule avec Nathan, je reprends mes habitudes. Je prends la place de Patrick sur le fauteuil.

– C'est fou, non ? Il y a treize jours, j'avais une petite vie tranquille, et aujourd'hui me voilà au chevet d'un parfait inconnu, avec une vie qui part dans tous les sens… mais qui en retrouve un, en quelque sorte.

Je prends le temps de penser entre chacune de mes phrases.

– … J'ai laissé une lettre dans ton carnet et j'ai hâte que tu la lises. C'est vraiment le plus beau cadeau que tu puisses me faire, Nathan.

Je prends sa main comme si je voulais qu'il prenne toutes mes forces pour pouvoir se réveiller.

– J'espère que tu ressentiras les mêmes émotions que moi à ton réveil. T'imagines le drame si tu te réveilles et que tu ne veux même pas me parler ?

Je me mets à rire en pensant au ridicule de la situation évoquée, et je suis convaincue de voir un sourire sur le visage de Nathan. Le manque de sommeil me fait peut-être halluciner, mais tout semble tellement réel.

– Ta famille a besoin de toi, Nathan.

Cette fois, le sourire se dissipe sur le visage de Nathan, laissant place à une grimace totalement inconnue. Puis un râle sort de sa bouche. Je m'accroche à sa main, complètement perdue. En le voyant suffoquer, je prends la décision de retirer les tubes qui l'aident à respirer. Il est en train de s'étouffer. Mes mains sont moites, mes gestes, désorganisés. Au moment où j'essaie de dégager ma main, Nathan la retient. Il ouvre les yeux. Le bleu océan de son iris plonge dans mes yeux. Je suis renvoyée treize jours en arrière, à notre première rencontre, à notre premier regard. Du plat de la main, j'appuie de toutes mes forces sur le bouton d'urgence au-dessus du lit et me mets à hurler :

– Il est réveillé !

Épilogue

12 juillet

Ava,

Six mois ont passé depuis mes dernières pages du 31 décembre. Six mois seulement, et pourtant j'ai le sentiment qu'une vie entière s'est écoulée.

Après treize jours de coma, j'ai ouvert les yeux dans une chambre d'hôpital de Bayonne. Tu y es pour quelque chose. C'est toi qui m'as bien engueulé quand je suis arrivé, et qui m'as dit de rentrer à la maison. Nous nous sommes chamaillés pendant treize jours, et tu as finalement eu raison de moi. Je suis revenu. Tu avais l'air si réelle… c'est ça qui m'a fait tenir. Le réveil fut difficile et extrêmement douloureux : un péroné brisé, une rate en moins et des côtes cassées… Je ne te raconte pas le hurlement de douleur qui m'a arraché la gorge, et cette sensation de brûlure à cause des tubes. Mais dans toute cette souffrance, ce sont les yeux clairs d'une parfaite inconnue qui m'ont finalement fait prendre conscience que la vie valait la peine d'être vécue. En fait, et c'est étrange, je te l'accorde, mon inconnue a réussi à me montrer le chemin vers le bonheur. C'est main dans la main que nous l'empruntons depuis six mois. Une évidence.

Mon inconnue s'appelle Adèle. Elle a 32 ans, elle est en reconversion professionnelle et a le projet de monter une association d'aide aux victimes. Elle est la mère d'une magnifique petite Iris. C'est elle qui a cherché à savoir ce qui m'était arrivé et qui a contacté les parents. J'étais tellement heureux de les revoir et, vu leurs sourires, le sentiment était réciproque. Nous avons beaucoup pleuré. Nous avons beaucoup parlé de toi. Ils sont restés en France pendant quelque temps et, après un mois, c'est Adèle qui a pris le relais. Enfin, qui a continué de faire ce qu'elle faisait quotidiennement depuis le 1er janvier : prendre soin de moi. Elle m'a aidé à me remettre petit à petit de cette épreuve. J'ai une canne qui m'aide à marcher, pour le moment, et le travail de rééducation sera encore long. Adèle trouve ça très sexy et elle m'appelle docteur House[11] depuis que je suis sorti de l'hôpital.

Au départ, c'était étrange. Elle savait déjà tout de moi et moi presque rien d'elle. Enfin, je l'ai entendue quelques fois me parler pendant ces treize jours, mais je n'ai pas osé le lui dire, de peur qu'elle me prenne pour un fou. Donc on a tout recommencé et on a pris le temps de se découvrir et de s'apprivoiser. J'ai fait la tête quand j'ai su qu'elle avait lu mon carnet, auquel elle avait même

11. Gregory House est un personnage de fiction de la série américaine *Dr House,* créée par David Shore. La série met régulièrement en avant le handicap de House, qui boîte après un infarctus et une opération.

ajouté une lettre. Bon, c'est grâce à ce carnet qu'elle m'a sauvé, donc je lui ai vite pardonné. J'ai repris progressivement mon activité – pas celle de fraudeur, bien sûr, celle d'artiste. Je ne suis d'ailleurs pas passé loin de la case prison. D'un commun accord et après l'énorme pression de la lieutenante Emma Steinberg, Lezquiel a accepté d'abandonner toute poursuite et moi, j'ai accepté son enveloppe de dédommagement. Je suis un homme libre et je veux savourer cette liberté à chaque instant. Adèle et Emma sont même devenues amies. Clémence y est pour quelque chose... Peu de temps après mon réveil, Clémence nous a avoué qu'elle aimait bien la gendarme. Pourtant, leur histoire a vraiment mal démarré : le rapport d'outrage a failli tomber plusieurs fois. Un jour où Emma était à l'accueil de la gendarmerie, Clémence s'est rendue au poste et a demandé à être enfermée car elle était coupable... Coupable de l'aimer. Elle était très fière de faire honte à Emma devant ses collègues avec cette imitation de sitcom. Pour lui donner une bonne leçon, Emma l'a placée en garde à vue pendant quelques heures. Tu aurais vu la tête de Clémence quand elle nous a raconté la scène... même Iris en pleurait de rire. Après plusieurs tentatives infructueuses, Emma a cédé. Elles se sont finalement rapprochées et, depuis, elles filent le parfait amour...

Quand j'ai pu sortir de l'hôpital, je suis allé rendre visite à Albert. Il était tellement heureux de me voir que j'ai passé l'après-midi avec lui, à lui raconter ma vie. Je peux te dire qu'il était à deux doigts de pleurer... et moi aussi. Pendant ma convalescence, Albert prenait souvent de mes nouvelles par l'intermédiaire d'Adèle. Même les pêcheurs ne m'avaient pas oublié, et ils m'ont chacun donné une tape dans le dos en me faisant promettre de ne pas hésiter si j'avais besoin de quoi que ce soit. C'est incroyable comme cette sensation de compter pour les autres peut effacer tout le négatif d'une journée. J'ai aussi revu Iban. Il a continué de vendre mes toiles pendant mon absence et il était fier de moi à chaque fois qu'un client en achetait une. Il m'a dit : « Tu sais, t'es le p'tiot que j'ai toujours voulu avoir. » Cette seule phrase a réussi à me toucher en plein cœur. Je suis vraiment bien entouré, Ava. Tu peux être rassurée. J'ai aussi rencontré l'ex-mari d'Adèle… Parfois, je me demande ce qui a poussé Adèle à me choisir, moi. Il est vraiment sympa. Lui aussi refait sa vie. Plus doucement.

Depuis six mois, tout va très vite pour moi, parfois trop vite, et Adèle m'aide à ne pas flancher. Et quand elle n'y arrive pas, on va au rocher de la Vierge hurler toutes nos peines et nos douleurs. Iris aussi m'aide à tenir. Cette petite est pleine d'énergie et reste persuadée que je suis un super-héros, alors j'ai un certain rôle à tenir. Ce que j'oublie de dire à Iris, c'est que la véritable super-héroïne est sa maman. Au moment où j'écris ces lignes, avec Adèle, on s'apprête à accueillir un nouveau membre dans notre équipe : Michel, un bouledogue français trouvé au refuge de Bayonne. Adèle est en train de lire par-dessus mon épaule ce que je t'écris et elle veut te faire savoir qu'elle s'occupe bien de moi. La vie est trop courte pour perdre son temps.

Tu me manques tous les jours, mon Ava. J'ai une pensée pour toi à chaque seconde. Aujourd'hui, je suis heureux parce que je peux évoquer à nouveau nos souvenirs sans m'effondrer. J'aurais aimé que tu sois là, même si je sais que tu n'es pas si loin. Je ne te rendrai pas visite tout de suite, mais je sais que la mère d'Adèle est à tes côtés. Il y a un peu de vous avec nous tous les jours. Je t'aime, ma petite sœur.

Nathan

Notes de l'autrice

La période de deuil est propre à chacun. Chaque cas est différent, et les émotions ne surgissent pas au même moment pour tout le monde.

Pour écrire ce roman, je me suis appuyée sur mon histoire personnelle ainsi que sur les travaux d'Elisabeth Kübler-Ross, une psychiatre américaine connue pour sa théorisation des différents stades émotionnels par lesquels passent les personnes qui ont vécu la mort d'un proche. Selon elle, il s'agit d'un cycle de cinq étapes – les fameuses « étapes du deuil ». Mais depuis 1969, deux étapes supplémentaires sont communément ajoutées aux principales. Les voici :

1 – Choc et déni

2 – Douleur et culpabilité

3 – Colère

4 – Marchandage

5 – Dépression et douleur

6 – Reconstruction

7 – Acceptation

Dans ce roman, Nathan se fait suivre par une thérapeute après le décès de sa petite sœur. La thérapie par l'écriture aide bien des maux et soulage bien des personnes. Les clés que donne cette thérapeute fictive sont aussi celles qui m'ont servi pour ma propre expérience du deuil. Les voici rassemblées :

→ *Clé n° 1 : Cessez de nier les faits. L'être cher n'est plus là et plus tôt vous le comprendrez, plus tôt vous l'accepterez.*

→ *Clé n° 2 : Acceptez la situation en évoquant le jour où l'être cher est parti. « À raconter ses maux, souvent, on les soulage. » – Pierre Corneille*

→ *Clé n° 3 : Ne vous rendez plus coupable de la perte d'un être cher.*

→ *Clé n° 4 : Parlez de votre histoire, vous ouvrir au monde vous permettra de remplacer le chagrin par le souvenir.*

→ *Clé n° 5 : Libérez vos émotions. Prenez le temps du deuil.*

→ *Clé n° 6 : Ne rejetez pas les autres. La parole apaise la douleur.*

→ *Clé n° 7 : Pardonnez aux autres et pardonnez-vous. « Le pardon est plus viril que le châtiment. » – Gandhi*

→ *Clé n° 8 : Renouez avec les choses positives de votre vie. Faites ce qui vous faisait du bien avant le drame. Si cela fonctionnait avant, cela sera encore plus puissant après.*

→ Clé n° 9 : Ne portez pas le poids de vos regrets.
Vous ne pouvez plus revenir en arrière,
mais vous pouvez améliorer votre futur.

→ Clé n° 10 : Prenez soin des autres. Vous n'êtes pas le seul à souffrir. En pensant aux autres, vous prendrez du recul.

→ Clé n° 11 : Apprivoisez l'absence. Vous ne pourrez jamais oublier, mais vous pouvez vivre avec et faire perdurer le lien.

→ Clé n° 12 : Votre colère vous empêche d'avancer. Elle doit être maîtrisée et vaine. Plus vous serez en colère, plus vous vous enfermerez dans votre souffrance.
« La colère mène à la haine, la haine mène à la souffrance. » – George Lucas

→ Clé n° 13 : Ne vous laissez pas tomber. N'abandonnez pas. Vous ne devez pas vous perdre vous-même.

→ Clé n° 14 : Sachez dire adieu et lâcher prise.

→ Clé n° 15 : Renouez avec la réalité. Le monde continue de tourner. Vous êtes vivant.

→ Clé n° 16 : Vivre ne signifie pas l'avoir oublié.

→ Clé n° 17 : Faites des projets. Un petit pas en avant vaudra toujours mieux que deux en arrière.

Ce ne sont pas des clés magiques, mais elles peuvent aider. Elles m'ont aidée. Qu'importe la vitesse à laquelle vous les utilisez ou l'ordre dans lequel vous souhaitez vous les approprier, n'oubliez jamais que vous n'êtes pas seul.

Remerciements

Écrire des remerciements me donne toujours l'impression de préparer un discours pour la cérémonie des Oscars. Ma cérémonie à moi a lieu seule, face à mon écran. Même si la foule n'est pas en délire et que les meilleurs acteurs et actrices n'ont pas les yeux braqués sur moi, je ressens la pression des gagnants. Oui, du haut de mes 25 ans, ce livre est une nouvelle victoire. Une victoire que je souhaite partager, mais que je souhaite également me dédier. Je me remercie pour ce livre et je me remercie d'être allée au bout d'un rêve d'enfant : écrire une histoire, la voir publiée et diffusée dans les librairies et les rayons des grandes enseignes. Et ressentir une immense fierté en me disant « je l'ai fait ».

La victoire est plus belle quand elle est partagée. Ce livre, je le dédie à mon grand frère, qui m'a inspiré cette histoire et sans qui mon monde serait bien terne. Merci, Thomas, d'être le meilleur frère possible, et d'être aussi le pire, quand tu l'as décidé.

Merci à mes parents d'être là et de m'épauler dans mes choix. Merci en particulier à ma maman pour avoir suivi *Dans son regard* depuis sa création et pour m'avoir donné ses précieux conseils. Merci pour tout. J'aimerais pouvoir remercier mon père pour son implication, mais il n'a pas lu ce livre, ni le dernier, *Au rythme des saisons*. Je te remercie quand même de me soutenir, à ta manière.

Un immense merci à Katia, l'éditrice la plus cool, bienveillante et conciliante du monde (oui, oui, du monde !). Merci de croire en moi et merci de me donner cette chance. Merci à Marion d'avoir su trouver les bons mots. Merci à toute l'équipe de Kiwi.

Merci aux amies qui sont devenues la famille. Un merci spécial à Charlotte : merci de m'inspirer au quotidien grâce à tes histoires toujours plus incroyables les unes que les autres. Merci Marie pour être l'une de mes premières relectrices. J'espère que *Dans son regard* aura une place de choix dans ta librairie. Merci Ambre pour ton soutien sans faille. Mes personnages passent par les portes et non par les fenêtres : aucun souci à te faire !

Merci à toutes les personnes qui ont rendu ce rêve possible depuis *Au rythme des saisons*. Merci aux lecteur·ices pour les retours et les axes d'amélioration. Merci aux lecteur·ices passés et à venir.

Merci à Madame Japou, qui rend mon travail moins solitaire.

La boucle est bouclée.

Dépôt légal : janvier 2022
Achevé d'imprimer par la Nouvelle Imprimerie Laballery
en décembre 2021.
N° d'impression : 111914
La Nouvelle Imprimerie Laballery est titulaire du label Imprim'Vert.

Imprimé en France